영혼을
팔기에
좋은 날

영혼을 팔기에 좋은 날

2012년 6월 8일 초판 1쇄 발행
지은이 · 곽세라

펴낸이 · 박시형
책임편집 · 최세현 | 디자인 · 김애숙

경영총괄 · 이준혁
마케팅 · 권금숙, 장건태, 김석원, 김명래, 탁수정
경영지원 · 김상현, 이연정, 이윤하
펴낸곳 · (주)쌤앤파커스 | 출판신고 · 2006년 9월 25일 제313-2006-000210호
주소 · 서울시 마포구 동교동 203-2 신원빌딩 2층
전화 · 02-3140-4621 | 팩스 · 02-3140-4606 | 이메일 · info@smpk.kr

쌤앤파커스(Sam&Parkers)는 독자 여러분의 책에 관한 아이디어와 원고 투고를 설레는 마음으로
기다리고 있습니다. 책으로 엮기를 원하는 아이디어가 있으신 분은 이메일 book@smpk.kr로 간단한
개요와 취지, 연락처 등을 보내주세요. 머뭇거리지 말고 문을 두드리세요. 길이 열립니다.

영혼을
팔기에
좋은 날

곽세라 힐링노블

쌤앤파커스

결국 우리는 모두

삶을 좋아했던 것이 아닐까.

변덕스럽고, 난폭하고, 불친절한

이 세상의 순간들이 좋아서

어디로도 가지 못하고

영혼을 팔아버린 것이 아닐까….

영혼을 팔기에 좋은 날

천사의 가루

영혼을 팔기에
좋은 날

우리는 스스로의 영혼을 머리카락에 적셔서
하루에 0.35밀리미터씩 밀어내면서 살아가는 존재들이야.
영혼에 새겨진 모든 걸 끌어안고 살아갈 수 있는 사람은 없어.
기쁨이든, 슬픔이든, 추억이든, 악몽이든,
너무 무거워지면 인간을 짓눌러버리거든.

카레에 양파 넣는 거, 괜찮아요?

작은 바닷가 마을엔 아무것도 없었다. 부여잡고 쓸쓸해할 풍
경도 없어 외로움이 제풀에 지쳤다. 낮은 견딜 수가 없으니까
잠을 잤다. 대신, 밤이 깨어 있는 나를 견뎌주었다. 해가 지기
를 기다려 긴 밤의 리허설로 바닷가를 천천히 걸었다. 걸으면
슬리퍼 속으로 버석버석 모래들이 들어와 몇 번이고 내게 아무
것도 없다고 말해주었다.

'쓸쓸해하지 마, 아무것도 없어. 여긴, 네겐, 아무것도 없어.'

그 말에 고개를 끄덕이며 걸으면, 모래로 씻은 사막의 접시
처럼 마음이 까슬까슬 말랐다. 그리고 그 작은 간판을 무심코
지나쳤다. 몇 발자국을 더 걸은 뒤에야 나는 놀랐고, 뒤돌아보
았다.

'카레.'

분명히 낡은 글씨가 그렇게 말하고 있다. 카레라고. 가게 이름은 없었다. '동경 카레점', 혹은 '어머니의 손맛 카레' 등이 붙을 법도 한데 그 간판은 구구절절 호소하고 싶지 않은 듯했다.

너는, 사람. 나는, 카레.

그것으로 충분했고 나는 충분히 놀랐다.

펄럭이는 군청색 노렌(일본 음식점의 출입문 앞에 내거는 헝겊 차양)을 걸고 사람은 카레를 먹으러 들어갔다. 내가 들어서자 게으르게 바작바작 신문을 접는 소리가 들렸다. 그는 석간신문을 활짝 펼쳐들고 읽고 있다가 누군가 가게 안에 들어오는 소리가 들리자 접어 내렸다. 가게 주인도 간판처럼 '어서 오세요'라고 말하는 스타일이 아닌 것일까. 대신 그는 나를 보았다. 평생 서둘러본 적 없는 눈동자가 앉은 채로 나를 편안하게 맞았다. 그래서 나는 가게 문을 열기 전에 연습해둔 말을 할 수 있었다.

"카레…, 먹을 수 있나요?"

그는 웃으면서 미루나무같이 긴 몸을 일으켰다.

"그럼요. 카레, 먹을 수 있어요."

나는 갑자기 기뻐져서 어쩔 줄 몰랐다. 열 살 이후론 처음이다. 누군가가 이렇게 말을 달랑 받아주는 것. 어린애에게 하듯이, 이거 나 가져? 응, 그거, 너 가져. 여기 콧등이 가려워. 저런, 여기 콧등이 가려워? 이렇게 수줍은 내 말을 머리끝에서 발끝까지 안아주는 것.

나는 카운터석에 놓인 높은 의자에 앉아 발을 공중에 흔들며 그가 카레 만드는 것을 지켜보았다. 일본인 같지도, 백인 같지도, 흑인 같지도 않은 사람. 그가 후적후적 팔을 움직이고, 몸통을 돌리고, 몇 발자국씩 슬리퍼를 끌며 개수대로 갔다가 다시 불 가로 돌아와 미간을 살짝 찌푸리며 냄비 속을 살피는 것은 아무리 지켜보아도 싫증이 나지 않았다. 피부는 금빛이 도는 갈색이었고 머리카락도 옅은 금빛이었다.

"우리 어머니, 젊었을 때 참 대단했대요."

감자 껍질을 벗기며 그는 말했다. 팔락, 하고 책장이 넘어간다. 내가 아무렇게나 펼쳐든 페이지부터 책을 읽는다는 걸 그는 어떻게 알았을까. 이야기의 중간부터, 느닷없는 한 장면부터 시작되어야 리얼리티가 있다. 내 삶이 항상 그랬으니까.

"그러니까, 이 마을 출신인데 열여섯 살 때 집을 나가서 무작정 기차를 타고는 동경 긴자 거리에서 노숙을 했다니까요. 꽤 미인이었는지 곧 어느 술집 마담에게 스카우트되었다나 봐요. 말 그대로 길거리 캐스팅이죠. 그런 장면 많이 나오잖아요. 드라마 같은 데. 금가루가 뚝뚝 떨어질 것 같은 고급 기모노를 휘감은 마담이 지나가다가, 길거리 먼지를 새카맣게 뒤집어쓰고 앉아 있는 한 여자아이를 힐끗 보고는, 다가가서 분을 바른 손가락 끝으로 그녀의 턱을 치켜 올리는 장면. 그때 마담은 절대 '예쁘구나'라고 하지 않고 '쓸 만하구나'라고 하죠."

마음이 간질간질해지는 게, 나는 몇 마디 듣지도 않은 그 이야기가 견딜 수 없이 재미있어 나무의자를 끌어다가 그쪽으로 몸을 바짝 당겨 앉았다. 이 집의 대표 메뉴는, 카레가 아니라 그의 이야기가 아닐까? 그리고 나, 왜 그렇게까지 외로웠을까….

"그런데 그 동경이란 곳에도, 위스키를 맘껏 마실 수 있는 긴자의 호스티스 생활에도, 어머니는 금방 싫증을 내고 말았죠. 조금 돈을 모으자마자 또 그냥 훌쩍 브라질로 날아갔대요. 이유 같은 게 있을 리 없죠. 그러니까…, 카레에 양파 넣는 거, 괜찮아요?"

나는 고개를 끄덕였다. 양파, 괜찮다. 섬유질이 풍부할 뿐더러 알긴산이 피를 맑게 해주고 껍질을 끓여 차로 마시면 콜레스테롤도 녹여준다.

"우리 가게 손님 중에 양파는 넣지 말라고 특별히 부탁하는 단골이 한 명 있거든요. 그러니까, 맛이 달라지는 게 싫대요."

한 가지를 알았다. 이 사람은 '그러니까'라고, 말 사이사이에 끼워 넣는 버릇이 있다. 이야기와 이야기 틈에 우체국 직원이 풀을 칠하듯 '그러니까…' 하면서 말의 앞뒤를 착착 붙여나

가는 것이다. 설령 지금 한 말이 그 앞에 한 말과 아무런 상관이 없다 해도 그 사이에 '그러니까'가 끼어들어 양쪽 손을 잡아주면 아무렇지도 않게 그 두 마디 말은 이어진다.

"아니, 단맛이 아니라 들척지근한 맛이 싫다고 하더라고요. 하지만 맵기만 한 카레도 아주아주 싫으니까 차라리 설탕을 넣어달라고…. 듣고 보니 또 그럴 것도 같아서 썰던 양파를 치우고 설탕을 한 스푼 가득 떠 넣으면서 나는 생각했어요. 그러니까, 설령 양파라고 해도 모두에게 먹히는 건 아니구나…."

나는 웃었다.

"젊은 여자였나요?"

나는 어떻게 알았을까, 그 양파를 싫어하는 손님이 여자였다는 것을. 그도 내가 알고 있는 게 당연하다는 듯 말을 받았다.

"아니에요. 마흔일곱쯤? 그런데 아주 멋있었어요. 시고니 위버처럼…. 담배를 많이 피워서 폐가 다 망가져버린 시고니 위버를 상상하면 돼요. 목소리에서 쉬익쉬익 소리가 났는데, 그걸 또 아무렇지도 않게 여기는 게 더 멋있었어요. 괜히 목을 가다듬으려고 헛기침도 하지 않고. 나, 그 억지 기침소리 싫어하거든요. '제가 감기에 좀 걸려서…' 뭐 이런 두르나 마나 한 변명도 없는 타입, 있잖아요. 그냥 그 목소리 그대로, 어쩔 테냐, 하면서 맨발처럼 쑥 들이미는 게 통쾌했죠!"

그는 껍질 벗긴 양파를 반으로 가른 뒤, 단면을 도마 위에 대고 초등학생이 이름을 쓰듯이 또박또박 썰었다. 한눈에 보기에도 손에 익은 칼질은 아니었다.

"그러니까…, 우리 어머니도 카레를 먹으러 가면 꼭 저런 목소리로 주문하겠다 싶은 거예요. 반말로 불쑥, '어이, 내 카레에 양파 넣지 마. 맛이 그런 식으로 달라지는 게 난 싫어. 수염 난 게이 같다고! 퉤! 수염 숭숭 난 게이, 당신은 좋아? 차라리 설탕을 푹 퍼서 넣어!' 이럴 것 같은 거예요…."

국자를 들고 서서 기다란 몸을 흔들흔들하면서 그는 춤추듯이 말했다.

"그 손님에게 그냥 마음이 확 쏠렸죠! 프라다 로고가 박힌 셔츠의 소매를 둘둘 말아 아무렇게나 입고, 발톱에 칠한 까만 페디큐어가 돋보이도록 까만 실로 꼬아 만든 비치 샌들을 까닥까닥 흔드는데…. 복숭아뼈 아래쪽이 사막의 그림자처럼 쑤욱 들어가 있는 거예요…. 그러니까, 첫눈에 반했어요."

양파가 들어간 그의 카레는 들척지근하고 맛이 없었다. 나도 그냥 설탕을 넣어달라고 할걸 그랬나 보다.

"맛, 없죠?"

나는 웃으면서 고개를 저었다.

"맛있어요. 그러니까…, 생일날 아침에 먹고 싶을 정도로요."

그는 눈썹을 살짝 치켜 올리더니 무쇠 프라이팬을 불에 올렸다. 눈 깜짝할 새에 내 카레 위로 브라질의 평원에서 갓 떠오른 태양처럼 이글거리는 달걀 프라이가 올라온다.

"서비스예요. 나, 거짓말하는 여자에게 약하니까."

모든 여자에게 어떻게든 반하고 마는 남자가 만든 카레를, 파슬리까지 깨끗이 비우고 나는 일어섰다.

❈ ❈ ❈

난 처음부터 헤어드레서는 아니었다. 그렇게 불러도 된다면, 배우였다. 고등학교 시절부터 극단에서 잔심부름을 했다. 학교보다는 훨씬 재미있었고 내게 필요한 것들을 배울 수 있었다. 아빠는 처음부터 없었다. 엄마가 미용실을 해서 혼자 나를 키웠고, 우연히 이웃에 살고 있던 그 극단 여주인이 엄마의 단골손님이 되면서 이야기는 시작된다.

엄마가 일하는 곳은 그냥 동네 미장원이라기엔 조금 세련된 가게였다. 베이커리 2층에 넓은 창을 달고 벽을 밝은 계란 색으로 칠한 조그만 카페 같은 미용실이라 동네 멋쟁이들이 드나들었다. 극단 '츠키'의 여주인도 거의 매일 배우인 듯 보이는 누군가를 데리고 와서 이런저런 난해한 헤어스타일을 부탁하거나, 아니면 그냥 엄마랑 수다를 떨러 들렀다.

엄마는 쾌활한 사람이었다. 손재주도 오묘해서 어떻게든 거울 속의 모습을 꿈처럼 그럴듯하게 만들어놓았다. 엄마의 가게에서 가장 비싼 메뉴는 단연 커트였다. 유명 미용실보다 두세 배나 비쌌다. 지나가다 들른 뜨내기손님들은 '머리끝만 조금 다듬는 데' 드는 그 엄청난 금액에 놀라 대부분 도망치듯 다시 나가버렸다.

하지만 엄마의 가위에 머리카락을 한 번 맡겨본 사람은 다이아몬드를 세공하는 듯한 섬세한 커트에 비용 따위는 잊었다. 그리고 일단 엄마의 단골이 된 사람은 마약에 집착하듯 우리 가게를 찾았다. 미용실이 북적거리는 일은 없었다. 가치를 아는 사람들만이 공유하는 이 고즈넉한 공간을 만든 이는, 유감스럽게도 그다지 고즈넉한 사람이 아니었지만 말이다.

엄마는 신경이 날카로웠다. 한없이 상냥한 사람들이 흔히 그렇듯이 그 상냥함의 밑바닥에는 항상 언제 터질지 모르는 감정의 폭발이 깔려 있었다. 그래도 그 폭발을 목격하는 이는 항상 나뿐이니까 매상엔 큰 지장이 없었다. 시원한 공기를 뿜어내는 에어컨일수록 실외기가 뜨거워지는 것과 같은 원리였다.

원래 에어컨은 영업장에만 틀어놓는다. 엄마의 시원한 웃음과 이야기들은 손님들이 쐰다. 그들 대신 뜨거운 김을 견디지만, 나는 그녀의 딸이다. 나는 이해했고 엄마도 내가 이해한다

는 걸 알았기 때문에 우리는 서로 쓸데없는 죄책감에 사로잡히지 않고 함께 지냈다

　나는 공부엔 흥미가 없었다. 왜 그런 것들을 베껴 쓰고 외우는 것을 '공부'라고 부르는지 이해할 수 없었다. 공부란, 이런저런 색깔 속에 뒹굴어보는 것이 아닐까? 나의 몸과 마음이 아직 말랑하고 깨끗할 때. 그래서 내게 가장 어울리는 색을 입고 삶이 끝날 때까지 펼쳐질 어른들의 파티에 데뷔하기 위해서. 하지만 내가 원하는 방식으로 어른이 되는 것을 아무도 원하지 않았기 때문에, 나는 혼자 시간을 갖고 노는 수밖에 없었다.

　비디오의 지루한 부분을 빨리 감아버리듯이 수업시간에는 시간이 빨리 흐르게 하는 최면을 스스로에게 걸었다. 눈꺼풀을 1밀리미터 정도 내리고 이마와 가슴 중앙에 집중하여 까만 점을 하나씩 찍는다. 두 개의 선명한 점을 또렷하게 찍는 것이 중요하다. 모든 것의 시작이니까. 그 두 점을 시작으로 천천히 소용돌이 같은 원을 그린다. 두 개의 소용돌이는 어느 순간 생명력을 얻어 LP판의 무늬처럼 빙글빙글 돌면서 걷잡을 수 없이 가속도가 붙어나간다. 일단 거기까지 오면 교실과 선생님과 칠판이 흐릿해지고 반쯤 잠든 것 같은 무중력 상태가 된다. 아무도 눈치채지 못하지만 효과는 최면과 똑같다. 중요한 건 그 상태 속에서도 선생님이 내 번호를 지목하면 일어나서 교과서를

읽을 수도 있고, 누군가가 돌돌 말아 보낸 쪽지에 답장을 보낼 수도 있다는 점이다. 다만 그 모든 게 흐릿해져서 시간이 느껴지지 않을 뿐이다.

학교를 안 다닐 수는 없었다. 하지만 맛보지 않을 수는 있다고 나는 생각했다. 코를 막고 감기약 시럽을 꿀꺽 삼키는 게 나쁠 이유가 없는 것과 마찬가지로.

카레의 시절과 밥의 시절

그 다음날도 나는 카레를 먹으러 갔다. 모래사막 위에 펄럭이는 군청색 노렌은 조금도 익숙해지지 않고 여전히 신기루처럼 나를 놀라게 했다. 그 문을 열었을 땐 먼저 와 있는 손님이 있어서 더욱 놀라웠다. 그리고 이상하게도 가게 안의 공기가 미지근한 젤리같이 덩어리져 있다. 나는 젤리의 모퉁이가 부서질까 봐 소리 내지 않고 카운터 자리의 나무의자 하나를 빼냈다. 그리고 예의 바른 관객이 되어 먼저 와 앉아 있는 손님들을 조심스럽게 살펴보았다.

어린 남자아이와 아이의 엄마인 듯한 젊은 여자. 아이는 맛없는 카레 속에서 감자와 당근을 골라내어 접시 가장자리 양쪽에 따로 도열시키는 놀이를 하고 있었다. 감자 팀은 왼쪽에 흰 유니폼을 입고, 당근 팀은 오른쪽에 붉은 유니폼을 입고, 시합을 앞둔 축구 선수들처럼 서로를 노려보았다.

아이 엄마는 윤기 없는 머리카락을 느슨하게 묶어 등 뒤로 늘어뜨리고 있었다. 오래 전에 독한 약으로 염색을 한 듯 머리카락 끝이 바슬바슬 갈라져, 겨울 밭에 마지막 남은 메밀 다발처럼 보였다. 그 다발 속에 손을 담그면 물기 하나 없는 서리가 만져질 것 같았다.

그녀는 차곡차곡 카레를 먹는 중이었다. 나는 그녀에게서 눈을 뗄 수가 없었다. 흰밥이 담긴 접시 한쪽 귀퉁이부터 카레가 담긴 다른 쪽 귀퉁이까지, 밥은 밥인 채로 카레는 카레인 채로, 아무런 표정 변화도 없이, 카레와 밥을 섞을 수 있다는 것을 배운 적 없는 사람처럼, 사막에 내리는 비를 맞으며 터벅터벅, 어쩔 수 없는 숙명처럼 놓인 밥의 시절과 카레의 시절을, 한 숟가락씩 입에 넣고 씹고 삼키는 그 모습에 빨려들어갈 것만 같았다. 그 접시 위에 달걀 프라이를 얹어준다 해도, 주인장이 카레를 깜박 잊어 모래 같은 흰밥만 끝없이 이어진다 해도, 그녀는 아무 말 없이 눈먼 낙타처럼 접시의 끝까지 걸어갈 것이다.

베이지색 리넨 원피스를 갈색 가죽을 꼬아 만든 허리띠로 묶어 입고 발목까지 오는 이끼색 레인부츠를 신은 그녀는 비가 많은 아열대의 어디선가 길을 잃은 것같이 보였다. 사내아이도 오랫동안 깎지 않은 듯 텁수룩한 머리카락이 귀를 덮고 있었다. 그리고 아이 곁에 놓인 큼지막한 여행가방….

견뎌온 그 모든 시절들이 깨끗하게 접시에서 자취를 감추자 그녀는 주저 없이 일어나 아이의 손을 잡았다.

"코우지, 그만 가자."

아이는 포크로 애써 갈라놓은 감자 팀과 당근 팀 선수들을 마구 뒤섞으며 엄마의 얼굴을 물끄러미 바라보았다. 그 얼굴은 마치 '어디로 가는데?'라고 묻고 있는 것 같았다. 여자는 그 표정엔 대답해주지 않은 채 나머지 한 손으로 여행가방을 끌고 가게를 나섰다.

잘 먹었다고도 말하지 않았고, 주인장도 안녕히 가시라고 말하지 않았다. 음식값이 오가지 않았다는 건 나중에야 기억해냈다. 하지만 그들이 그려내는 풍경 속에선 왠지 그쪽이 훨씬 현실적으로 보였다.

그들이 나가자 젤리처럼 응고되어 있던 공기가 다시 훅 풀어져 흘렀다. 일본인 같지도, 백인 같지도, 흑인 같지도 않은 남자는 무언가에서 깨어난 듯 획획 도리질을 몇 번 하더니 수돗물을 틀어 도마를 씻고 나를 위해 감자 껍질을 벗기기 시작했다.

"저 사람들…."

내가 미처 말을 마치기도 전에 그는 식초 뚜껑을 닫듯 황급히 대답했다.

"아, 리에요?"

리에…. 그녀의 느슨하게 묶은 머리와 아주 잘 어울리는 이름이었다.

"동네 피아도 선생이에요. 우리 집에서 왼쪽으로 세 번째 집에서 살죠. 코우지는 여섯 살인데 아직 말을 못해요. 그런데 아무리 어려운 말이라도 곧잘 알아듣긴 하거든요. 어른들이 읽는 책도 줄줄 읽고…. 좀 괴상한 녀석이에요."

나는 조금 놀랐다. 그녀는 길을 잃은 게 아니었다. 더군다나 이 마을에 사는 사람이었다니. 그리고 피아노 선생님이라고?

"이런 데서 피아노를 배우는 사람이 있어요?"

나는 솔직하게 물었고, 남자는 피식 웃었다.

✿ ✿ ✿

나는 피아노를 배운 적이 없다. 비 내리는 날 신발을 적시지 않고 걷는 것보다 그 많던 학원들(미술학원, 발레학원, 암기학원, 원어민 영어교실, 발표력교실, 태권도학원 등등) 중 단 하나도 다니지 않고 학창시절을 마치기가 더 어려웠던 시절이었지만, 나는 그렇게 했다. 친구도 없었다. 나와 그들, 서로가 낯설어했다.

조금은 나의 머리카락 탓도 있었다. 실내에서 얼핏 보기엔 그냥 평범한 여고생의 단발 생머리지만 자세히 들여다보면 군데군데 보라색 머리카락이 10분의 1쯤 섞여 있다. 와인색에 가까운 붉은 보라색이다. 엄마를 닮아 눈동자와 머리카락이 연한 갈색이라 그 색실 같은 머리카락들은 어쩔 수 없이 눈에 띄었다. 평온한 실내악 악보에 지루해진 플루트 연주자가 보라색 잉크로 여기저기 즉흥적으로 그려 넣은 엉뚱한 음표들처럼. 햇빛 속에 서기라도 하면 누가 스위치를 누른 것처럼 그 보라색 머리카락들에만 불이 켜졌다. 그리고 나의 얼굴을 더욱 기묘하게 보이게 했다.

길고 가느다란 홑꺼풀 눈에 어울리지 않게 높게 솟은 코, 그리고 지나치게 얇은 입술이 창백한 피부에 감싸여 있는 얼굴이었다. 불안한 보랏빛 화음이 달빛처럼 내 얼굴 위로 흐를 때마다 소곤거리는 소리가 들렸다.

"마녀의 머리카락이야…."

아이들은 눈에 보이는 명백한 증거물에 기쁨을 감추지 못했다. 중세의 유럽이었다면 그들은 어느 축제의 날에 만장일치로 나를 마을 한가운데의 기둥에 묶고 춤을 출 수 있었을 것이다.

나와 친구가 되는 것은 아무도 원하지 않았지만 마법의 부적은 누구나 원했다. 체육시간에 정전기가 지독한 체육복으로 갈 아입을 때나, 화장실에서 물 묻은 손으로 머리카락을 다듬을 때, 아이들은 몰래 내 주위를 맴돌며 보라색 머리카락이 떨어 져 있는지를 살폈다. 그 머리카락을 약지손가락에 반지처럼 감 고 다니는 아이도 있었고 노트 안쪽에 하트 모양으로 말아 스 카치테이프로 붙이는 아이도 있었다.

부적의 효험은 전혀 없었다. 좋아하는 남자아이에게서 고백 을 받지도 못했고 살이 빠지지도 않았다. 하지만 그걸 갖고 있 다는 사실이 중요했다. 나도 아주 가끔씩 나에게 노트를 빌려 준다든지, 가사 실습시간에 계란과 버터를 섞는 걸 도와준다든 지 하는 친절을 베푸는 아이에겐 아무런 망설임 없이 내 보라 색 머리카락 한 올을 뽑아 건네곤 했다. 다른 것은 아무것도 필 요 없었다.

"신경 쓰이면 염색해줄까?"

언젠가 엄마가 물은 적이 있었지만 난 전혀 신경 쓰이지 않 았다.

3시경 학교 수업이 끝나면 반 아이들은 모두 어딘가의 학원 으로 흩어지고, 나는 엄마의 가게로 갔다. 엄마가 손님들의 머 리카락을 만지고 잘라내고 컬을 만드는 것을 보기 위해서였다. 손님이 거울 앞의 의자에 앉으면 엄마는 머리를 감기기 전에 손님의 머리카락 깊숙이 두 손을 집어넣어 슬쩍 한 움큼 쥐었다가 놓았다.

그건 엄마만의 '청진' 단계 같은 거였다. 머리숱을 가늠함과 동시에 모발의 탄력과 강도, 두피의 상태 등을 한 번 슬쩍 쥐었다 놓는 그 2초 동안 오랜 경험으로 단련된 민감한 손끝으로 읽어내는 것이었다. 그 모습이 내겐 늘 경이로웠다. 그때 엄마가 풍기는 아우라는 가련한 인간의 영혼의 강물 속에 손을 담그는 칼리 여신 같았다. 엄마는 머리카락을 숭배했다.

"우리는 스스로의 영혼을 하루에 0.35밀리미터씩 밖으로 밀어내면서 살아가는 존재들이야. 영혼에 새겨진 모든 걸 끌어안고 살아갈 수 있는 사람은 없어. 슬픔이든, 악몽이든, 기쁨이나 추억 같은 것들도 너무 무거워지면 인간을 짓눌러버리거든. 어쩔 수 없이 하루에 그만큼씩은 자신을 머리카락에 적셔서 밀어내야 해."

처음 엄마가 이렇게 말했을 때, 나는 이불 위에 앉아 미미인형의 부슬부슬한 머리카락을 쓰나듬고 있었다. 엄마는 콜드크림으로 화장을 지우며 거울을 보고 그렇게 중얼거렸었다. 아마도 내게 한 말은 아니었을 것이다. 하지만 여섯 살이었던 나는 이상하게도 그 말을 한 마디도 빠짐없이 이해할 수 있었다.

"알겠니? 머리카락은 그 사람에게 담갔다가 꺼내는 실타래라서 한 번 손끝으로 만져보면 알 수가 있지. 바닷물에 담갔던 것과 오렌지 주스에 담갔던 것은 다르지 않겠니? 머리카락은 모든 것을 말해. 자신이 알고 있는 것과 모르고 있는 것, 외면하고 있는 것, 앞으로 일어날 것 모두를. 그걸 출렁출렁 늘어뜨리고 사람들이 울거나 웃는 걸 보면…. 아아, 나, 어떻게든 해주고 싶어서 못 견디겠어."

사춘기 무렵, 반쯤 눈을 감고 엄마의 이야기를 듣고 있노라면 짧은 영상 같은 것이 눈꺼풀의 영사막에 어렸다. 아직 어린 신이 보인다. 그는 호기심 가득한 얼굴로 우리의 두개골 안쪽에 주먹만 한 하얀 실뭉치를 살그머니 놓아둔다. 그리고는 아무것도 하지 않는다. 한가로이 신들의 카페에서 허브티를 마시다가 이따금씩 생각날 때마다 창문 너머로 인간들의 머리 위를 하나하나 둘러본다. 그가 놓아둔 실뭉치에 어떤 색이 묻어 나오는지. 그들의 가련한 영혼이 어떤 커브를 그리며 흐르는지. 정원에 심어놓은 튤립 구근을 살피듯이 신은 무심히 감상할 뿐이다. 그리고는 다시 컵을 입가로 가져간다. 좀 더 고결하고 중대한 우주의 운명을 생각하기 위해서.

신에게는 슬픔과 기쁨의 구분이 없다. 그저 그가 놓아둔 실뭉치들이 아름답고 근사한 빛깔로 물들어, 매혹적인 컬을 이루거나 순결한 직모로 뽑혀 나오기를 기다릴 뿐이다. 인간들이 누에고치의 정서에 신경을 쓰기보다는 그가 뽑아내는 실크의

굵기와 색에 신경을 쓰는 것과 똑같다.

　내가 학원에 다니지 않는 것을 두고 엄마는 걱정도, 잔소리도 하지 않았다. 하지만 내가 미용 일을 배우거나 하다못해 미용실의 자잘한 일들을 거드는 것까지 이상하게도 엄격하게 금지했다. 파마약이 묻은 뼈다귀 모양의 롯트를 씻거나, 건조대에서 마른 타월들을 개어 선반에 올리는 것 정도는 할 수도 있었는데, 내가 그쪽으로 손을 뻗으려 할 때마다 엄마는 매서운 눈길을 보냈다.

　"너는 머리카락 만지지 마!"

　그러다가 '그것'이 내게 왔다. 여고 2학년이 막 시작되던 봄, 엄마의 가게에서 손톱을 다듬던 극단 츠키의 여주인이 내게 "방과 후에 할 일 없으면 우리 극단에서 이것저것 배워보지 않을래?"라고, 짐짓 아무것도 아니라는 듯, 모든 것으로 향하는 문을 열었을 때, 그때 나는 지루하게 턱을 괴고 앉아서 오래된 〈보그〉 지의 페이지를 넘기고 있었다. '유리보다 투명한 입술, 당신의 키스는 언제나 여름!' 에스티 로더의 립스틱 광고가 펄럭 내 손가락 끝에서 넘어가고 있었고, 무언가 강렬하고 뜨거운 계절 같은 것이 내 뺨에 닿았다. 때가 되면 거부할 수 없고, 한동안은 계속될 날씨 같은 것이.

'츠키'는 일본어로 '달'이라는 뜻이라고, 미나 선생님이 가르쳐주었다.

"달은, 그 자체로는 아무것도 아니야. '달빛'이라는 건 없어. 무언가의 빛을 받아 반사할 뿐이야. 하지만 사람들은 햇빛보다 달빛에 더 감사할 때가 많지. 밤은 언제나 갑자기 찾아오고, 살다 보면 달빛에 의지하지 않고선 찾을 수 없는 길이 있거든."

극단 문을 열고 들어가던 첫날, 미나 선생님으로부터 들었던 극단 오리엔테이션은 그게 다였다.

"상대역이 없으면 우린 어떤 것도 될 수가 없어. 누군가가 되쏘아주어야만 '그것'이 되지."

어느덧 나는 극단 사람들처럼 그 극단 여주인을 '미나 선생님'이라고 부르고 있었다. 재일교포라고 했다. 그녀의 극단은 도쿄의 신주쿠와 서울의 대학로를 오가면서 실험적인 연극을 하고 있었다. 더러는 운 좋게 신문이나 TV에서 '화제의 공연'으로 다루어지면서 꽤 관객이 들기도 했지만, 그녀가 대본을 쓴 기괴한 연극들은 유료관객이 거의 없었다. 대중이 동시대 예술가의 가치를 제대로 알게 되는 날은 아마도 영원히 오지 않으리라. 대중은 인류 역사를 통틀어 한 번도 예술 과목에서 유급당하지 않은 적이 없었다. 적어도 두 세기는 지나고 나서야 더 이상 함께 와인잔을 기울이며 담론할 수 없는 곳으로 가버린 예술가들을 이야기한다.

그녀가 어떻게 극단을 유지하고 배우들과 스태프들의 급료를 주는지는 아무도 몰랐다. 극단 츠키에는 모두 9명의 배우들이 있었고, 하나의 공연이 완성되면 반드시 일본과 한국 양쪽 무대에 다 올렸으므로 그들은 국제선 비행기를 버스 타듯 타고 다녔다.

또 신주쿠와 대학로 두 군데에 다 멋들어진 지상 연습실을 갖고 있었다. 거의 모든 극단 연습실(그나마 연습실을 갖고 있는 운 좋은 극단의 이야기지만)이 지하에 있다는 걸 생각하면, 이건 굉장히 놀라운 일이었다. 지상에 연극 연습실을 마련하려면 세가 비싼 건 둘째 치고 벽과 천정을 방음제로 둘러싸야 하고 창문에는 극장에 있는 것과 같은 묵직한 방음커튼을 달아야 하므로 설치비부터가 어마어마해진다.

하지만 미나 선생님은 실수로라도 단원들의 급료를 밀리거나 연습실 대여료를 연체하는 일이 없었다. 사실 급료라고도 부르기 힘든, 딱 굶어 죽지 않을 정도의 돈이었지만 일단 그것이 오랫동안 매달 거르지 않고 지급되면 놀라운 힘을 갖는다.

언젠가 엄마의 단골손님이 슬쩍 흘리듯이 해준 얘기론, 미나 선생님은 극단을 운영하는 것 외에도 다른 일을 갖고 있다고 했다. 그건 '특별한 고객'들을 상대하는 일이라고, 립스틱 바른 입술이 선명하게 말했다. '특별한'이란 말이 투명한 구슬이 되어 내 뇌 벽에 부딪혔다. 타앙…. 그리 멀지 않은 어딘가에서, 열일곱 살이 아직은 알아서는 안 되는, 위험한 룰렛 판 위를 구르고 있던 구슬이었다. '상상할 수 없을 정도의 답례를 받지만 항상 돈을 받을 수 있는 건 아닌 일'이라고 그녀는 속삭이듯 엄마에게 말했고, 그 말을 이해하는 데 내겐 아무런 노력도 필요하지 않았다.

울부짖고, 벽을 찢고, 때론 아무 말 없이 관객을 노려보며 유리창을 닦는 작품들을 할 수만 있다면 기꺼이 콩팥이라도 팔아치울 용의가 있는 배우들에겐 그녀의 극단은 파라다이스와 같았다. 샤워를 하기 위해 수도꼭지 뒤에 얽힌 배수와 관개시설을 꼭 알아야 할 필요가 있을까? 나는 열일곱 살이었고 일본인과 한국인이 반씩 섞인 그 극단과 그들의 색깔이 못 견디게 좋았다. 달빛에 비춘 듯 묘하고, 바보스럽고, 상냥하고, 한 명 한 명이 모두 어딘가에 미쳐 있다…. 그리고 그들 중 누구도 나의 머리카락 색깔에 관해 이야기하지 않았다. 그것은 처음 있는 일이었다. 모두가 갖고 있는 '그것'이 공교롭게도 나는 머리카락에 심어졌을 뿐이라는 듯한 태도에, 나는 구석자리를 차지한 고양이처럼 안심했다.

그들이 일본 공연을 떠나고 나면 나는 졸지에 방과 후 고아가 되었다. 지금껏 츠키에 가지 않고 어떻게 시간을 보냈는지 도무지 기억이 나지 않았다. 서울에 혼자 남을 때면 '달 없는 밤'이라고 일기에 썼다. 하지만 정식 단원도 아닌 내가, 그것도 아직 고등학생인 내가 학교를 빠지고 극단을 따라 일본에 갈 수 있는 구실은 없었다. 게다가 난 극단주가 탐을 낼 만큼 예쁘지도 않았고 연기파도 아니었다. 그냥 그곳의 공기가 깜짝 놀랄 만큼 나를 들뜨게 했고, 그런 나를 극단 사람들이 그들의 달빛 속에 친절하게 거둬주었을 뿐이었다.

아홉 마리의 혈통 있는 고양이들의 밤

단원들은 미나 선생님을 신뢰했다. 그 신뢰는 숭배에 가까웠다. 미나 선생님은 처음부터 자신이 누구인지 알고 있는 이들만을 어디선가 주워왔고, 극단 츠키를 만들었다.

그들은 냉담한 주인이 돌연 어딘가로 떠나버려, 오랫동안 길고양이로 떠돌던 아홉 마리의 혈통 있는 고양이들이었다. 이마에 귀족의 표식이 있었던 그들은 견뎠다. 쓰레기통을 뒤져 끼니를 해결하고, 눈과 비에 젖어 털이 남루해질지언정, 결코 인정 많은 동네 아주머니의 품에 입양되어 평민의 지붕 아래 깃들지 않았다.

그들은 꼬리를 빳빳이 세우고 주인을 기다렸다.

어느 날 주인은 홀연히 돌아왔고, 자신의 고양이들을 한 마리 한 마리 다시 길에서 주워왔다. 그들이 지닌 표식은 단번에 미나 선생님의 눈에 띄었고, 그들은 선생님이 두 번 다시 자신들을 버리지 않을 것이라는 걸 알았다. 그들이 '달의 룰'을 어기지만 않는다면.

누구나 선생님과 농담을 주고받으며 이런저런 이야기를 할 수 있었지만, '선생님에 대해서' 이야기하는 것은 금지하지 않아도 금기시되었다. 미나 선생님이 갖고 있다는 '특별한 고객들'에 관해서도 그들은 알고 있는 것이 틀림없었다. 그런 생각을 하면 그들의 가느다란 몸이 갑자기 어둠을 삼킨 보아뱀처럼 거대하게 느껴졌다.

무언가를 숨긴 장막이 있는, 그렇기 때문에 더욱, 스스로의 정체를 모르는 척, 안락한 달빛 속에서 안심하고 고양이밥을 먹는 승냥이들 같았다. 그들의 무리에 섞여 나는, 그리자벨라 고양이처럼 한없이 나이를 먹을 수도 있었고, 경험한 적 없는 슬픔으로 가슴이 찢어졌고, 고독한 수도사처럼 야위어갔다.

영세한 극단들이 흔히 그렇듯이 츠키에는 배우와 스태프의 구분이 없었다. 배역을 맡지 못한 배우들은 알아서 무대를 만들고 음악을 골랐다. 벼룩시장에서 사온 낡은 옷들을 가위질해서 의상을 만들기도 했다. 그리고 배역이 있건 없건 그 작품의 대본을 처음부터 끝까지 외웠다. 모든 배역의 모든 대사와 지문들을. 연습을 할 때도 무대 아래쪽의 마룻바닥에서 무대 위의 배우와 똑같이 연기하며 입을 맞춰 연습했다. 그래서 츠키의 공연은 완벽했다. 공연 중에 배우에게 갑작스런 사고가 생겼을 때 언제라도, 누군가가 그 자리에서 뛰어올라가 대역을 할 수 있었다.

나는 그 모든 것을 함께 하도록 허락되었다. 딱히 내게 맡겨진 일은 없었지만 그저 따라다니며 페인트칠도 함께 하고 분장도 함께 하고 시장도 함께 봤다. 내게 심부름을 시키려는 사람은 아무도 없었다. 그냥 옆구리에 끼고 걷는 책을 대하듯 했다. 떨어뜨리거나 잊어버리지 않도록 신경 써서 끼고는 다니지만, 지금 당장 소용이 있는 것은 아니다.

그저 함께 가다 보면 한가한 어느 순간 펼쳐들지도 모른다.

내 이름은 유정이다. 여고라면 한 반에 한둘은 있는 흔한 이름이다. 그런데 한문으로 쓰면 그게 조금 독특해진다. 흐를 류(流)를 쓰는 것이다. 흐르는 정. 엄마의 작품이다. 미나 선생님이 가장 먼저 내 이름의 첫 글자만 따서 일본식으로 '류짱'이라고 부르기 시작했다. 그러자 극단 사람들은 아예 내 본명은 알려고도 듣지 않고 류짱으로 나를 통일시켰다.

단원들은 모두 친절했고 나도 그들을 좋아했지만 그중에서도 요시히로는 내가 유난히 따르는 배우였다. 나이는 스물일곱에서 여덟쯤. 그는 한국인 어머니와 일본인 아버지를 가진 혼혈이었다. 한국말과 일본말이 모두 유창해서 어느 쪽에서 공연을 하든 늘 무언가 배역을 맡곤 했다. 미나 선생님도 유독 요시히로를 아꼈고, 실크장갑을 끼고 만지듯 조심스럽게 대했다.

모두가 함께 하는 몸 풀기 운동시간이나 공연 연습시간에 이따금씩 빠질 수 있는 것도 요시히로뿐이었다. 그가 무엇 때문에 그 시간에 우리와 함께 있지 않는지, 어디에서 무얼 하는지 묻는 사람은 아무도 없었다. 요시히로 본인도, 미나 선생님도 그 '무단결석'에 대해 설명할 필요를 느끼지 못하는 게 분명했다. 아마도 그것 또한 모두가 나눠서 삼켜버린 '달의 룰'인 듯했다.

평상시에 요시히로는 한낮의 공원같이 차분하고 고요했다. 인간은 인간이기 시작한 이래 그다지 근사한 쪽으로 진화한 것은 아니다. 하지만 요시히로는 그 평범한 진화의 굴레를 벗어난 보기 드문 종족이었다. 그는 분명 우리보다 정확히 두어 계단쯤 올라선 곳에서 더 맑은 것을 느끼고 표현했다.

언젠가 요시히로가 연습실의 피아노를 치는 모습을 본 적이 있다. 그는 건반 위에 올려놓은 손가락 끝을 스포이트처럼 사용해 음을 빨아들이고 있었다. 그 음들은 나긋나긋한 혈관과 팔의 근육을 타고 올라와 그의 어깨와 목덜미를 달빛으로 물들였다. 내가 피아노를 배우지 않은 걸 후회한 적이 있다면 요시히로의 그 빛 속에 서 있던 순간이 유일했다.

❋ ❋ ❋

리에가 피아노 선생님이었다는 이야기는 그 손가락과 어깨와 목덜미를 불러왔기 때문에, 쓸쓸해지지 않으려고 나는 조금 무례해졌다.

"이런 데서 피아노를 배우는 사람이 있어요?"

남자는 도마를 물로 씻으며 너그럽게 피식 웃었다.

어린 남자들의 얼굴에 어리는 무늬

"한 10년 전에는 꽤 있었어요. 고기가 잘 잡히는 마을이라 배를 타는 사람들도, 장사하는 사람들도 많이 살았거든요. 지금 이 가게도 원래는 횟집이었어요. 뱃사람들이 잡아 올린 생선들을 받아서 관광객들에게 싼값에 팔았죠. 도시 사람들은 회라면 사족을 못 쓰니까….

워낙 시골이다 보니 유지원이나 보육원이 따로 없어서 마을 아이들이 죄다 놀이방 삼아 리에의 피아노 학원에 다녔어요.

리에의 남편은 읍내에서 사진관을 했었는데 종종 카메라를 들고 와서는 와이프가 가르치는 아이들의 모습을 귀엽게 찍어주고, 그걸로 앨범도 만들어줬어요. 조촐하지만 연말에는 피아노 발표회 같은 것도 열고…. 그러니까, 이런 시골에서 부모들의 반응이 여간 좋지 않았어요."

그는 이번에는 내게 묻지도 않고 저번보다 더 큼직하게 양파를 숭숭 썰었다. 길쭉한 손가락이 도마 위의 양파를 한 움큼, 끓고 있는 카레 위로 던져 넣는다. 그러자 이미 입안에서 양파물이 밴 손가락으로 내 혀를 쓱 훑어 내린 것 같은 맛이 났다. 이미 익숙해진 들척지근한 맛.

"그런데 말이에요, 그러니까 코우지가 태어나고 얼마 지나지 않아서 그 남편이 어디론가 떠나 버렸단 말이에요. 애지중지 아끼던 카메라도 선반 위에 그대로 둔 채 그냥 훌쩍 나가서 영영 돌아오지 않았죠. 그가 왜, 어디로 갔는지는 아무도 몰라요.

그리고 또 얼마 지나지 않아서 이 근방 해안에서 기름 유출 사건이 터졌죠. 한동안 TV 뉴스에서도 떠들 만큼 심각했어요. 큰 원양어선에서 기름탱크가 터진 거예요. 온 마을이 타이어 타는 냄새 같은 것으로 뒤덮였어요. 물고기들이 죽어서 떼 지어 둥둥 떠오르고…. 젊은 사람들은 모조리 아이들을 데리고 다른 지역으로 이사를 갔어요.

그러니까, 연금으로 근근이 사는 노인들이랑 고기를 잡아서 먹고 사는 게 아닌 사람들만 조금 남는 바람에 마을이 이렇게 헛헛해진 거죠. 그게 6년 전이니까…, 바다는 이제 깨끗해졌고 고기들도 다시 돌아왔는데 사람들은 돌아오지 않아요. 그러니까…, 리에의 남편도."

그래서 리에도 떠나는 참이었을까. 아들을 데리고.

"가방이 큰 걸 보니 어딘가 가는 것 같던데요? 마을을 떠나는 건가요?"

내가 묻자 그의 얼굴에 묘한 무늬 같은 표정이 떠올랐다. 10년 전, 츠키에서 '플라밍고5'를 공연할 때 피아노 줄에 매달려 3미터짜리 절벽에서 뛰어내리던 강휘의 얼굴에 꼭 그런 무늬가 어렸었다.

✼ ✼ ✼

강휘는 극심한 고소공포증을 갖고 있었다. 그래서 그 역에 캐스팅되었다. 대사도 없었고 그저 두려움을 가득 안고 절벽 아래로 뛰어내리다 땅에 부딪히기 직전 아슬아슬하게 날아오르는, 한쪽 날개가 부러진 다섯 번째 플라밍고 역할이었다.

그는 그 역할에 너무나 심취해 있었기 때문에 스스로의 공포를 돌보지 않았다. 한 시간 반의 공연 중에 그는 모두 열다섯 번을 뛰어내려야 했다. 객석에서 보이지 않는 인공 절벽 뒤에 숨어서 그는 등과 허리에 피아노 줄을 매단 채로 다음 추락 때까지 기다렸다. 그리고 다시 다섯 번째 플라밍고의 차례를 알리는 음악이 울리면 새파랗게 질린 입술로 절벽 뒤에 설치된 사다리를 올랐다.

그의 여자친구인 하루히가 절벽 뒤에 같이 숨어서 추락과 추락 사이를 함께 견뎠다. 나는 절벽 끄트머리에 서서 이따금씩 무대 위에 물을 뿌리는 역할을 맡았기 때문에 그들의 모습을 처음부터 끝까지 볼 수 있었다.

하루히는 서른 일곱으로 츠키에서 가장 나이가 많은 단원이었다. 강휘보다 열 살 가까이 연상이었지만 자그마한 체구에 생머리 단발이 귀여운 여자였다. 정말 날개가 부러진 새 한 마리를 돌보듯 하루히는 매번 추락을 끝내고 부들부들 떨며 세트 뒤로 돌아오는 강휘를 품에 안고 정성껏 깃털을 쓸어내렸다.

"흐윽, 흐윽…."

강휘는 반복에도 누그러지지 않는 고소공포에 번번이 울음 같은 숨을 토해내며 하루히의 가느다란 팔 안에 안겼다. 하루히는 습자지 같은 희고 얇은 뺨을, 분장과 식은땀이 타르처럼 엉겨 붙은 강휘의 붉은 뺨에 붙이고 속삭였다.

"이제 하지 마. 그만해…. 다시는 뛰어내리지 않아도 돼…."

나는 그때마다 습자지 같은 하루히의 뺨이 끈적한 붉은 벽에 판박이처럼 붙어버릴 것 같아 조마조마했다. 하루히는 소년처럼 몸을 떠는 연인의 등을 작은 손으로 쓸어내리며 간절하게, 진심으로 말했다.

"켄도, 용재도 이 역할을 연습했잖아. 켄은 밧줄을 잡고 있

으니까…, 내가 용재를 불러올게…. 같이 집에 돌아가자…. 날
개 벗어."

　물론 용재가 강휘를 대신해 뛰어내리게 되는 일은 한 번도
일어나지 않았다. 용재는 다섯 번째 플라밍고를 연기하기엔 너
무 검고 강했다. 아무도, 설사 미나 선생님이라 해도, 그의 날
개를 부러뜨릴 수 없었기 때문에 애초에 캐스팅 명단에서 제외
되었던 배우였다.

　용재 지스카드 오트르뤼뉴. 그는 츠키의 또 다른 혼혈배우였
다. 흑인 아버지와 한국인 어머니를 가진 그는 베수비오 화산
처럼 검고 뜨겁고 높았다. 우리는 모두 알고 있었다. 누군가가
신들의 전쟁이나 지구의 마지막 날에 인류를 구하는 거인의 이
야기를 쓰지 않는 이상, 감히 그를 조촐한 무대 위로 불러내는
일은 일어나지 않을 것이다.

　'플라밍고5'는 서울의 소극장에서 일주일, 신주쿠 극장에서
열흘 동안 공연되었고, 강휘는 도합 255번의 추락과 255번의 하
루히의 뺨 사이를 오가며 위출혈을 얻었다. 덕분에 체중이 7킬
로그램이나 빠져 항암 병동에서 빠져나온 사람처럼 수척해졌
지만 그다음 달에 습자지 같은 하루히와 결혼할 수 있었다.
255번의 키스를 예물로 바치고.

기차역에 간다고 해서
모두가 떠나는 건 아니에요.

세트 뒤에서 안아줄 하루히도 없는데 카레를 끓이던 남자는
곧 뛰어내려야 하는 플라밍고5 같은 얼굴을 했다.

"리에는…, 남편을 만나러 가는 걸 거예요."

그는 카레의 불을 줄였다.

"나, 사실 리에를 좋아했었거든요. 그러니까…, 그녀의 마음
이 조금은 알아져요."

그는 살짝 고개를 숙이고 길고 숱 많은 속눈썹을 두어 번 깜
박였다.

"끔찍이 사랑하던 남편이 연기처럼 사라져버리고 나서 리에
가 조금 이상해졌어요. 가끔씩 저렇게 큰 여행가방을 들고, 코
우지의 손을 끌고 어디론가 가거든요. 정말 떠나는 건 아니에

요. 사실은, 내가 열 번도 넘게 몰래 따라가 봐서 알아요. 그냥…, 기차역에 한동안 앉아 있다 오는 거예요."

심장의 한쪽 솔기가 두두둑, 터져 나가는 것 같았다.

'나는 이제 떠나야 해요, 정말로….'

– 아무것도 해줄 수 없는 지나가는 이의 마음을 담아서, 그러나 간절하게.

"그 큰 가방…, 아마 모자가 들어 있을 거예요. 리에는 모자가 참 잘 어울렸어요. 얼굴이 갸름하고 머리카락이 저렇게 기니까요. 지금은 쓰지 않지만. 그러니까, 남편이 카메라 렌즈를 사러 큰 도시에 나갈 때마다 모자를 하나씩 사다주었나 봐요. 이따금씩 길에서 마주칠 때면 항상 새 모자를 쓰고 키가 큰 남편의 팔에 소녀처럼 매달려 걸었거든요. 정말 행복해 보였어요. 그러니까, 남편을 만나러 가는 길이니까, 틀림없이 가방 속에 마음에 드는 모자들을 챙겼을 거예요. 남편을 만나면 쓰고 함께 걸으려고…. 열어본 적이 없어서 잘은 모르지만, 나라면 그렇게 할 것 같아요."

역시 얼굴에 저런 무늬가 어리고 나면 남자들은 소년같이 몸을 떤다.

"그런데 기차역으로 가기 전에 꼭 우리 가게에 들러주거든요. 줄 건 맛없는 카레밖에 없는데, 내 앞에서 처음부터 끝까지 한 그릇을 다 먹어주는 게, 그게 너무 고마운 거예요. 그러니까, 리에가, 카레를, 밥이랑 뒤섞지도 않고, 허물어뜨리지도 않고 조심조심 먹는 모습을 보고 있으면 그녀가 묘하게 균형이 무너져 있는 나를, 바로 잡지 않고 온전히 구석구석 안아주는 것 같아서, 그냥 위잉 소리가 나면서 멍해져요. 어떨 땐 서 있기도 힘들어서 카운터 의자에 맥없이 앉아 그녀가 카레를 먹는 모습을 바라봐야 할 때도 있어요.

언제 다시 와줄지 모르기 때문에 6년 전부터 하루도 가게 문을 닫은 적이 없어요. 행여 리에가 카레를 먹지 않고 그냥 돌아가면 안 되니까…."

모두가 천천히 숨 쉬듯 살아가는 한적한 바닷가 마을이란 건 없었다. 이곳에서 쉬고 있던 건 뜨내기인 나뿐이었다.

※ ※ ※

고등학교 시절은 다행히 흐지부지 끝나버렸고, 졸업식 날 나는 교가가 울려 퍼지는 학교 강당에 서 있지 않았다. 대신 츠키 연습실에서 눈을 만들고 있었다. 다음 작품을 위해서 엄청나게 많은 양의 눈이 필요했다. 극의 처음부터 끝까지 눈이 내리는 작품이었다. 1막에서는 로맨틱하게 흩날리던 눈발이 2막에서는 점점 더 거세어져 무르팍까지 쌓이고, 3막에서는 폭설로 바뀌어 가슴까지, 피날레에선 아예 배우들이 눈에 폭 파묻혀야 했다. 그 눈을 제작하기 위해 스태프들이 총동원되었다. 미나 선생님까지 우리와 함께 연습실 마룻바닥에 동그랗게 앉아서 눈을 만들었다.

커다란 비닐을 한 장씩 깔고 앉아서 가운데에 수북이 쌓인 흰색과 은색 종이를 가져다가 모퉁이가 살아 있도록 잘게 잘게 가위질한다. 흰색과 은색이 적당히 섞여야 진짜 눈 같은 반짝임을 낼 수 있기 때문에 다른 사람들이 가위질하는 속도와 맞춰가면서 잘라내야 한다. 나는 그 일을 하는 것이 너무 즐거워서 눈물이 날 것만 같았다.

그녀는 견고했고 우리는 말랑말랑했다.

구름 위 다락방에 모여 앉아 은밀하게 봄눈을 만드는 천사들처럼 우리는 그렇게 작업했다. 아무런 말도 나눌 필요가 없었다. 이따금씩 머리 위를 바라보면 모두의 영혼이 동그랗게 연결되어 크림 도넛처럼 매끈했다.

한참 가위질을 하다가 엉덩이가 아프거나 다리가 저리면 일어나서 무릎에 쌓인 눈 조각들을 탁탁 털어낸 뒤 깔고 앉았던 비닐을 걷어들고 커다란 자루 속에 정성껏 만든 눈들을 쏟아내면 되었다. 그리고 한동안 다리가 풀릴 때까지 어슬렁거리며 다른 사람들이 작업하는 것을 구경하거나 진짜 눈이 내리는 창밖을 바라보거나 누군가의 어깨를 주물러주었다.

이 작품의 제목은 '눈사람의 날'이었다. 배우는 총 세 명이 등장하고 그 셋이 처음부터 끝까지 무대에서 한 발자국도 움직이지 않고 눈을 맞으며 대사를 하는 작품이었다. 오로지 숱한 말들과 표정들만을 눈보다 펑펑 쏟아내어 뜨거운 조명 아래서도 녹지 않는 눈사람으로 서 있어야 했다. 막이 하나 끝나고 잠시 조명이 꺼졌을 때도 그들은 움직일 수가 없다. 시간만큼 쌓인 눈이 극의 핵심이므로 배우가 발을 빼서 자연스러운 눈의 층이 허물어져버리면 모든 것이 허사가 되기 때문이다. 요시히로와 용재, 하루히가 그 세 사람의 역할에 내정되어 있었다. 미나 선생님은 처음부터 요시히로와 용재를 마음에 두고 대본을 썼다고 했다.

"이번엔 섬세하고, 고요하고, 뭔가 치명적인 느낌을 줘야해. 움직일 때보다 가만히 있는 모습이 훨씬 더 강렬해야 해."

그렇다면 세상 사람 모두를 무대에 세워 오디션을 본다 해도 결국 용재와 요시히로가 마지막까지 남아 가여운 심사위원들을 지옥 같은 고뇌에 빠뜨릴 것이다. 문제는 작품 속의 주연은 단 한 명뿐이라는 점이었다. 처음부터 함께 등장해서 끝까지 누구도 퇴장하지 않고 함께 무대에 선다. 게다가 셋을 위한 대사의 분량까지 거의 같다.

하지만 스포트라이트를 비추지 않아도 관객은 단박에 누가 주인공인지 안다. 배역의 힘이란 그런 것이다. 미나 선생님은 대본이 완성되고 우리 모두가 대사를 다 외울 때까지도 그 둘 중 누구를 주연으로 할 것인지를 두고 망설였다. 그것은 아주 드문 일이었기 때문에 츠키는 술렁거렸다.

미나 선생님은 배우의 본질을 꿰뚫어보는 눈을 가지고 있었다. '플라밍고5'에 강휘를 고를 때도 그녀는 본능적으로 누가 그 역할을 등에 지고 태어났는지를 알고 있었다. 배우가 느끼는 진실한 두려움이 얼마나 강렬하고 빠르게 관객을 압도할 수 있는지도 간파하고 있었기 때문에 강휘를 선택했고 연극을 성공시켰다.

그녀의 캐스팅은 순간적으로 이뤄졌지만 몹시 까다로웠고, 틀림이 없었고, 한 번 선택한 배우는 끝까지 밀고 나갔다. 그리고 우리가 무대에 오르기 전, 모든 두려움을 잠재우는 출전나팔을 불어주었다. 마지막 분장까지 끝낸 자신의 고양이들을 둘러보며 이렇게 외치는 것이다.

"어때, 영혼을 팔기에 좋은 날이지?"

그 말은 신비로운 주문처럼 우리에게 마법을 걸었다.

미나 선생님이 두 팔을 활짝 벌리고 그 말을 할 때면, 우리를 땅 위에 묶어놓고 있던 끈끈한 것들이 깨끗이 씻겨나갔다. 달빛 속의 고양이들은 고개를 끄덕이는 이마의 표식을 빛내며 부웅 떠오른다. 그리고 기꺼이 그녀가 창조해낸 배역에 존재를 통째로 넘겨줘버린다. 그녀의 틀은 견고했고, 우리는 말랑말랑했다. 영혼을 팔아넘긴 이들의 몰입은 철저했다.

하지만 이번 작품은 그녀를 혼란에 빠뜨린 게 분명했다. 그것은 오스카 시상식으로 향하는 리무진에 오르기 5분 전, 검은 드레스를 입을지 하얀 드레스를 입을지를 놓고 벌어지는 여배우의 처절한 고뇌에 비견할 만한 것이었다. 칼라 스펙트럼의 끝과 끝에서 천국과 지옥의 수문장처럼 지키고 서 있는 그 두 가지 색은 한 치의 오차도 없이 완벽하기 때문에 인간의 힘으로 감히 어느 한쪽을 포기할 수 없는 것이다.

요시히로는 하얀 드레스였다. 정갈하고 흠 없고 이 세상의 것 같지 않은 순백의 아우라. 그가 연기하면 아무리 비열한 불한당이나 폭군이라 해도 막이 내릴 때쯤이면 극 중에서 가장 숭고한 캐릭터가 되고 말았다. 흰 드레스를 입고 먹을 수 있는 음식이 그리 많지 않듯이 그의 연기 폭은 아주 좁았다.

용재는 검은 쪽이었다. 초등학교 미술시간에 채도와 명도를 배우면서 여러 색을 모두 섞어 만든 혼탁한 검은색이 아니라, 신이 멋대로 빛에게 '여기 있으라' 하기 전, 태초의 우주가 안락하게 웅크리고 잠자던 완벽한 검음이었다. 흰색보다 순결한 색이 있다면 그것은 용재의 검은색뿐이었다.

게다가 그는 츠키의 단원들 중 유일하게 연기자 출신이었다. 정확하게 말하자면 모델이었다. 190센티미터가 넘는 골격과 격투기로 다져진 크고 우람한 근육을 그 깊고 검은 피부가 감싸고 있는 모습은 밤의 저수지처럼 주변의 인간과 풍경을 난폭하게 빨아들였다. 아프리카의 맨홀 같은 그의 존재감 때문에 용재 또한 연기의 폭이 아주 좁았다. 아니, 그에겐 나약한 인간의 이야기를 하기 위해 만들어진 어떤 역할도 어울리지 않았다.

　　　※ ※ ※

"그러니까, 어머니는 날 낳았던 거죠. 브라질에서."

그의 '그러니까'가 또 이야기의 손을 잡고 말도 안 되는 곳으로 데려간다.

"상파울루의 그냥 그런 빵집 주인이었대요. 남자 쪽은."

나는 고개를 끄덕인다. 천천히 깊게 끄덕이다 보니 상파울루의 빵집 주인, 불량소녀였던 그의 어머니, 느닷없이 태어난 갓난아이로부터 차례로 당시의 상황을 설명 들은 듯 모든 것이 이해가 된다. 스르륵, 설탕이 녹는다.

"서점은 없고, 술집 몇 개랑 푸줏간 하나랑 자전거 수리점 하나랑 빵집 두 개가 있는 골목이었대요. 그 두 개의 빵집 중에

선 그래도 맛이 좀 더 나은 쪽 가게 주인이랑 날 낳았대요. 다
행이죠."

정말 다행이다. 그런데 이 작은 마을에서 그는 유일한 카레
집 주인이다. 조금 더 맛없게 카레를 끓이는 식당이 하나 더 있
었어도 좋았을 텐데.

그러니까···, 이름이 뭐예요?

"브라질에서 살았던 기억은 전혀 없어요. 기억하기엔 너무 어렸던지, 아니면 어머니가 거짓말을 했던지 둘 중 하나겠지요. 기억이 나는 건 네 살 때쯤부터인데, 그땐 이미 난 이곳에 있었으니까.

어머니는 거짓말을 아주 잘했어요. 왜, 엄마 냄새는 모두들 기억하잖아요. 얼굴은 생각 안 나는데···, 누가 거짓말하는 걸 들으면 그냥 엄마 냄새가 나요···. 그러니까···, 나를 갖기는 아주 쉬워요. 거짓말을 하면 돼요···, 그럼 난···, 무조건 용서해주고, 사랑해달라고 매달려버리니까···. 아주 쉽죠."

거짓말을 하면 가질 수 있는 남자가 카레를 한 번 휘젓는다.

"어쨌든 엄마는 상파울루에서 빵집 남자를 만나서, 나를 낳았고 왜 그랬는지는 모르겠지만 이곳으로 돌아와서는, 외할머니 댁에 덜컥 애를 맡겨놓고 또 사라져버렸어요. 그러니까…, 이 모든 걸 해치운 거예요. 아들이 한 살도 되기 전에. 그런 사람인 거죠, 어머니는."

문득 그의 이름을 물어야겠다고 생각했다. 식당주인 이름이 알고 싶은 건 처음이었지만 왠지 알아야 할 것 같았다.

"저…."

내가 말을 꺼내려는데 카레 접시가 내 앞 나무 카운터에 내려앉는다. 갓 끓인 카레와 야채와 밥이 동시에 내쉬는 숨이 하얗게 얼굴을 덮는다. 그리고 그의 목소리.

"카레예요…."

"네에…."

스푼을 들어 밥 위에 카레를 끼얹으며 나는 다시 시도한다.

"저…, 이름이 뭐예요?"

그가 눈을 끔벅한다.

"그러니까, 카레, 라고요."

"네?"

"꼭 지금쯤 내 이름을 묻겠다 싶었어요. 그래서 아까 미리 대답했잖아요. 나, 마음을 조금 읽을 줄 알거든요. 내 이름이 카레예요."

나는 카레를 먹었다. 상파울루 빵집의 담백한 바게트를 몇 조각 썰어서 곁들이면 좋겠는데. 이 카레에 적셔 먹으면 좋겠다. 밥은 매끌매끌해서 아무렇게나 들척지근한 양파 맛을 전혀 누그러뜨려주지 못한다. 투박한 소금 알갱이가 박힌 따끈한 프레첼도 좋겠다.

왜 그의 어머니는 아들을 빵집을 하는 아버지에게 남겨두고 떠나지 않았을까? 둘이 함께 상파울루의 어느 골목 작은 가게에서 카레를 끓이고 빵을 구울 수 있었을 텐데. 그리고 큼직큼직 양파를 썰며 손님들에게 "양파 괜찮아요?"라고 넉살 좋게 첫 마디를 붙일 수 있었을 텐데.

"열여섯에 가출했던 딸이 어느 날 갓난아이를 안고 불쑥 돌아온 거죠. 그것도 머리가 노란 아기를…. 외할머니가 기가 막혀 물어보셨대요.

'카레노 나마에와?'(그 녀석 이름은?)(카레는 '그'를 뜻하는 남성 인칭대명사다.)

어머니가 대답하셨다죠.

'카레…데 이이.'('그 녀석'이라고 해두지 뭐.)

귀찮아서 그냥 아무렇게나 중얼거린 거였겠죠. 보나마나 그때도 술에 취해 있었을 거예요.

아무튼 그 순간 아들 이름을 짓긴 한 거죠. 뭐든지 두 번 생각하거나 오래 배려하거나 그러질 못 하는 사람이니까. 자식이 그 이름을 붙이고 살아가야 하는 기나긴 날들은 아무래도 좋았던 거예요. 그러니까, 나만 빼고 모두가 우습다고 생각하는 이 이름으로 평생을 살았어요."

그의 이야기와 범벅이 되면 카레가 묘하게 맛있어진다. 꼭꼭 씹을 필요도, 향을 음미할 필요도 없다. 레인부츠를 신고 빗물 고인 웅덩이를 뛰어넘듯이 조금 방심한 채로, 밥과 익힌 야채를 넘길 수 있다. 이렇게 겅중겅중 얼기설기 뛰어넘도록 되어 있는 것을, 너무 치밀하게 이해하려 드니까 다들 삶이 공허하다고 투정을 부리는 게 아닐까?

곰이 곰인 것처럼

"그게 내 이름이라는 걸 안 순간부터 인생이 아주 귀찮아졌죠. 상상이 되죠? 외할머니도 딸이 하는 짓에 어지간히 분통이 터졌던 모양이에요. 어머니가 바나나 껍질처럼 던져놓은 이름 그대로, '카레'로 손자를 키운 걸 보면요. 준이치라든가, 타카시라든가 이런 이름으로 바꿔줄 생각이 없었던 거죠.

싸움질이라면 둘째가라면 서러웠어요, 내가. 그렇게 덩치 큰 금발 꼬맹이가 온갖 말썽을 다 피우고 다니는데 외할머니는 날 혼낸 적이 없어요. 그냥 내 어깨를 붙잡고 바라보기만 했어요. '왜 그런 짓을 하니?' 혹은 '다시는 그러면 안 돼!'라고 말하는 게 아니라 가느다랗고 검은 눈으로 한참을 바라봤어요. 그냥 창문으로 날아 들어온 희귀한 풍뎅이를 붙잡고 보는 것 같은 얼굴로. 그리고 나선 한숨 쉬며 '어떻게든 되겠지….' 하고는 돌아서는 거예요. 이걸로 모든 가정교육이 끝났어요. 그리고 정말 풍뎅이처럼 날아서 어떻게든 살게 되더라구요."

나는 나의 학창시절을 생각했다. 나도 겉도는 아이였다. 이름은 평범했지만 내가 기묘하다는 것을 모두에게 들키고 말았던 시절. '나'라는 건 불치의 병 같았다. 어느 날 암 선고를 받듯 툭, 내가 나란 걸 알게 돼버리고, 일단 알아버리고 나면 마음도, 생각도, 기분도 모조리 그 종양 덩어리에 휩쓸려 전전긍긍하게 된다. 이 과정은 매번 경이롭다. 내가 그토록 고분고분한 존재일 수 있다는 것이, 종이인형처럼 꺾이고, 젖고, 휙 비틀려버릴 수 있다는 것이. 그리고 좋든 싫든 이 지독한 덩어리와 함께 마지막 날을 맞으리라는 걸 얌전히 뼛속 깊이 받아들인다는 것이.

카레는 커다랗게 쌍꺼풀이 진 눈을 반쯤만 뜨고 내게 물었다. 게슴츠레하게 반만 떴지만 그 속에서 가느다란 내 눈쯤은 송어처럼 헤엄을 칠 수도 있을 것 같다.

"그러니까, 손님은 이름이 뭐에요? 자기 이름, 좋아해요? 난 말이죠, 내 이름이 좋다, 싫다, 말할 수가 없어요. 곰이 곰인 것처럼, 그냥 이게 내 이름이 맞는 것 같아요. '그 남자'…. 그러니까 나, 어디선가 본 것 같지 않아요? 굉장히 특이하게 생긴 혼혈인데도 사람들이 이상하게 꼭 어디서 본 것 같다고들 말을 해요.

어느 날 국제선 여객기가 사막에 불시착했을지도 모르죠. 승객들이 웅성웅성 모여 앉아 있다가 너무 무료해서 사람 얼굴을 하나 만들어보기로 한 거예요. 프랑스인도, 아프리카인도, 중국인도, 인디언도, 유태인도, 일본 여자와 상파울루 빵집 주인도 저마다 생각나는 '그 남자'들을 조금씩 뜯어다가 붙이면서 두려움과 무료함을 달래요. 구조대가 올 때까지…. 하지만 일단 구조대가 도착하면 아무도 그 얼굴을 갖고 가지 않아요. 기억도 할 필요가 없죠. 사람들은 자신의 땅으로 돌아가 진짜 '그 남자'들과 포옹하고, 그들이 남겨두고 온 얼굴은 사막의 모래에 덮이죠. 그렇게 생긴 거예요, 나는…. 그래서, '잠깐만요, 그 눈, 어디선가 봤어요.', '턱 선이 내가 아는 누군가랑 비슷해요. 그런데 누군지 영 생각이 안 나네….' 뭐 이런 식으로, 누구나 날 애매하게 낯익어 하는 거죠."

그러고 보니 나도 어느 한 귀퉁이, 그가 낯익었다. 생전 처음 보는데도 익숙한 얼굴, 놀랄 만큼 독특한데도 눈에 띄지 않는 아우라, 스쳐 지난 적 있는 수많은 '그 남자'들의 얼굴을 얼기설기 뜯어 붙인, 아무 때나 모든 여자에게 반하고, 맞지 않는 퍼즐처럼 비뚜름하게 웃는 사람.

간판에 별다른 이름 없이 '카레'라고 쓰여 있는 것도 문득 납득이 되었다. 그러니까 그래 봬도 주방장의 이름을 내건, 자존심 있는 카레 전문점이었던 거다. 굳이 풀네임으로 부르자면 '카레카레', 그 남자 카레. 이곳에 들어오면 누구나 어디서 본 듯한 '그 남자'가 만들어주는 카레를 먹을 수 있습니다. 맛이 있건 없건, 어서 오세요.

나도 그가 물었던 말에 대답을 한다.

"음…, 내 이름은 류예요. 한문으로 쓰면, 흐를 류."

나는 손가락으로 마호가니 색을 입힌 쟁반 위에 '류' 자를 써 보인다.

"내가 이 이름을 좋아하는지 생각해본 적은 없는데…. 흔하고 밋밋하죠. 내 것도 좋아하거나 싫어할 이유가 없는 이름 아닌가요? 카레처럼 운명이랑 머리를 맞대고 의논한 것 같은 이름은 아니지만. 그런데요, 류rue가 불어로는 '길'이라는 뜻이래요. 괜찮은 것 같아요. 더 흐르고 있잖아요. 누구에겐가, 어디론가…."

그는 웃으면서 내 이야기를 들었다. 그는 키가 커서, 내가 고개를 치켜들지 않으면 뻣뻣한 잔디처럼 자란 턱수염만 보인다. 그런데 지금은 활짝 웃는 입가 주름과 치아가 보인다. 송곳니 쪽으로 갈수록 치아들이 홀쭉해지면서 부끄럼을 타는 듯 안쪽으로 말려 있다. 턱수염을 밀면 소녀같이 갸름한 턱일 것이 분명했다. 고슴도치보다 철학적인 척하지만 아직 인간도 털을 곤두세워 약한 곳을 숨기는 단계다.

"나, 이 이름을 타고 여기저기 정말 많이 흘러 다녔어요. 특히 사람과 사람 사이를. 더 정확히 말하자면 사람의 기억들 속을."

내가 말하자 카레는 나무 카운터를 사이에 두고 나와 얼굴 높이를 맞추려고 등을 웅크리고 앉았다.

"기억들 속을? 류는 점성술사나, 뭐 그런 건가요?"

그가 호기심에 눈을 반짝이며 물어와 나는 웃음을 터뜨리고 말았다.

"아니에요. 그런 거랑은 조금 달라요. 그냥 느껴지는 것뿐이었어요. 엄마가 미용실을 했었기 때문에 아주 어릴 때부터 수없이 많은 사람들과 그들의 머리카락들을 보면서 컸어요. 손님이 들어와서 거울 앞에 앉으면, 그 사람이 매일 조금씩 흘려보낸 마음의 강이 보이죠."

카레는 자신의 빛바랜 금색 머리카락을 쓰윽 손으로 쓸어 넘겼다. 나는 눈으로 그 감촉을 느끼면서 엄마를 흉내 내어 말했다.

"머리카락은 그 사람의 모든 것을 담고 있어요. 하루에 0.35밀리미터씩 그 영혼을 밀어내고 있는 거예요…"

그는 어울리지 않게 내 말을 깊이 씹어 삼키는 것처럼 보였다. 그리고 시선을 비스듬히 내려뜨고 내 머리카락을 찬찬히 바라보며 말했다.

"본 적 없어요. 어머니도, 아버지도. '그냥 정신을 차리고 보니' 내가 있었던 거죠. 바닷가 마을에서 '어떻게든 되겠지'라고만 말하는 외할머니 손에 자라는 기묘하게 생긴 아이가…, 이름은 카레고…. 어쩔 수 없었어요. 내가…, 어쩔 수 없는 일이었어요…."

신들은 고양이를 7층에서 던진다.

사람의 일이란 어쩜 이렇게 똑같을까. 나도 그랬다. 문득 정신을 차렸을 땐 내가 이미 나여서, 어떻게 손쓸 도리가 없었다.

20층에서 떨어진 고양이가 5층쯤에서 떨어진 고양이보다 부상당할 확률이 훨씬 적다. 고양이가 '추락'을 알아차리고 뭔가를 예비할 수 있는 높이는 8층 정도부터이기 때문이다. 스프링 같은 속 근육과 나긋나긋한 발바닥의 에어쿠션을 사용할 수 있으려면, 우선 내던져진 자신의 처지를 알아차릴 시간이 필요한 것이다. 알아차리고, 받아들이고, 할 수 있는 걸 해볼 시간이. 하지만 삶은 그렇게 시작되지 않는다. 고양이의 삶도, 인간의 삶도.

신들은 고양이들을 반드시 7층에서 던진다.

삶이 시작되었다는 걸 알아차릴 때쯤이면 이미 고양이는 호되게 아스팔트에 부딪친 뒤다. 부러질 곳은 부러지고, 피가 흘러야 할 곳에선 피가 흐르고 있다. 정신 차리고 절룩거리며 이제부터 감당해야 하는 몫의 고통을 알아차릴 때쯤, 흥미롭게 고양이의 추락을 지켜보던 신들과 사람들이 우리를 둘러싸고 묻는다.

"너는 커서 뭐가 되고 싶니?"

감히 완벽한 고양이의 삶을 꿈꿀 수 없게 된 존재를 굽어보며, 그들의 얼굴엔 느긋하고 푸근한 미소가 흐른다. 공평해. 이 아이에게도 공평한 몫이 나누어졌어. 인간의 세상에 온 걸 환영한다.

*　*　*

용재의 아버지와 할아버지는 프랑스에서 나고 자란 흑인이었다. 그들의 먼 조상은 아프리카에서 주술과 마법을 행하던 제사장 계급이었다. 그 검은 대륙에 프랑스의 선교단이 파견된 뒤, 포교를 가로막는 걸림돌인 제사장 계급 자체를 와해시키기 위해 가톨릭 교구는 강제로 제사장의 아들들을 이주시켜 뿔뿔이 흩어지게 했다. 제사장의 셋째 아들이었던 용재의 고조할아버지는 그때 짐칸에 타고 프랑스로 망명하게 되었고 유럽에서 마법과 주술의 세계가 유일하게 허용되는 사업을 시작했다. 서커스였다.

그의 집안은 대대로 서커스를 하며 프랑스에서 뿌리를 내렸다. 가족 멤버만으로 꾸려가는 아담한 서커스단이었지만 역사와 전통을 자랑하는 고급 쇼를 선보였기 때문에 까탈스러운 프랑스인들의 눈과 귀를 사로잡았다. 티켓은 연일 매진 기록을 세웠고 증조할아버지 대에는 전용극장을 갖고 코트다쥐르에 별장을 소유할 정도로 상당한 부도 쌓을 수 있었다.

아프리카의 태양과 대지의 혈통은 그들이 지닌 가장 큰 권력이었으며 빚이었다. 그것은 피땀이나 노력, 기도로는 얻을 수 없는 것이었기 때문에 가치 있었다. 피부가 흰 인간들은 흉내낼 수조차 없는 동물적인 근육의 탄성과 풍부하게 떨리는 성대를 이용한 그들의 서커스는 세대를 거듭할수록 인기가 높아졌다. 아버지와 아들들, 사위들은 힘과 마법으로 번득이는 마술쇼를 했고 어머니와 딸, 며느리들은 미끈한 검은 몸을 날려 중력을 무시한 채 공중그네를 탔다. 쇼의 마지막을 장식하는 피날레 합창은 서커스의 꽃이었다. 할아버지부터 코흘리개 손자까지 무대 위에 서서 황금빛 성대를 울려 흑인 영가를 부를 때면 객석은 눈물과 환호로 현기증을 일으키며 허물어질 것만 같았다.

이러한 가문의 명성을 이어가기 위하여 오트르뤼뉴 집안의 아들과 딸들이 겪어야 했던 고통은 남달랐다. 무엇보다, 순수한 흑인이 아닌 이와 결혼하는 것이 철저히 금지되었다. 외모적으로 완벽하게 흑인의 특징을 지녔다 할지라도 3대 이내의 조상 중에 백인이 한 명이라도 섞여 있으면 언젠가 빛나는 유전자에 돌이킬 수 없는 흰 얼룩(금발이나 푸른 눈, 뾰족한 코 등)을 남길 수 있으므로 결혼 대상에서 제외되었다.

설령 그들의 연인이 이 까다로운 혈통 심사에서 통과되었다 해도 그것은 시작에 불과했다. 의사나 회계사, 부동산 중계업자, 은행원, 택시 운전기사를 사랑하는 것도 어리석은 짓이었다. 쇼를 함께 할 수 없는 이가 가족이 되어서는 안 되기 때문이었다. 노래라고는 휘파람밖에 불어본 적 없는 뚱뚱한 회계사를 사위로 들이게 되면 비극은 그의 대에서 끝나지 않는다. 그의 유전자는 그가 낳은 아들과 딸들에게도 흘러들어갈 것이고 그렇게 되면 두 세대를 뛰어 넘지 못하고 가문의 사업은 문을 닫게 된다.

그런 불상사를 막기 위해 이 가문에 발을 들이고자 하는 이들은 양가 대면식을 하기에 앞서, 오트르뤼뉴 전용극장 무대에 서서 가족 오디션을 보아야 했다. 그 오디션에서 통과하려면 기본적으로 훌륭한 성대를 갖고 있어야 함은 물론, 서커스쇼에 적합한 강인하고 길쭉한 팔다리, 관중을 대담하게 압도할 수 있는 카리스마가 있어야 했다.

그 배타적인 결혼 방식은 세대를 거듭할수록 치명적인 결과를 낳았다. 프랑스와 유럽에서 순수한 혈통의 아름다운 흑인을 구한다는 것은 점점 불가능한 일이 되었기 때문이다. 세상은 빠르게 풍요로워지고 자유로워졌다. 장미와 와인과 샹송에 취해 사람들은 미친 듯이 서로를 탐했고, 검은 피부와 흰 피부의 유러피언들이 입 맞추고 섞이고 녹아, 프랑스는 눈 깜짝할 사이에 카페라테 빛깔이 되었다. 용재의 증조할아버지는 이 싸구려 우유커피의 시대에 탄식을 금치 못했다.

가족의 원로들이 세상을 떠나고, 끝내 결혼 상대를 찾지 못해 혼자 늙어가던 그들의 아들딸들도 때가 되어 차례로 숨을 거두자 서커스단의 규모는 급속도로 조촐해졌다. 결국 용재의 아버지는, 숲에 남은 멸종 직전의 단 한 마리의 검은담비가 되었다. 용재의 할아버지인 기욤 지스카르 오트르뤼뉴가 '순수한 혈통의 재능 있는 검은 신부'를 맞이할 수 있었던 시대의 마지막 행운아였던 것이다.

신이 용재의 아버지를 7층에서 던질 때, 그는 서른한 살이었고 어느 아침이었다. 그는 까만 벨벳 주머니를 가슴 앞에 움켜쥐고 있었다. 오트르뤼뉴 가문의 모든 어린 소년들이 그래 왔던 것처럼 용재의 아버지, 앙리 지스카르 오트르뤼뉴도 아프리칸 마법과 주문을 세 살 무렵부터 익혔다. 그것은 과학과 정밀

한 도구의 힘을 빌려 눈을 속이는 백인들의 마술쇼와 근본적으로 다른 쇼를 펼칠 수 있는 기반이 되었다. 전통 마법 도구들 중에서 앙리가 좋아하던 것은 솔개의 날개 뼈를 갈아 만든 작은 화살촉들이었다. 이것은 '대답의 촉'이라 불렸다. 검은 벨벳 주머니에 다섯 개의 희고 작은 화살촉이 들어 있었는데, 무언가의 대답을 듣고 싶을 때 그것들을 지도 위에 펼쳐놓거나 알파벳 보드 위에 뿌려놓으면 되었다. 화살촉들은 솔개처럼 영민하게 스스로 길을 찾아 움직이며 대답의 단어들을 이루는 알파벳을 가리키거나 지도의 한 점 위로 모여들었다. 그 촉들을 이용하면 미리 돈을 주고 산 방청객과 짜지 않고서도 정말로 처음 보는 방청객의 이름을 맞추거나 잊어버린 물건의 행방을 찾아낼 수 있었다.

그 무렵 서커스는 눈에 띄게 몰락하고 있었고 그를 제외한 단원들은 모두 예순을 넘겨, 간단한 카드 마술 정도를 겨우 보여주고 아픈 관절을 절뚝거리며 퇴장해야 하는 신세가 되었다. 그나마 서커스의 구색을 유지하게 해주었던 노처녀 쌍둥이 자매 트램펄린쇼마저 그 두 자매가 한날한시에 따옴표 한 쌍처럼 나란히 누운 채 세상을 뜨는 바람에 막을 내리고 말았다.

아직 젊었던 그는 서커스를 계속할 생각도, 누가 될지 모르지만 자신의 연인을 가족들 앞에 세워 암말처럼 목울대와 대퇴근 검사를 받게 할 생각도 없었다. 벨벳 주머니를 가슴에 품은 그의 입술에서는 기도가 흘렀다.

"솔개의 영혼이시여, 저를 이끌어주십시오. 저는 떠나야 합니다. 이제 가야 할 그곳을 알고자 합니다."

아프리카를 떠난 지 오래된 대답의 촉들도 나이 들어 자신감이 떨어진 듯 알파벳 보드 위에서 한동안 몸을 떨다가 간신히 다섯 개의 철자를 가리키며 멎었다.

O, C, A, E, R….

용재의 아버지는 고개를 갸웃하며 어떠한 연관성도 없어 보이는 그 철자들을 바라보았다.

"미안하다, 얘야…. 이게 내 최선이야…. 이게 너를 위한 최선이 될지는 잘 모르겠다만…. 그래도 네가 정 내게서 답을 얻어야 하겠다면 이걸로 뭐라도 만들어보렴…,"

늙고 힘없는 대답의 촉들은 힐긋힐긋 청년의 눈치를 보며 이렇게 말하고 있는 것만 같았다. 그에겐 다른 선택이 없었다. 밤새 그 철자들을 퍼즐 맞추듯이 이리저리 맞추며 누군가의 이름이나 방향, 지명을 만들어보려고 애쓰던 그의 눈앞에 새벽녘쯤 괴상하고 낯선 조합이 하나 만들어졌다.

'C, O, R, E, A….' (꼬레)

그는 큰 기대 없이 지명 사전을 펼쳤다. 놀랍게도 그런 이름을 가진 나라가 있었다. 꼬레, 코리아!

꼬레, 코리아는 검은 그에게 전혀 친절하지 않았다. 그의 할아버지가 경멸해 마지않던 카페라테 빛깔의 정체불명 유러피언이었다면 차라리 훨씬 나은 대접을 받았을지도 몰랐다. 명동, 종로, 대학로… 발이 부르트도록 가장 번화한 거리들을 쏘다녔지만 1980년대 서울에는 서커스쇼를 할 만한 극장조차 눈에 띄지 않았다.

파리에서 온, 순수한 혈통의 서커스단의 후예는 너무나 어이가 없었다. 그는 순도 높은 검은 몸을 까칠한 가로수에 기댄 채어깨를 부딪칠 정도로 도로를 가득 메우고 지나가는 사람들을 멍하니 바라보았다. 극장도 없이 도대체 이 많은 사람들은 어디에서 무엇을 즐긴단 말인가? 어디에서 여송연을 말아 피우고, 와인을 한잔하면서 밤이 깊어지기를 기다린단 말인가? 서커스도 없이, 어떻게 삶을 견딘단 말인가?

그래도 그는 아주 운이 좋은 편이었다. 프랑스에서 들고 온마술쇼 포스터를 무턱대고 여기저기 붙이고 다닌 보람이 있었다. 기본적인 영어로도 길을 물어보기 힘든 나라에서 누군가가불어를 이해할 수 있으리라 기대한 것은 아니었다. 하지만 포스터는 근사했고, 누구나 한눈에 검은 마술사가 마법의 가루를뿌리고 있는 사진을 이해했다.

한 호텔식 카바레의 매니저가 그를 고용했다. 외국인 관광객들을 상대로 쇼를 하는, 꽤 큰 지하극장이었다. 누구와도 말이

통하지 않는다는 점만 빼면 카바레 생활은 그럭저럭 만족스러웠다. 벌이도 나쁘지 않았다. 그리고 무엇보다, 자유로웠다.

분장실을 함께 쓰는 동료들 중에는 필리핀에서 온 4인조 밴드가 한 팀 있었고, 한복을 입고 창을 하는 조그마한 여자와, 여자보다 더 조그마한 북 치는 남자로 이루어진 판소리꾼이 한 팀 있었으며, 도무지 누가 누군지 분간을 할 수 없는 러시아 출신의 무희들이 여럿 있었다. 캉캉춤이 끝나고 그녀들이 무리 지어 들어오면 분장실 안은 순식간에 양계장으로 변해버렸다.

누가 한 구석으로 몰아넣은 것도 아닌데 그녀들은 꼭 한 무리의 암탉들처럼 좁은 구석에 모여 깃털을 휘날리며 쉴 새 없이 꼬꼬댁거리고 반짝이를 뿌려댔다. 그녀들에게 있어서 쇼는 세상에서 가장 하찮은 일인 듯했다. 자신들의 구석에서 맹렬한 기세로 담배연기를 뿜으며 망사스타킹을 갈아 신는 순간만을 위해, 무대 위에서는 다리도 드는 둥 마는 둥 최대한 에너지를 비축하는, 그 창백하고 길쭉한 닭들의 얼굴을, 그는 몇 년이 지나도록 단 한 명도 구분하지 못했다. 그래도 아무런 문제가 없었다. "안나!" 하고 부르면 세 명이, "소냐!" 하고 부르면 두 명이, "마리아!"라고 부르면 거의 대부분의 무희들이 돌아보았기 때문에 적당히 그들 모두를 기억하는 척하며 사이좋게 지낼 수 있었다.

대신 괴상한 노래를 하는 한국 여자만은 단번에 얼굴도 이름도 기억할 수 있었다. 은점. 성은 '선우'라고 했다. 앙리는 그녀의 성이 마음에 들었다. "서누, 서누…."라고 입안에서 굴리면 꼭 어머니가 들려주던 아프리카의 자장가 후렴구 같아 마음이 편안해졌다.

　그녀가 무대에 서는 시간은 10분 남짓으로 아주 짧았지만 유일하게 관광객들이 박수를 칠 수 있는 기회를 주었다. 유일하게 한국적이기도 했고, 그녀와 북 치는 사내가 카바레에서 유일하게 혼신의 힘을 다하는 출연자였기 때문이었다.

　앙리는 서누, 은점이 노래하는 방식에(나중에 배운 대로 말하자면 소리를 뽑아내는 방식에) 강한 인상을 받았다. 그녀는 소리를 만드는 밀실을 명치 아래쪽에 하나 갖고 있었다. 막 뱃속에서 솟아난 소리들을 일단 그곳에 모아 압착기 같은 목울대로 꾸욱 누른 뒤, 소리가 충분히 단단해지면 돌맹이처럼 쨍하게 내어지르는 창법을 썼다. 그 돌맹이는 물수제비를 뜨듯이 관객들의 막혀 있던 정수리를 탁 치며 에너지의 숨통을 틔웠고, 북소리를 칭칭 거느리고 인당수로 뛰어든 그녀의 소리 안에서 눈먼 아버지가 눈을 번쩍 떴다. 오, 서누, 서누….

　은점과 그 북 치는 사내는 거울 달린 테이블과 멀쩡한 의자를 놔두고 꼭 분장실 바닥에 엉덩이를 붙이고 펑퍼짐하게 앉아서 얼굴에 분을 바르고 신문지에 돌돌 말아온 간식을 먹었다.

언젠가 앙리가 그들을 흉내 내어 바닥에 가부좌를 틀고 한 번 앉아보려 했지만 자꾸만 몸이 뒤로 벌렁 넘어가는 바람에 도저히 그들처럼 등뼈를 곧추세우고 편안하게 앉을 수가 없었다. 은점이 꾹꾹 눌러 담아놓은 소리의 돌멩이들은 그녀의 배 아래쪽에서 든든하게 무게중심을 잡아주고 있는 게 틀림없었다. 엉덩이에 팥을 채워 넣은 봉제 인형처럼.

그날 은점은 뒤로 나동그라지는 흑인 사내를 보며 손으로 입을 가리고 배시시 웃었다. 그 다음날, 분홍 보자기에 싼 인절미 찬합이 앙리의 분장거울 위에 놓였다. 콩가루가 묻어 노랗고 동글동글한 서누, 서누…, 인절미는 아주 맛이 있었다. 그리고 넉 달 뒤, 선우은점은 그의 아내가 되었고, 그녀보다 조그맣던 북 치는 사내는 그의 장인이 되었다.

마술사와 판소리꾼 사이에서 아들이 태어났을 때, 아기의 이름을 지어준 것도 '대답의 촉'이었다. 이번에는 은점이 남편의 검은 벨벳 주머니에서 꺼낸 다섯 개의 화살촉을 한글 글자판 위에 뿌렸다.

오, 서누 서누…. '꼬레'를 가리키던 그날보다 더 나이 들고 수척해진 그 아프리카의 촉들은 처음 보는 글자판 위에서 길을 잃고 혼란스러운 듯 한참 동안 헐떡였으나, 아기를 한 번 힐끗 보더니 가까스로 책임감 있게 다섯 개의 자음과 모음을 가리켰다.

'ㅈ. ㅇ. ㅇ. ㅐ. ㅛ….'

앙리는 한글을 읽을 줄 몰랐으므로 은점과 장인이 아랫목 방바닥에 허리를 꼿꼿이 세우고 앉아 글자들을 조합했다.

'… 용재.'

1990년대, 한국은 기욤 지스카르 오트르뤼뉴 시대의 프랑스보다 빠른 속도로 자유로워지고 풍요로워졌다. 그리고 오트르뤼뉴 가문의 첫 번째 혼혈, 용재는 서울에서 아버지보다 훨씬 좋은 시절을 누릴 수 있었다. 사람들은 '다른 것'에 열광했다. 그의 아버지를 뒷골목 카바레로 내몰았던 큰 키와 갓 볶은 커피색의 피부는 이제 패션 아이콘으로 숭배되었다. 열여섯 살에 베네통 잡지 광고로 데뷔한 이래, 용재는 패션쇼의 검은 황제로 불리며 프레타포르테와 오트쿠튀르를 휩쓸었다.

❈ ❈ ❈

양파를 넣은 카레를 먹고 나서 돌아가는 길, 나는 마을을 빙 둘러서 좀 걸어보기로 한다. 카레의 말에 따르면 문을 연 가게 하나 없는 유령 거리라지만, 바다와 모랫길에도 어느덧 지친 나는 그 흔한 상점가를 한번 걸어보고 싶었다. 야채 가게가 있고, 약국이 있고, 왠지 약국 바로 옆에는 아이스크림 가게가 있고, 라멘 간판이 걸려 있고, 소박한 옷들을 파는 할인점이 있는, 그런 평범한 거리에서 어슬렁거리고 싶었다.

그런데 거리는 카레에게 들은 것보다 훨씬 더 쇄락해 있었다. 거리 입구에 있는 미용실 간판을 뾰족뾰족한 잎이 달린 넝쿨식물이 감싸고 있는 것을 보자 몸 안쪽에 소름이 돋으면서 그 상점가를 걷고 싶은 생각이 싹 달아났다. 대신 길 뒤편으로 난 바다 쪽 보도블록 위를 걸었다. 금을 밟지 않도록 조심하면서 한참을 걷다 보니 기차역이 나왔다.

잊고 있었던 꿈처럼 문득 나타난 기차역에 나는 당황했다.

두 주일 전, 이 역에서 내렸었지. 그 뒤론 한 번도 이 역을 떠올린 적이 없었다. 정말 이상한 일이었다. 내가 어떻게 이 마을에 왔는지를 그토록 까맣게 잊고 있었다니. 누군가 내게 물었다면 나는 대답하는 데 틀림없이 한참 애먹었을 것이다. 눈을 가린 채 납치를 당한 사람이 진술하듯, 그냥 눈을 떠보니 이 마을에서 지내고 있었노라고 대답해버릴지도 몰랐다.

내가 누구인지를 알아버리던 그때처럼.

기차역은 낯설었지만 틀림없이 그곳에 있었다. 나는 낡은 무대 세트를 오르듯 역 계단을 올랐다. 이미 오래 전부터 무인 역이 된 터라 역무원은 없었다. 내가 혼자 이 역에 내리던 날도 텅 빈 나무벤치가 하나 있을 뿐 아무도 없었다. 나는 플랫폼 입구에 놓인 하얀 검표 상자의 좁은 구멍 속으로 타고 온 기차표를 반쯤 넣다가 마음이 바뀌어 다시 빼서 주머니에 넣었었다.

그로써 그날 이 역에는 아무도 내리지 않은 것이 되었고, 나는 그게 마음에 들었다.

한번 '나' 없이 살아볼 수 있을까. 나에게 사로잡히기 전의 시절로 돌아가, 차가운 북해도를 건너는 늙은 향유고래처럼, 아니면 들에서 태어나 사람과는 한 번도 마주치지 않은 순종 들고양이처럼 아무것도 그리워하지 않고, 자아 탐구 따위도 하지 않고, 농염하게 꼬리를 휘저을 순 없을까….

몇 달에 한 번, 아니 몇 년에 한 번씩일지도 모르겠다. JR(일본철도) 말단직원이 이 검표 상자를 열기 위해 파견될 것이다. 그는 하품을 하며, 있으나 마나 한 허술한 자물쇠를 돌려 열고 표들이 바람에 날아가지 않도록 특별히 주의를 기울이면서 날짜별로 차곡차곡 표들을 분류할 것이다. 그들은 그런 업무태도 때문에 공무원으로 발탁된 것이다. 그리고 JR 로고가 박힌 감색 업무일지 파일을 열고 '공무원 필체'로 깔끔하게 기록하겠지.

'헤이세이 23년 7월 26일, 오오카게무라역, 하차 승객 없음.'

이렇게 나는 간단히 이곳에 없는 사람이 되었다. 아마도 그래서일 것이다. 내가 이 역에 내린 흔적을 지워버려서, 이곳에 내린 나를 아는 사람이 아무도 없기 때문에, 그 사실이 무명가수의 노래처럼 힘을 잃고 내 기억에서조차 희미해진 게 틀림없다.

세상은 다수가 합창하듯 믿고 있는 것만이 단단한 현실이 된다. 그 합창단의 수가 많으면 많을수록 현실은 부정할 수 없는 진실이 되고, 언젠가는 진리의 반열에 올라, 옳고 그름의 심판으로부터도 벗어나 모두의 입을 통해 불리게 되는 것이다.

내가 이 역에 내린 행동엔 아무런 목소리가 없다. 누구의 허락도 받지 않았고, 누구에게도 납득될 필요가 없는 행동이었다. 게다가 이번엔 방향이 다르다. 마을 쪽에서 역 쪽을 바라보는 풍경은 처음이 아닌가.

그리고 오늘은 누군가가 있었다. 그래서 더 낯설었다.

외롭고 외로운 벤치 위의 북극곰

나무벤치 위에 내게 등을 보이며 리에가 앉아 있었다. 사내아이는 철로 쪽 덤불에 쪼그리고 앉아 클로버와 잡초 속에서 무언가를 열심히 골라내고 있었다. 그녀가 놀라지 않도록 나는 일부러 신발의 뒤축부터 디뎌 발소리를 냈다.

"옆에 앉아도 될까요?"

그녀는 나를 쳐다보지도 않고 고개를 끄덕이더니 벤치 가장자리로 조금 옮겨 앉았다. 애꾸눈 북극곰이 와서 같은 걸 물었어도 그녀는 정확히 똑같이 끄덕이고 엉덩이를 옮겼을 것이다.

"… 리에… 씨죠?"

나는 내가 그녀의 이름을 미리 알고 있는 결례를 용서받기 위해서 최대한 몸을 낮추고 물었다. 그녀는 조금도 놀라거나 당황한 것같이 보이지 않았다. 오히려 모든 것을 알고 있는 담담한 목소리로 내게 물었다.

"제 남편을… 만나셨나요?"

아까 카레를 먹다가 솔기가 터졌던 가슴 아래쪽에 아릿한 통증을 느끼며 나는 여전히 용서받길 바라는 자세로 고개를 저었다.

"아니요, 아직요…. 지금… 남편 분을 만나러 가시는 길인가 보죠?"

이번에는 리에가 고개를 저었다.

"아니요, 나는 남편이 돌아오기를 기다리고 있어요."

누군가를 원한다는 것은 우리를 너무나 지치고 남루하게 만든다. 행복을 꿈꾸지 않을 권리를 빼앗겨버리면 인간은 순식간에 노예로 전락한다. 우리는 그를 갖기 이전엔 있는지조차 몰랐던 쾌락에 비굴하게 매달리게 되고, 결코 시작되지 않을 파티를 위해서 지칠 때까지 옷을 갈아입는다.

나는 한동안 리에와 무인 역의 나무벤치 위에 함께 앉아 구름을 보았다. 터진 솔기 같은 구름들은 리에와 자매처럼 느낌이 비슷했다.

"남편은…."

그래서 내 옆에 앉은 구름이 말을 했을 때 나는 깜짝 놀랐다.

"남편은… 당신이 좋은 사람이라고 했어요."

'아…, 그렇군요….'

나는 애꾸눈 북극곰처럼 고개를 끄덕였다. 고개를 끄덕이면 어떤 말이든 물컵에 든 설탕처럼 머릿속에서 녹일 수가 있다. 어떤 말이든.

"당신이랑 있으면 왠지 이것저것 말하고 싶어진다고…. 그리고, 자기 카레를 맛있다고 해주었다면서 아주 기뻐했어요."

나는 더 이상 고개를 끄덕이지 않아도 될 것 같아 다시 구름을 보았다. 철로 옆 덤불에 앉아 놀던 코우지가 한 손엔 클로버를, 다른 한 손엔 엉겅퀴 꽃을 가득 들고 벤치 쪽으로 달려왔다. 사내아이는 말없이 꽃을 쥔 쪽 손을 리에 앞에 쑥 내밀었다. 리에가 희미하게 웃어주자 아이는 그녀의 아이보리색 리넨 원피스 위로 파르스름한 꽃 무더기를 던지고는 다시 어딘가로 무언가를 뽑기 위해 뛰어갔다.

리에는 그곳에서 구름들과 좀 더 시간을 보내야 할 것 같았다. 나는 가만히 일어나 역사의 낡은 돌계단을 밟아 내려왔다. 카레와 리에의 얼굴이 영화의 엔딩 크레딧처럼 떠올랐다가 미처 다 읽기도 전에 사라져버렸다.

버려진 바닷가 마을의 모래 위에서 진실의 견고한 폭력은 흐릿해졌다. 그저 외롭고 외로운 이야기에 헌신하는 인간 존재들이 있을 뿐이었다.

상자가 열리고, 마법의 순간들이 온다.

　나는 달에서 열아홉 살이 되었고 여전히 정식 단원은 아니지만 츠키에 속해 있었다. 열일곱 살 때보다 '좀 더 많이 속해 있었다'고 말해야 할지도 몰랐다. 그것은 조금씩 차오르는 달과 같은 거였다. 단원들과 미나 선생님과 함께 보낸 시간들은 어디에도 가지 않고 고요히 쌓여서 '그쪽'에 더 가까운 둔덕으로 나를 밀어올렸다.

　고등학교를 졸업한 뒤에는 자유로워져서, 그들과 함께 신주쿠 연습실과 대학로 연습실을 오가며 생활하게 되었다. 미나 선생님도 나를 언젠가부터 '준 단원'으로 대우해주었다. 여전히 공연에서 정식 배역을 맡진 못했지만 츠키에선 그 누구도 초조해하거나 안달할 필요가 없었다. 크리스마스 과자를 나눠주는 공평한 유모처럼 미나 선생님이 거기에 있었고, 우리는 모두가 언젠가 각자에게 합당한 몫을 받으리란 걸 알고 있었다.

그즈음, 나는 엄마 집에서 나와 마유코와 함께 살기 시작했다. 마유코는 극단 초기부터 하루히와 함께 지냈었다. 그런데 그녀가 강휘와 결혼해서 나가고 나자 집세를 함께 낼 사람이 필요했는지 마유코는 어느 날 연습실 한쪽 구석으로 내 손목을 잡아끌었다.

"손 내밀어봐."

내가 내민 오른쪽 손바닥 위에 엠앤엠즈M&Ms 초콜릿이 수북이 쌓인다. 그게 마유코의 스타일이었다. 누군가와 무언가를 매듭지어야 할 때는 일단 구석진 어디론가 끌고 가서 달콤한 걸 먹인다. 나는 왼쪽 엄지와 집게손가락으로 초록색을 골라 입에 넣었다. 그녀는 내 혀 위에서 초콜릿이 충분히 녹을 때쯤을 기다렸다 말했다.

"류짱, 엄마 집에서 나오고 싶지 않아? 이젠 류짱도 어른이 잖아."

물론 나는 엄마와 엄마의 미용실에서 벗어나고 싶었다. 싫어서가 아니었다. 나는 사춘기 여자애 치고는 엄마와 꽤 잘 지내고 있는 편이었고, 미용실은 내가 츠키 다음으로 좋아하는 장소였다.

다만 열아홉 살이 됐기 때문이었다. 삶의 계절이 바뀌었으니, 지금까지의 어린 나를 두텁게 감싸고 있던 겉옷을 벗고 그 안의 내가 무슨 색의 옷을 입고 있는지 알고 싶었을 뿐이다. 내가 고개를 끄덕이자 마유코는 내게 조금 더 바싹 다가섰다.

"조금 좁지만 둘이서 지내기에 그럭저럭 괜찮아. 하루히랑은 정말 자매처럼 지냈었어. 란은 부르주아니까 방을 함께 쓰거나 하는 거, 관심 없을 것 같고⋯. 벼룩시장에 광고를 조그맣게 낼까도 생각했지만⋯, 아무래도 츠키 사람이 아니면 함께 지낼 수 없을 것 같아서⋯."

'츠키 사람'이란 그런 것이었다. 미나 선생님의 대본을 핏속에 공유하고, 어두운 몸 한구석에 같은 룰의 덩어리들을 간직하고, 그래서 품고 있는 공기의 모양이 비슷해진 사람들. 그들은 지구상에 단 아홉 마리만 남은 멸종 직전의 희귀동물들처럼 서로의 곁을 찾았다.

나는 그들이 나를, 표식도 없는 나를 그들 중 한 마리로 취급해주는 것이 감격스러운 나머지 숨이 막힐 지경이었다.

나는 이 시절이 끝나버릴까 봐 마음이 저렸다. 오르골의 음악처럼, 나무상자가 열리고, 음악이 시작되고, 마법의 순간들이 온다. 하지만 태엽이 다 풀리면 음악은 끝나고 상자는 다시 닫혀버린다.

우울한 날은 노란 초, 기분 좋은 날은 빨간 초

하루히와 함께 썼다는 마유코의 방은 조금 큰 원룸을 플라스틱 커튼으로 둘로 나눠놓은 곳이었다.

"하루히가 워낙 조그마한 사람이잖아. 그래서 조금 더 넓은 쪽을 양보받아 내가 썼었어. 하지만 네가 원한다면 바꿔줄게."

나는 고개를 저었다.

"아니야, 나도 이쪽이 더 좋은걸…."

내가 쓸 쪽은 입구와 조그만 싱크대와 가스레인지가 딸린 부엌 쪽이었다. 마유코 쪽은 세탁기랑 욕실이 딸린 안쪽이다. 그런데 하나뿐인 창문만은 딱 절반씩 차지할 수 있도록 신경을 써서 커튼을 설치한 것이 츠키 사람들다웠다. 원룸의 크기에 비해 어처구니없이 커다란 창문이었다. 순정만화 속에 나오는 여자

아이의 눈 같았다. 어느 쪽에서든 자기 쪽의 창문을 열고 닫을 수 있다. 하지만 그것만 빼면 어쨌든 둘이서 서로의 공간을 하루에도 몇 번이고 드나들지 않고는 생활할 수 없는 구조였다. 마유코는 싱긋 웃으며 내가 짐을 정리하는 것을 도와주었다.

"그래도 불공평하니까 관리비는 내가 조금 더 낼게. 그리고, 알아? 나랑 서울 방을 함께 쓰는 사람에겐 굉장한 특혜가 있어. 도쿄에 왔을 때는 숙박비가 공짜라는 거! 우리 집에 방이 세 개나 있는데 부모님이 돌아가셔서 언니 혼자 살거든. 하나는 언니 방, 하나는 내 방, 하나는 손님방이야, 그러니까, 그건, 이제, 류짱 꺼!"

그녀가 통통하고 사랑스러운 팔을 활짝 벌려 휘저으며 그렇게 말했기 때문에 나는 마음이 너무 따뜻해져서 어느 틈엔가 마유코를 끌어안고 있었다. 그녀의 몸에서 시럽을 입힌 달빛 냄새가 났다.

마유코의 방은 늘 인기가 좋았다. 그녀는 닌텐도 게임기처럼 사람들을 불러 모았다. 천성적으로 해맑고 나불나불 수다 떨기를 좋아하는 마유코가, 새로운 룸메이트로 내가 들어왔다고 모두에게 말하고 다니는 통에, 극단 사람들은 그녀에게 놀러오면서도 나에게 줄 조그맣고 귀엽고 쓸모없는 무언가를 들고 왔다. 마유코의 공간으로 가기 전에 꼭 가로질러야 하는 나의 공간에 대한 조촐한 '통행세' 같은 거였다. 날개 달린 새앙쥐 인형, 손으로 뜬 화분 받침, 양초, 싹튼 감자가 든 유리컵, 오르골, 젖은 우산….

가장 먼저 놀러온 이들은 하루히와 강휘였다. 그들은 대학로 연습실 쪽에 신혼집을 얻었다고 했다.

"어울린다, 류짱…. 집이랑 류짱이랑 함께 있으니까 둘 다 정말 예뻐 보여!"

하루히는 갓 행복해진 젊은 여자만이 지을 수 있는 표정을 하고, 연신 뺨을 발그레하게 물들이며 노래하듯 말했다. 강휘는 그녀의 공식적인 기사로 임명된 뒤 더욱 튼튼한 성 같아졌다. 왠지 키도 더 커진 것 같았고 저렇게 길었었나 싶게 기다란 두 다리는 땅과 다정한 심장 사이를 받치고 기둥처럼 서 있었다. 그들은 날 위해서 크레파스를 녹여 직접 만들었다며 사과 모양의 양초 두 개를 선물했다.

"기분이 좋은 날은 노란 초, 우울한 날은 빨간 초를 켜 놓고 지내."

강휘가 침대 머리맡에 초를 놓아주며 말했다. 그리고 담배를 피우지 않는 나를 위해 주머니에 들어 있던 일회용 라이터도 꺼내 초 옆에 놓아주었다.

용재가 혼자 찾아왔던 날은 극단이 연습을 쉬는 수요일이었고 사납게 비가 내리고 있었다. 빗방울들이 어찌나 있는 힘을 다해 떨어지던지, 세상의 마지막 날 절망한 인간들이 꼭 그렇게 높은 곳에서 몸을 던질 것 같았다. 마유코는 이상스럽게 평소보다 더 들떠서 안절부절 못했다. 백작부인을 갑작스레 집안에 맞아들인 시골 아낙처럼.

"비가 오니까 커피를 마실까? 아니, 아니…. 벌써 해가 졌으니까, 잠이 안 올지도 몰라…. 커피 말고 코코아로 할래?"

용재는 천천히 얼굴에 웃음을 퍼뜨렸다. 그것은 우리를 위한 배려심에서 나온 행동이었는데, 그가 갑자기 눈부신 치열을 드러내며 활짝 웃으면 누구라도 감당할 수 없이 마음이 흔들리기 때문이었다. 결국 우리 셋은 커피를 한 잔씩 마시고 난 뒤, 코코아를 한 잔씩, 그리고 다시 커피를 한 잔씩 마셨다. 천둥소리가 들렸고 용재는 그다지 말을 많이 하는 타입이 아니었기 때문에 주로 마유코와 내가 수다를 떨었다. 이야기가 끊어지면 용재가 떠나버릴까 봐 우리는 필사적으로 머릿속을 헤집어 이야깃거리를 끄집어냈다. 우리가 조금이라도 더 길게 그의 존재를 누리기 위해 발을 동동 구르는 동안, 용재는 커피와 코코아에 천천히 젖어 더 깊고 울창해졌다.

"이거…, 줄게."

돌아가기 전, 용재가 내게 통행세로 내민 것은 우산이었다. 우산은 더 이상 젖을 수 없을 정도로 흠뻑 젖어 있었고, 보라색이었다. 설마, 농담이겠지. 밖은 어두웠고 빗줄기는 아까보다 더 굵고 사나워져 있었다.

그는 끝내 우산을 내게 주고 걸어 나갔다. 마유코와 나는 약속이라도 한 듯 창가에 붙어 서서 빗속을 걸어가는 용재를 보았다. 재킷을 머리에 뒤집어쓰지도, 뛰지도, 종종걸음을 치지도 않고, 으스러뜨릴 듯 그에게 퍼부어지는 감정의 투신을 고스란히 받아내며 걸었다.

… 용재는 그런 플레이를 한 것이다.

오르골을 갖고 와준 것은 미루였다. 손 안에 쏙 들어가는 크기로, 나무를 깎아 만든 수제 오르골이었다.

"요시히로가 류짱에게 전해달라고 했어. 이사 축하한대. 그리고 이건 내 선물이야. 커피나 우유를 마실 때 컵 밑에 받쳐."

미루가 내미는 동그란 손뜨개 컵받침은 모서리에 앙증맞은 꽃잎을 달고 있었다. 나는 미루가 플라스틱 커튼을 열고 마유코의 방으로 사라지길 기다려, 미나 선생님이 요시히로를 다루듯 조심스럽게 꽤 비싸 보이는 오르골을 집어 들었다. 상자는 향나무를 깎아 만든 것이어서 벗겨지지 않는 포장지처럼 은은한 향기가 감겨 있었다.

태엽을 돌려 감고 황금빛 섬세한 돌기들이 차례로 튕겨지는 것을 바라보았다. 숨이 가빠지면서 몸속 깊은 곳에서 집요한 갈증이 일었다. 그곳에 감긴 음악은 드뷔시의 '달빛'이었다. 무엇을 해야 하지? 오르골의 음악이 끝나기 전에, 상자가 닫혀 버리기 전에….

막 껍질을 벗긴 푸딩, 아직 부서지지 않은 심장

늦은 아침, 커피 물을 끓이기 위해 포트에 수돗물을 받고 있을 때였다.

"톡, 톡, 톡."

창문을 두드리는 소리에 나는 소스라치게 놀라고 말았다. 어릴 때부터 주욱 엄마랑 단둘이 아파트 꼭대기 층에만 살았기 때문에, 문도 아니고(사실 문을 두드리는 경우도 거의 없다. 벨을 누르니까.) 내 방 창문을 밖에서 두드리는 소리를 들은 것은 내 인생을 통틀어 처음이라고 해도 좋았다.

창문 밖에는 아무도 없었다. 나는 포트를 내려놓고 창가로 가, 내 몫의 창문을 조심스럽게 밀어 살짝 열었다.

"류짱!"

바로 옆에서 목소리가 들렸다. 마유코였다. 그녀는 그녀 쪽의 창문을 열고 밖에서 내 쪽 창문을 두드린 거였다.

"놀랐어?"

그녀는 연신 방글방글 웃으면서 내가 얼굴과 어깨를 내밀 수 있을 만큼 그녀 쪽 창문을 조금 닫아주었다. 나는 그녀의 배려가 시키는 대로 상반신을 창밖으로 내밀었다.

"류짱, 이거!"

그녀의 손에는 편의점에서 파는 푸딩과 투명한 플라스틱 스푼이 들려 있었다.

"아까 편의점에 생수랑 렌즈 세척액을 사러 갔다가 갑자기 맛있어 보여서 잔뜩 사버렸어."

나는 그녀가 내미는 푸딩을 받아 비닐 뚜껑을 벗겼다. 노랗고 매끈한 덩어리. 아직 부서지지 않은 심장.

"아까 내 방을 지나가면서 줬으면 되잖아. 커튼을 열고 주거나…."

나는 푸딩 표면을 종이같이 얇게 떠 입에 넣으며 말했다.

"안 돼. 푸딩 같은 건 꼭 이렇게 줘야 돼. 하루히랑 살 때도 우린 이렇게 했어. 어쩔 수 없이 서로의 방을 써야 할 땐 '실례합니다….' 하는 마음으로 선을 넘지만, 그렇지 않은 때 서로를 보는 방법으로는 이쪽이 훨씬 로맨틱하지 않아?"

마유코답다. 나는 고개를 끄덕이면서 스푼으로 더 얇게 푸딩

한 겹을 걷어내는 데 골몰했다. 간식을 먹을 땐 이런 쓸데없는 테크닉에 집중하게 된다.

"하루히랑 나는 이걸 '랑데부'라고 불렀어. 왠지 19세기 유럽 스타일이니까. 프라이버시를 지키면서도 서로를 볼 수 있잖아. 류짱도 좋아하게 될 거야. 창문을 노크하는 것. 그리고 '테라스'에서 이야기하거나 뭔가를 건네는 것."

그녀 쪽으로 좀 더 가까이 마음을 붙이고 싶어서 나는 온몸이 간질간질해졌다. 이것이 마유코의 매력이다. 모두가 그렇게 느끼고 있는 게 틀림없다. 그녀의 로맨틱에 빠져서.

그날 이후로 나는 마유코의 말대로 점점 더 '랑데부'에 빠져들게 되었다. 정말, 전화로 하는 것보다는 친밀하고 마주 서는 것보다는 쿨한, 그 거리가 묘하게 귀족적이었다. 그래서 특급 호텔의 샴페인 바에 나란히 앉은 사람들처럼 뭔가 현실에서 동떨어진 이야기를 하게 되는 점도 마음에 들었다.

여행하고 결혼하는 '또 다른 나'

"있잖아, 류짱…."

그날 마유코는 내게 코코아 컵을 내밀면서 랑데부를 요청했다.

"나 고등학교 때쯤 우리 또래 애들에게 '또 다른 나'라는 게 유행했었어. 한 인터넷 사이트에서 만든 프로그램이었는데, 회원가입 절차가 엄청나게 까다로웠어.

일단 '나'에 대한 모든 것을 적어 내야 해. 키, 몸무게, 신발 치수, 혈액형, 나이…, 이런 건 기본이고 태어난 지역, 학교, 반, 친한 친구 이름, 가사를 전부 외우고 있는 노래, 부모와 무엇 때문에 가장 자주 다투는지, 좋아하는 것, 싫어하는 것, 문신이 있는지, 있다면 어디에 있는지, 많이 듣는 음악, 좋아하는 옷 브랜드, 남자친구나 짝사랑하는 사람 이름까지 적어 내야 가입이 돼. 답해야 할 심리 테스트 같은 것도 굉장히 많고.

물론 전부 솔직하게 써내는 아이는 몇 없었지만 아무튼 가입 절차 자체를 즐기는 애들도 꽤 있었으니까. 알잖아. 아무리 보잘 것 없어 보여도 한 사람의 '캐릭터'를 만들어내기 위해서 이렇게나 많은 정보가 필요하다는 걸 알고는 좀 우쭐하게 놀라는 느낌.

'내가 이래봬도 생각보단 훨씬 정교하고 품이 많이 들어간 작품이 아닐까?' 하는 기분이 드니까, 딱 그 또래 여자아이들의 나르시시즘을 만족시켜주기 알맞은 프로그램이었어.

200개도 넘는 회원가입 설문조사 질문들에 하나하나 답하다 보면 있잖아, 흐음…, 묘하게 17년간의 인생이 촤라락 깔끔한 상자 안에 정리가 돼. 나는 그랬어. 나는 정말 솔직하게 썼거든. 모르거나 없는 건 모르거나 없다고 썼어. 친구들처럼 드라마나 잡지에서 본 대로 꾸며서 쓰진 않았다고.

어쨌든 그렇게 가입절차가 끝나고 나면 '또 다른 나'를 받는 거야. 아바타 같은 건데, 꼼꼼한 일러스트로 그려져서 만화 같은 아바타보다는 훨씬 리얼하달까, 좀 섬뜩하달까….

그게, 아무리 가입단계에서 자신을 숨기고 거짓말로 답하고 엉터리로 아무렇게나 써내도, 반드시 자기랑 닮은 모습의 '또 다른 나'를 받게 되거든. 믿어져? 어쨌든 또 다른 나의 모습에 내 모습이 판박이처럼 묻어 나오는 게 너무너무 신기했어.

　설문조사 같은 건 다 시간을 끌기 위한 눈속임에 불과하고 실은 누군가가 컴퓨터 화면 뒤에 숨어서 새로운 가입자의 모습을 재빨리 스케치하고 있는지도 모른다고, 한 아이가 조심스럽게 얘기했을 때 아무도 웃지 않았어.”

　사람들은 언제나 그런 이야기에 매혹되어왔다. 내 의지 따위론 어쩔 수 없는 운명의 가혹한 선택. 그 선택에 휘둘리는 연약한 인간. 그에게 누가 돌을 던질 수 있단 말인가라고 물어주는 이야기들에.

　“어쨌든 일단 ‘또 다른 나’를 받게 되면 그 인터넷의 ‘나’가 무엇을 할지 선택하면 돼. 옵션이 굉장히 다양해서 여러 가지가 있었지만 거의 대부분의 내 또래 아이들은 ‘결혼’이나 ‘여행’을 선택했어. 나도 조금 망설이다가 ‘여행’을 선택했거든. 그러면 내 할 일은 그걸로 끝이야. 일단 알에서 깬 거북이가 알아서 어디론가 엉금엉금 가듯이 이제 나는 가만히 기다리면 되는 거야.”

　나는 고개를 끄덕이며 듣는다. 그러고 보니 학교를 다니던 시절 그 비슷한 이야기를 나도 들은 적이 있는 것 같다. 하지만 나는 ‘그들’의 세계에 관심이 없었고 그들도 굳이 괴상한 나까지 그들의 놀이에 끌어들일 필요를 못 느꼈었다.

"결혼을 선택해보지 그랬어. 그것도 재밌었겠다…."

나는 코코아를 홀짝거리며 말했다. 마유코는 히히 웃었다.

"꼭 내가 안 했어도 됐어. 나랑 친한 애들이 다 결혼했었거든. 그 애들의 '또 다른 나' 얘기를 듣는 것만으로 고등학교도 졸업하기 전에 애를 한 다섯쯤 낳고 세 번쯤 이혼해본 아줌마가 된 것 같았어."

나도 웃으며 다시 고개를 끄덕였다. 이야기란 생각보다 힘이 세서 생생하게 말로 듣는 것들은 한창 민감한 시절에 사실과 혼동될 정도의 리얼리티를 갖는다.

한쪽 발씩 다른 세상에 담그고 열일곱을 견뎠어.

　"그런데 말이야, 이게 재미있는 게, 그 '또 다른 나'가 어디서 뭘 하고 있는지 내가 미리 알 수가 없다는 거야. 일주일에 한 번, 아니면 한 달에 몇 번씩 그 괴상한 '나'한테서 이메일이 오거든? 그 이메일 제목이 '나의 일기'야. 내가 쓰지 않은 내 일기.

　이를테면, 여행하는 '또 다른 나'는 불쑥 몽골에서 일기를 써. 텁텁한 기름차에 대해서, 그날 만났던 또 다른 여행자에 대해서, 초원에서 말 타기는 생각만큼 멋지지 않다는 것에 대해서. 그리고 몽골의 풍경을 담은 사진들도 함께 보내.

　그리고 그 다음 달에는 스페인의 안달루시아에서 소매치기를 당했다고 안절부절못하는 내용의 일기를 쓰고, 한동안 뜸하다 싶으면 오랜만에 일본에 돌아와서 닛코의 온천에 몸을 담그고 있다고, 역시 쌀밥에 우메보시를 얹어 먹으니 살 것 같다고 메일이 와. 사진이랑 같이."

나는 왠지 알 것 같았다.

마유코 대신 몽골과 스페인을 떠도는 '또 하나의 마유코'의 마음이. 그녀도 무언가가 견딜 수 없어서 일기를 썼을 것이다. 그리고 캄캄한 우주로 내던지듯이 '보내기' 버튼을 눌렀을 것이다.

"류짱, 내가 진짜 놀란 게 뭔지 알아? 나는 답장을 쓴 적이 한 번도 없어. 그냥 오는 이메일을 읽었을 뿐인데 어느 틈에 '또 다른 나'가 꼭 나처럼 글을 쓰고 있는 거야. 내가 쓰는 어투, 내가 항상 헷갈리는 한문도 똑같이 틀리게 쓰고. 그녀가 찍어서 올리는 사진들도 어쩜 꼭 내가 찍었을 것 같은 앵글이고…. 왜 있잖아, 사람은 얼굴이 반쯤만 나오게 찍는다든지, 일부러 풍경에 하늘이 많이 나오게 찍는다든지…. 그래서 꼭 내가 쓴 일기 같고, 내가 겪은 일 같았어.

그때 나, 그렇게 정말 많은 곳을 여행했어. 뉴욕도 가보고, 스페인 안달루시아도, 파리도, 몽골도, 그르노블도, 모로코도, 한국도 그때 처음 가본 거야. 서울의 이태원이랑 남대문에서 실밥이 터진 샤넬 가방도 사고, 부산에도 가봤어…. 거기선 회를 밥숟가락으로 뜬 것처럼 두툼하게 썰어준다고 했어…. 회를 한 점 먹었는데 입 안이 꽉 차서 뭉클했대…. 게다가 야채를 끝도 없이 갖다 준다고 감격하면서….

그래서 괜찮았어. '내'가 어디선가 매일 비행기를 타고 기차를 바꿔 타고 여행을 하고 있다는 걸 아니까. 사이코 선생들이 상담실로 불러서는 여학생들의 브래지어 끈을 튕기는 공립학교를 다니면서도 그다지 우울하지 않았어. 여기 있는 나는 좀 불행하고 답답해도 괜찮은 거야. 그냥 한쪽 발만 담그고 있으면 아무리 거센 물살이라도 거기 휩쓸려갈 염려가 없잖아. 한쪽 발씩, 다른 세상에 담그고 열일곱, 열여덟, 열아홉을 견뎠어.

아무튼 신기한 경험이었어. 그 3년 동안 나는 결석 한 번 없이 학교도 다니고, 〈내셔널 지오그래픽〉의 사진작가 부럽지 않게 여행도 한 거야. 내 친구들은 더 굉장했지. 한창 중간고사 기간에도 어디선가 결혼식을 올리고, 신혼여행을 가고, 비가 오는 날에 이사를 하고, 남편이 바람을 피우고, 홧김에 자기도 밖으로 돌다가 다른 남자의 아이를 낳고, 별거에 들어가고, 그 아이를 데리고 시부모의 장례식에 참석하고….

심지어 내 짝은 체육 실기시험을 치르는 동안 차를 벼랑으로 몰아 자살도 하고 그랬어…. 빨간 쉐보레였는데…. 그건 좀 심각했지. 걔가, 그날 집에 가서 메일을 열어 보고는 한밤중에 나한테 전화해서 이러더라.

'마유코, 나, 죽었어…. 정말로 죽어버렸어…. 아까 우리 띔

틀 시험 보던 그 시간에…, 차는 폐차했고 나는 지금 영안실에
누워 있어…. 남편은 울고 있을까, 웃고 있을까…. 너는… 죽
은 사람이랑 통화하는 기분이 어때?'"

나는 마유코의 이야기에 빠져들어 이런저런 상상을 머릿속
에 굴리고 있었다. 혹시 지금의 마유코도 누군가가 꼼꼼하게
설문조사에 답하고 받아낸 '또 다른 나'가 아닐까?

지방 고등학교를 졸업하고 무역회사의 경리사원으로 일하고
있는, 퍼석퍼석 마르고 윤기라고는 전혀 없는 어떤 여자가, 맛
없는 도시락을 싸서 꼬박꼬박 야마노테 전철로 출근과 퇴근을
반복하고 있던 어느 날 우연히 그 사이트에 접속하게 된다.
'나는 아주 잘 웃는 편', '통통하고 아담한 체형', '아직 여고
생', '좋아하는 것은 푸딩과 친구들', '싫어하는 것은 빨래와
미역무침'이라고 아무렇게나 적어내고, 마유코와 꼭 닮은 '또
다른 나'를 받은 게 아닐까? 그리고 마지막으로 여행도, 결혼
도 아닌 '연극배우 되기'를 클릭한 것은 아닐까?

마유코의 이야기는 이어졌다.

"그렇게 고등학교를 졸업하고 나서 바로 대학에 가진 않았
어. 한 1년은 마음 편히 아무것도 안 하고 지내보고 싶었거든.
집에는 입시학원에 다닌다고 말해놓고 아침에 가방을 들고 나

오면 하릴없이 우에노에 가서 공원을 산책하거나, 도쿄에 갓 상경한 촌티 나는 사람들이 두리번거리면서 길을 찾는 걸 구경하거나, 그것도 싫증 나면 공원 안쪽 깊숙한 곳에 있는 사원에 들어가서 대나무통 끝으로 물이 흘러 떨어지는 걸 해질 때까지 구경하곤 했어.

그러느라고 '또 다른 나' 프로그램은 까맣게 잊고 있었지. 내가 잊고 지내면 '또 다른 나'도 나를 잊어버리는지, 혹은 한동안 몸이 안 좋았었는지 반년 넘게 소식이 없더니 어느 날 불쑥 메일함에 '나의 일기'가 와 있는 거야."

나는 달에서 연극을 하고 있다.

마유코는 식어버린 코코아를 꼴깍꼴깍 단숨에 마셨다.

"이탈리아의 밀라노에 있다는 거야. 그곳에 꽤 오래 있었는지 동네 친구들 이야기도 하고, 사진도 관광객 앵글이 아닌 사진을 올렸어. 있잖아, 골목에서 자고 있는 고양이나 창틀에 놓인 화분 같은 거…. 놀라운 건, 내가 거기서 연극배우가 되었다는 거였어! 극단에 일본인은 혼자라 말도 잘 안 통하고 힘들다는 일기였지. 그래서 대사는 거의 없는, 몸으로 하는 배역을 주로 맡고 있다는 얘기…."

역시, 나의 상상과 딱 맞아 떨어지는 건 아니었지만 어느 쪽의 마유코든 연극을 먼저 시작하고 있을 것 같았다는 예감은 맞았다. 짜릿하다.

"뭔가가 미치도록 먹고 싶은데, 그 맛은 혀끝에서 뱅뱅 도는데, 딱 그게 뭔지는 모르겠을 때, 없어? 내가 그때 그런 상태였던 것 같아. 미치도록 하고 싶은 게 있긴 한데, 그게 뭔지 도무지 생각이 안 나서 아무것도 하기 싫은 상태. 아무거나 할 수는 없어서 그냥 있는 상태. 그때 '또 다른 나'가 꼭 집어서 내가 먹고 싶은 게 뭔지 가르쳐준 거였어. 연극! 왜 여태 그 이름이 생각 안 났을까?"

그 다음 날부터 그녀는 도쿄 시내에 있는 극단들을 돌아다니며 오디션을 봤다고 했다. 하지만 깡마르고 서구적인 외모가 각광받던 시절이라 마유코의 통통하고 고전적인 동그란 얼굴은 받아주겠다는 극단이 없었다.

"캐스팅 담당자들이 날 보고 '마유코 씨, 우리 극단은 좀 독특한 캐릭터를 찾고 있습니다….'라고 하더라. '당신 같은 얼굴은 일본 어딜 가나 널려 있으니까 굳이 배우로 캐스팅할 이유가 없습니다.'라고 솔직하게 말하지는 않고…."

하지만 그녀는 포기하지 않고 뒷골목 구석구석에 박힌 조그만 소극장까지 돌며 연극배우가 될 수 있는 길을 찾았다. 신주쿠에 있던 어느 극단의 오디션 모집 공고를 보고 갔다가 그날도 탈락하고 힘없이 돌아오는 길목에 츠키의 간판이 희미하게 보였다고 했다.

"처음엔 거기가 뭐하는 데인지도 몰랐어. 그냥 뿌연 간판에 '달'이라고만 쓰어 있었으니까. '일단 들어가보고 극단이면 오디션을 보고, 레스토랑이면 밥을 먹자!' 이런 생각이 들더라. 그래서 계단을 올랐어.

밤이 꽤 늦은 시간이었는데 미나 선생님이 요시히로랑 무대 위에서 대본을 연습하고 있었어. 둘 다 땀에 흠뻑 젖어 있었지. 요시히로는 눈이 충혈되어 있는 게, 눈물까지 흘리고 있는 것 같았어. 그토록 집중하고 있을 때 갑자기 누가 들어왔는데도 그들은 놀라지 않았어. 선생님이 나를 힐끗 보더니 "테이블 위에 타월 좀 집어줘." 하시는 거야. 내가 머뭇머뭇 타월을 건네드리니까 그걸로 요시히로의 얼굴을 닦아주고 나더니, 선생님이… 나를 향해 다가왔어."

그랬었다. 내 경우처럼 마유코도 그런 식으로 '아무렇지도 않게, 슬그머니, 조금씩' 달 쪽으로 밀려 올라간 케이스였다.

"처음엔 내게 아무 일도 시키지 않았어. 그냥 매일 극단에 나와서 다른 사람들이랑 어울려 다니고, 청소하고, 대본 외우고…. 그러다 보니까 나도 모르게 달에 정착하게 됐어.

처음 배역을 맡던 날 내가 뭘 했는지 알아? '또 하나의 나'에게 메일을 보냈어. 내 쪽에서 보낸 건 처음이었지. 잔뜩 힘이 들어간 말투로 글씨체도 굵고, 크게 해서 이렇게 썼어. '이탈리아에서 연극하는 건 아무것도 아니야. 나는 달에서 연극을 하고 있다!'고…."

마유코는 까르르 웃었다.

모든 단원들이 내가 이사 온 지 일주일이 채 지나지 않아 최소한 한두 번씩은 마유코와 시간을 보내기 위해서 찾아왔다. 단 한 명, 요시히로만 빼고. 여느 때처럼 창문을 열어 놓고 마유코와 이야기를 하면서 나는 그녀에게 물었다. 햇빛이 쨍쨍 피부를 파고드는 한낮이었다.

"그런데…, 요시히로는 왜 한 번도 놀러 안 와?"

마유코는 내가 모르고 있었다는 게 놀랍다는 듯이 동그란 눈동자를 부풀렸다.

"그가 여기에 올 리가 없잖아. 그는 극단 무대에만 서는 게 아니라서 몹시 바빠. 음…, 게다가 그는 우리와는 다른 세상의 사람이랄까…. 왜, 류짱은 못 느꼈어? 항상 이쯤에 머물러 있는 거…."

그녀는 인형처럼 통통한 손을 머리 위로 치켜들어 보통 인간은 닿을 수 없는 어딘가를 가리켰다. 역시 나만 느끼고 있는 게 아니었다. 그가 우리와는 다른 공기를 들이마시고 있다는 것.

뮤토

"그리고…, 요시히로는 우리처럼 방을 세내어서 살거나 하지 않아. 그는 뮤토(Muto, 변화, 변하는 존재라는 뜻의 라틴어)니까."

뮤토…. 나는 마음속으로 그 말이 스며들도록 몇 번이고 되풀이해보았다. 근사하고 아픈 말이었다.

부슬비가 내렸고, 나는 용재가 준 보라색 우산을 쓰고 있었다. 촉촉하게 젖은 우산을 접고 연습실에 들어갔다. 아직 이른 시간이라 온통 거울로 둘러싸인 널찍한 공간엔 요시히로가 혼자 대본을 읽고 있었다. 내가 들어서는 것을 보자 그의 얼굴에 반짝, 반가움이 어렸다.

"류짱, 이 대사 좀 읽어봐."

기다리고 있었다는 듯 요시히로가 읽고 있던 대본을 들고 와 내 앞에 펼쳤다. 낯선 대본이었다.

"꼭 류짱이 말하고 있는 것 같은 대사가 있어. 본인 목소리로 한번 들어보고 싶어."

그가 손가락 끝으로 가리키는 몇 줄을 나는 우선 재빠르게 눈으로 읽은 뒤 소리 내어 읽는다.

"… 아니야, 신비로운 거야. 너에게 신비로운 일이 생긴 거야. 한 번도 먹어본 적 없다고 신비로운 과일 앞에서 겁먹을 필요는 없잖아? 이건 새로움이야, 기쁨이라고!"

요시히로는 단어들을 귀로 빨아들이려는 듯 내 입술에 귀를 바싹 갖다 댔다. 청결하게 말린 귀 뒤에서 이세이 미야케의 그린티 향기가 났다. 내 입술에 귀를 대고 있으니 그의 입술이 내 귀에 닿았다.

"다시 한 번만 들을게…."

그의 입김이 내 귓불의 솜털에 닿아, 내 안의 작고 민감한 것들을 흔들었다.

"… 신비로운 과일 앞에서… 겁먹을 필요는 없잖아…. 이건 새로움이야…. 기쁨이라고…."

가수들이 마이크를 입술에 갖다 대고 조용한 클라이맥스 부문을 처리할 때처럼 나는 다시 한 번 읽었다. 요시히로는 싱긋 웃으며 내 입술에서 귀를 떼었다. 그 웃음은 조용한 비밀결사를 이제 막 끝내고 돌아온 것 같았다.

　그때 연습실의 문이 열리고 용재가 들어왔다. 검은 머리카락과 연회색 재킷의 어깨가 젖어 있다. 그는 분명 뛰지도, 무언가로 머리를 가리지도 않고 그를 향해 떨어지는 모든 것들을 받아내며 걸어왔을 것이다. 그가 우산꽂이에 꽂힌 보라색 우산과, 나와 요시히로와, 달밤의 조용한 비밀결사를 목격했다.

어떻게든 해줘. 지금 이 모습만 아니면 돼!

미루는 인천의 한 은행에서 경비원 일을 하며 주인이 돌아오기를 기다리던, 미나 선생님의 표식을 가진 고양이였다.

그녀는 연기를 지독히도 못하는 배우였다. 촌스러웠고, 말을 더듬었고, 광대뼈가 남자처럼 튀어나왔고, 어떤 감정이든 늘 한 박자 늦게 느꼈으며, 뻣뻣한 팔과 다리의 움직임에 우아함이라고는 전혀 찾아볼 수 없었다.

미나 선생님은 냉정한 연출가였으므로 그녀에게 한 번도 배역을 준 적이 없었다. 하지만 미루는 다른 모든 단원들처럼 무대에 올리는 모든 연극의 대사를 빠짐없이 외웠고, 치열하게 연습했고, 무대 위의 동선을 몸에 익혔다. 담담하게, 그녀는 언젠가 달빛이 미묘한 각도로 자신을 비출 순간을 기다리고 있었다.

112

공교롭게도 엄마의 미용실이 쉬는 날이었고 나는 언제나처럼 그곳에 있었기 때문에 '그 일'이 일어났다.

그냥 시늉만 할 생각이었다. 하지만 10년이 넘게, 4,000일 가까운 날들 중에 거의 하루도 빼놓지 않고 몇 시간씩 머리카락에 취한 상태에서 보아온 엄마의 가위질을, 나는 이미 그냥 흉내만 낼 수 없는 경지라는 걸 그때는 까맣게 모르고 있었다.

나는 엄마가 늘 하듯, 가위를 들기 전에 먼저 그녀의 머리카락 속에 양손을 깊숙이 담갔다. 하루에 0.35밀리미터씩 영혼을 밀어내며, 머리카락은 거침없이 흘러 강을 이룬다. 나는 정신이 아득해졌다. 컷은 자비로웠고, 컬은 굽이치며 얼굴 모양을 한 마음을 감쌌다.

프랑수아즈 사강을 연기하기로 한 것은 우리 극단에서 가장 아름다운 란이었다. 란은 츠키에 들어오기 전, 부산의 한 발레단에 소속되어 있던 발레리나였다. 뼛속부터 발레리나여서 그녀의 우아함을 못 본 척하기란 대단히 어려웠다. 게다가 부잣집 딸이었다. 옷이며 신발이며 조그만 머리핀 하나까지 한눈에 고급품임을 알아볼 수 있는 것들이 란의 우윳빛 몸을 감싸고 있었다.

미나 선생님이 얼마 전, 가상으로 창조한 프랑수아즈 사강의 스무 살 연하 연인에 관한 작품을 쓰기 시작했다고 말했을 때부터 우리는 모두 란이 그녀를 연기할 것을 알았다. 그리고 언제나처럼 란뿐만 아니라 나를 포함해 모두 다섯 명의 여배우들 모두가 그 대본을 받았고 외웠다.

교회에 다니는 사람들이 주기도문을 외우는 것처럼 잠들기 전과 깨어나 눈 뜨기 전, 미나 선생님의 언어들이 우리를 통과하게 하는 것은 숭고한 기쁨이었다. 미나 선생님이 쓴 대본을 외우고, 발음하고, 그것을 몸으로 표현하면서 우리는 스스로를 가치 있게 느꼈다. 그녀가 쓴 대사들은 의미를 알 수 없지만 성대를 울려 발음하는 것만으로도 공기를 강렬하게 흔드는 산스크리트어와 같았다. '옴'이나 '람' 같은 진언. 그 진언들은 존재 속의 존재를 키운다. 그리고 아무도 모르는 깊은 곳에서 키운 그 존재가 더 이상 연약하지 않아 숨어 있던 장막을 뚫고 머리를 내밀 때쯤이면 큰 소리로 우주에게 고한다. 당신이 원하는 그가 이곳에 있습니다!

미루는 불행히도 그 작품이 마음에 쏙 들었는지, 보기에도 딱할 만큼 열심히 대본 연습을 했다. 하지만 연습을 하면 할수록 그녀는 프랑수아즈 사강이 아니라는 사실만이 더욱더 명백해질 뿐이었다. 그녀가 움직이는 모습은 차라리 검술을 연습하는 포카혼타스 같았다.

날개 뼈까지 오는 굵고 새카만 머리카락을 아무렇게나 풀어

헝클어뜨린 모습으로 그녀가 뻣뻣한 팔다리를 움직이며 혼자 연습하는 걸 가만히 지켜보던 요시히로가 그녀에게 다가갔다.

"미루, 헤어스타일을 좀 바꿔보면 어떨까? 좀 더 짧고 섬세하고 민감해 보이는 스타일로…. 그럼 몰입하기가 훨씬 쉬워질지도 몰라."

미루는 기적의 신약 처방을 받은 환자처럼 눈을 번쩍 떴다. 하지만 이미 밤 10시가 넘었고 츠키의 전속 헤어드레서인 우리 엄마는 쉬는 날이었다.

엄마는 두 주일에 딱 하루뿐인 휴일엔 세상과 연결된 온몸의 플러그를 모두 뽑고 철저하게 쉬었다. 전화를 받지 않는 것은 물론 TV를 보거나 음악을 듣지도 않았고 몸에는 아무것도, 팬티조차 걸치지 않았다. 밥도 먹지 않고 따뜻한 꿀물만으로 목을 축이면서 아직 태어나지 않은 사람처럼 굴었다.

하지만 당장 변신하고 싶어 몸이 달아오른 미루는, 도저히 엄마가 다시 플러그들을 제자리에 꽂고 헤어드레서로 돌아오는 내일까지 기다릴 수가 없는 것 같았다.

"류짱, 내 머리 좀 어떻게 해줄 수 있지? 어쨌든 우리 중에선 어깨 너머로 배운 게 제일 많을 거 아냐. 아주 조금이라도 좋으니까 손봐줄 수 없을까? 아님 흉내만이라도 내줄 수 없을까? 아무렇게나, 쥐가 갉아먹은 것처럼 만들어도 괜찮아. 지금 이 모습만 아니면 돼!"

미루가 맥베스의 대사처럼 너무 처절하게 외치는 바람에, 그래서 모두가 웃음을 터뜨리는 바람에, 그리고 그들이 반 농담 삼아 "맞아, 류짱이 있었지!", "그냥 엄마 흉내 내서 가위질만 몇 번 해줘!"라며 맞장구를 치는 바람에, 그리고 무엇보다, 그 것이 무엇의 시작인지 몰랐기 때문에, 나는 분장도구 박스에서 콧수염을 다듬는 이발가위를 찾아 들었을 뿐이었다. 그리고 검지손가락에 가위를 걸고 빙글빙글 돌리며 최대한 우스꽝스러 운 걸음걸이로 그녀에게 다가갔을 뿐이었다.

류짱, 진짜 공연을 해보고 싶지 않아?

단순한 미루는 조그만 간이의자에 앉아 내게 머리카락을 맡겨버리고는 다시 대본을 들고 소리 내어 연습하기 시작했다.

"당신은 괴물 같아. 아주 끔찍해…. 당신 리듬을 따라 가려다간 내 폐가 터져버리고 말 거야."

투둑, 투둑…. 굵은 빗방울 같은 소리를 내며 그녀의 굵고 빳빳한 머리카락들이 마룻바닥 위로 떨어진다. 나는 그녀의 머리카락 위에서 손을 놀리면서 자연스럽게 상대 역 대사를 외워주었다.

"그렇게 서성거리지 마. 오늘쯤에는 증명할 수 있을 거야. 한나절만 시간을 주면…."

미루는 새된 목소리로 되받아쳤다.

"시간이라고? 그날 당신이 구겨서 휴지통에 던져버렸던 그 시간 말이야? 내가 다시 그걸 주워서 몸에 걸치고 당신을 기다리길 바래? 그 젖고 구겨진 기억들을?"

나는 달래는 듯, 애원하는 듯, 이마 위의 잔머리 결들을 다듬는다.

"프랑수아즈, 언제나 시간은 네 편이라고 했잖아…."

대사를 주고받으며 가위질은 섬세한 단어들의 리듬을 탔다.

마지막 대사가 끝났고, 대본에 코를 박고 있던 미루가 얼굴을 들었고, 모두가 그곳에 앉아 있는 프랑수아즈 사강을 보았다.

'상대역이 없으면 우린 어떤 것도 될 수가 없어. 누군가가 되쏘아주어야만 '그것'이 되지….'

맞은 편 거울 벽에 등을 대고 앉아 대사를 연습하던 요시히로의 입술 경계선이 가파르게 흔들렸고, 란의 머리 위에 늘 홀로그램처럼 얹혀 있던 백조의 왕관이 사라졌다. 얇은 피부의 하루히는 강회의 어깨에 관자놀이를 갖다 댔다. 마유코의 동그란 눈이 우리 방의 창문처럼 크게 열렸다. 그리고 용재의 얼굴. 그 얼굴이 밤 웅덩이처럼 까맣게 깊어졌다. 그리고 반짝이는 아픔 같은 것이 반딧불이처럼 그의 이마와 뺨과 입술 위로 어지러이 날아다녔다. 안타까움도, 두려움도 아닌 그 날벌레들은 위험하고 낯선 세상의 냄새를 풍겼다.

단원들은 그 순간, 또 하나의 커다란 '달의 룰' 덩어리를, 각자의 방식대로 소리 내지 않고 꿀꺽 삼키고 있었다.

　자신의 고양이들이, 자신이 던져주지 않은 무언가를 합창하듯 삼키는 소리를, 미나 선생님이 놓칠 리가 없었다. 단장실 문이 벌컥 열리더니 그녀가 펄럭펄럭 걸어 나왔다. 그녀는 평소와 다르게 걸음걸이가 흐트러져 있었고, 당황한 듯 보였다.

　"무슨 일이지?"

　선생님은 단원들을 차례로 둘러보았다. 그리고 마침내 플라스틱 간이의자에 붙박인 듯 앉아 있는 프랑수아즈 사강을 발견했다. 아직 목에 매끌매끌한 나일론 천을 두르고 콧등과 뺨에 잔 머리카락들을 묻히고 있었지만 그녀를 알아보지 못할 이는 없었다.

　만일 미나 선생님이 등에 깃털이 달린 존재였다면 그 순간 우수수 소리를 내며 솜털 하나까지도 갈숲처럼 일어서는 것을 모두가 보았을 것이다. 하지만 등 대신 그녀의 눈 속에서 무언가가 조용히 날개를 폈다.

　용재가 내 앞을 막아섰다. 그렇게 하면 천적의 눈으로부터 새끼를 감출 수 있다고 믿는 어미 고라니처럼. 하지만 날개를 편 눈동자는 용재의 크고 검은 몸보다 높이 날아, 노련한 솔개처럼 헤매지 않고 내게로 향했다. 그리고 소리 높여 우주에게

고했다. 당신이 원하는 그가 여기에 있습니다!

"류짱…, 진짜 공연을 해보고 싶지 않아?"

미나 선생님이 내게 말한 공연은 극단 츠키의 무대에 서는 것
이 아니었다. 그것은 아주 특별한 공연이었고, 지금껏 요시히
로가 해왔던 공연이었다. 선생님의 '특별한 고객들'을 위해서.

나는 이제 가야만 해요, 정말로.

해가 막 지려던 참이어서 나는 기억한다. 떠나는 슬픈 엄마 같은 시간. 밤에게 세상과 인간들을 넘겨주기 직전, 낮이 파르스름하게 울먹이며 마지막 당부를 남기는 시간이었다. 영화감독들과 포토그래퍼들이 사랑하는 빛, 트와일라잇 블루에 감싸여 그는 나를 기다리고 있었다.

미나 선생님은 그 전날 나의 첫 공연을 위한 대본을 써서 건네주었고 나의 대사들은 이미 내 핏속을 흐르고 있었다. 나의 첫 고객이자 첫 상대역 배우는 은퇴한 야쿠자였다.

내가 영화 스크린 밖에서 야쿠자를 본 것은 그때가 처음이었다. 그는 홋카이도 일대를 주름잡던 거대 야쿠자 조직의 2인자였다고 했다. 하지만 그의 모습은 나의 기대를 깨끗이 배신했다.

뺨에 깊게 패인 상처, 낮게 위협하듯 푹 꺼진 눈(혹은 애꾸눈), 조직을 지키기 위해 적에게 기꺼이 잘려버린 오른손엔 의수를 끼우고, 그 손은 늘 바지 주머니에 찔러 넣고 있기 때문에 담배를 꺼내 물 때마다 서툰 왼손만으로 애쓰며 찌푸리는 미간…. 그런 것들 중 단 하나도 그는 갖고 있지 않았다.

그의 얼굴은 막 비닐뚜껑을 벗겨낸 푸딩처럼 생채기 하나 없이 말갰다. 의수라고는 생각할 수 없는 단정한 두 손 역시 조금 전 네일숍에 다녀온 듯 흠잡을 데 없는 모양새였다. 그는 야쿠자라기보다 은퇴한 지방은행의 지점장처럼 보였다.

내가 할 대사는 오직 한 마디, "나는 이제 가야 해요, 정말로."였다.

미나 선생님이 내게 건넨 대본에는 그 대사가 여섯 페이지에 걸쳐 120번이나 되풀이되어 쓰여 있었고, 대신 그 한 마디 한 마디마다 각각 다른 지문이 붙어 있었다.

- 얼굴 표정을 사용하지 말 것. 감정을 모두 삭제하고 최대한 건조하게.
- 오만하게 상대를 내려다보며, 잔인한 쾌감을 음미하듯이.
- 눈을 감고 두 손을 가슴 앞에 모으고 마지막 기도문을 읊

듯이.

- 두려움에 몸을 떨며 절규하듯이.

- 그의 뺨을 손가락으로 쓸어내린다. 동시에 눈꺼풀을 반쯤
  내리고 유혹하듯이.

- 이중첩자의 교활함을 가지고 상대의 마음을 가볍게 떠보는
  투로.

- 긴 침묵. 한숨을 한 번 쉰다. 그리고 나이 많은 여자가 독백
  하듯이.

- 영원을 응시하는 듯한 눈빛. 안타까움과 연민에 목이 메어
  한 글자씩 천천히.

  ……

그녀가 지시하는 지문들은 그 한 마디 말로 인생의 모든 장
면들을 삼켜버릴 수 있다는 것을 보여주었다.

미나 선생님은 '고객'을 만나러 가는 차 안에서 내게 말했다.

"내가 준 대사 이외에는 아무런 말도 할 필요 없어…. 해서
는 안 돼. 하지만 언제 어떤 지문을 사용할지는 류가 결정해야
해. 그것이 뮤토의 재능이니까."

그녀는 나를 고풍스런 일본식 목조주택 앞에 혼자 내려주
었다.

"플레이가 끝날 때까지 난 여기 차 안에서 기다리고 있을게."

미나 선생님은 나를 안심시키려고 부드럽게 이야기했지만 정원의 디딤돌들을 혼자 하나씩 밟고 가며 나는 또 다시 달밤에 다른 인생으로 납치당하는 듯한 외로움을 맛보아야 했다. 그 대신 등 뒤에서 미나 선생님이 조용히 외치는 소리가 비둘기처럼 날아와 어깨 위에 앉아 나와 함께 갔다.

"어때, 영혼을 팔기에 좋은 날이지?"

당신이 울 거라고 하더군.

정원 중간쯤에 인상이 서글서글한 중년 부인이 기다리고 있었다. 그녀는 아무 말 없이 깊고 간절하게 허리를 굽혀 내게 인사한 뒤, 비단 기모노 속에서 종종걸음으로 발을 움직여 안내했다.

집안에 들어서자 백단향이 났다. 높은 천장과 넓은 복도, 반투명의 격자창으로 스며들어 오는 빛이 나를 아득하게 했다. 그 집은 살기 위해 지어진 집이라기보다는 무언가를 잊기 위해 어마어마한 돈을 들인 요새 같았다. 여자는 복도 안쪽의 방문하나를 조용히 가리키고는, 다시 허리를 굽히고는, 종종종 사라져버렸다. 모두들 철저히 내가 혼자 모든 것을 해내기를 요구하고 있었다.

나는 혼자 그 속으로 걸어 들어갔다.

광택이 흐르는 문종이를 바른 미닫이문을 열자 널찍한 방이 나왔다. 서재인 듯, 책이 한쪽 벽을 메우고 있었다. 그는 등을 보이며 고요히 앉아 있었고 열어놓은 창문으로 트와일라잇 블루가 흘러 들어와 그의 가냘프고 단정한 실루엣을 감싸고 있었다.

그가 앉은 팔걸이 가죽소파 곁에는 작은 탁자가 놓여 있었고, 그 위에 반짝이는 최고급 미용가위와 빗, 전문가용 헤어드라이어가 엄격한 질서 속에 정돈되어 있었다.

나는 내가 무엇을 해야 하는지 알았다.

그의 머리카락은 아름다웠다. 청결한 잿빛 머리카락이 관리가 잘된 저택의 잔디처럼 촘촘하고 풍성하게 자라, 그의 목 뒤에서 에르메스의 가죽 끈으로 단정하게 묶여 있었다. 인사는 필요 없었다. 그도 이미 무대의 조명이 켜진 것을 알고 있었다.

나는 그의 머리카락을 묶고 있는 부드러운 송아지 가죽 끈을 풀었다. 그리고 목덜미에 풍성하게 헤쳐진 그의 영혼의 강 속으로 손가락을 깊이 담갔다. 머리카락은 놀랄 만큼 부드럽고 섬세해서 가루분을 만지고 있는 듯한 느낌을 주었다. 나는 눈을 감고 2초쯤 그의 머리카락과 두피의 감촉을 빨아들였다. 외로움은 사라졌다.

"당신이 올 거라고 하더군."

신중하게 쇠공을 굴리듯이, 그가 묵직한 목소리를 침묵 속에 내려 놓았다.

"곧 기차가 출발하니까, 서둘러야 할 거요. 그리고 '그곳'에 도착했을 때 모두가 우릴 알아볼 수 있도록 당신이 입을 옷을 준비해두었소."

그가 천천히 고개를 돌려 왼쪽 벽에 걸린 옷걸이를 눈으로 가리켰다. 나도 그의 눈길을 따라 그곳에 정물화처럼 걸린 옷들을 보았다. 그곳에는 불타는 듯한 와인색 블라우스와 비둘기색 플레어스커트가 걸려 있었다. 그 옷은 날 빨아들일 듯했다.

나는 그 블라우스와 스커트를 좀 더 가까이에서 보고 싶은 견딜 수 없는 충동에 휩싸였다. 바라보면 볼수록 내가 걸치고 있던 것들이 다른 동물의 껍질처럼 거칠고 불편하게 느껴지게 만드는 옷이었다.

사냥당한 짐승처럼 피를 흘릴 수만 있다면….

망설일 이유는 없었다. 나는 들고 있던 가위를 내려놓았다. 옷이 걸려 있는 벽 쪽으로 다가가, 입고 있던 체크무늬 셔츠와 화이트 진을 천천히 벗어 내렸다. 그리고 '그 옷'들을 옷걸이에서 벗겼다.

와인색 블라우스는 천연 실크 원단이었고, 맞춤 양장 특유의 꼼꼼한 손바느질로 목선 부분의 곡선이 꽃받침처럼 우아하게 처리되어 있었다. 스커트는 면과 캐시미어를 섞어 약간 톡톡하고 묵직한 느낌의 주름을 여러 곳에 잡은 디자인으로, 블라우스의 날아갈 듯 가벼운 질감을 세련되게 눌러서 받아내고 있었다.

새 옷 느낌은 없었다. 분명 조심스럽게 손질해가며 누군가가 오래 입은 옷이었다. 하지만 처음부터 내 몸을 재단하여 맞춘

옷들처럼 블라우스도, 스커트도 부자연스러울 정도로 내 몸에 완벽하게 들어맞았다.

노신사의 시선은 내가 시간을 들여 옷을 갈아입는 내내 저물어가는 트와일라잇 블루의 창밖에 못 박혀 있었다. 완전히 어두워지기 전에 공기 속에 떠다니는 암호를 해독해야만 하는 무전병 같았다.

설령 그가 내가 옷을 벗고 입는 것을 지켜보았다 해도 나는 오랜 시간 방을 함께 쓴 연인의 눈길처럼 편안하게 느꼈을 것이다. 그의 목소리를 듣던 순간부터 나는 그와 긴 세월 동안 격정적인 감정을 나눈 누군가였고, 분명 그는 나를 사랑하다 지쳐 이곳에 앉아 있는 거였다.

블라우스 단을 스커트 안으로 집어넣고 왼쪽 옆에 달린 후크와 지퍼를 채우자 옷 입기가 끝났다. 피부색이 바뀌었다. 나는 가벼운 전율을 느끼며 아까와는 다른 걸음걸이로 노신사에게 돌아왔다. 다시 차가워진 가위 손잡이를 엄지와 검지에 걸고 냉담하게 입술만 움직여 나는 첫 대사를 했다.

"이제 나는 떠나야 해요, 정말로."

– 표정을 사용하지 말 것. 최대한 건조하게.

나의 대사는 우리를 어디로도 데려가지 않았다. 아직은.

"사나에!"

늙은 야쿠자는 울부짖었다. 그의 눈물 속에는 평화를 뺀 모든 것이 들어 있었다. 나는 그와 함께 떠나지 않을 것이다. 와인색 실크 블라우스와 비둘기색 스커트를 입은 여자는 혼자 떠나려 하고 있다. 그 순간, 아주 위험한 방법으로.

절규하며 철로에 뛰어드는 젊은 그. 그 순간, 이 옷을 입은 여자를 구하기 위해서. 그의 마지막 얼굴, 낙인처럼 길고 뜨거운 눈 맞춤. 누구도 구원받지 못한 결말. 그리고 암흑.

심연으로 뛰어든 남자들과 여자들이여, 창틀에 대고 울던 비 내리는 날들이여….

나는 그제야 무릎 담요를 덮은 그의 두 다리가 그린 듯 움직이지 않는 걸 본다. 오렌지 중앙을 잘라 그 단면을 혀에 댄 듯, 즙이 뚝뚝 떨어지는 그 장면의 감정만이 넘쳐흐를 뿐, 처음과 끝은 모른다.

"이제 나는 떠나야 해요, 정말로!"

– 두려움에 몸을 떨며 절규하듯이.

가위와 빗을 쥔 손이 경련을 일으킨다. 하지만 격정의 리듬을 타고 그의 목덜미를 덮은 머리카락을 잘라내는 움직임은 멈출 수가 없었다.

"대체 어디로 가야 한다는 거지? 어디로! 사나에, 제발…."

그는 내게 머리카락을 맡긴 채 꼼짝하지 않았지만, 그의 아우라가 이 방을 가로질러 창문을 부수고, 얌전히 문종이가 발린 격자무늬 문을 뚫고, 어두운 기차 레일을 향해 미친 듯이 달려가는 것을, 나는 보았다. 오랜 시간 공을 들인 이 망각의 장치는 결국 아무것도 잊게 해주지 못했다.

나의 성격으로는 결코 품을 수 없는 열망이 지옥의 불꽃처럼 몸 안의 공기를 태웠다. 나를 점령한 순간 속의 여인이 나를 뚫고 뛰쳐나와 그에게 사랑했다고 말하고 싶어 한다. 그리고 몸부림치는 그 앞에 사냥당한 짐승처럼 무릎을 꿇고 싶어 한다. 그의 발등에 뺨을 대고 피와 눈물을 흘리면 속죄의 의식이 완성될 것이다….

하지만 그것은 대본에 없는 대사였고, 미나 선생님이 쓴 적 없는 지문이었다.

그와 여인의 격정이 잦아들고, 매끈한 어둠이 검은 커튼처럼 내려와 커다란 유리창은 거울이 되어 방안의 남자와 여자를 비추고 있었다. 슬플 정도로 젊은 야쿠자. 이마에 숱 많은 머리카락을 흩트리고 섬세해서 더 강인해 보이는 목덜미를 드러낸 채 텅 빈 눈동자로 땀과 눈물을 흘리고 있다.

그리고 그 여자. 그의 뒤에 서 있지만 어디에도 있지 않은 듯한 표정으로 망설이고 있다. 남자의 눈에는 그 여자가 보이는 것일까? 감정은 너무나 강렬했고 나는 하마터면 휩쓸려갈 뻔했다. 이 가위로 저 창문을 부수고, 그의 손을 잡고, 그가 이끄는 대로, 이대로 떠나버릴 수만 있다면….

하지만 나의 대사는 아무것도 허락하지 않았다. 다만 지문을 고를 수 있을 뿐이었다.

"난… 이제…. 떠나야 해요, 정. 말. 로…."

– 영원을 응시하는 듯한 눈빛. 안타까움과 연민에 목이 메어 한 글자씩 천천히.

남자의 눈 속에서 파도치던 것들은 깊숙한 제자리로 다시 숨어들었다. 나는 한 번 더 내가 그에게 줄 수 있는 유일한 말을 했다.

"난, 이제 떠나야 해요, 정말로…."

남자는 보이지 않게 고개를 끄덕였다. 그리고 쇠공을 굴리던 처음의 목소리로 돌아와 정중하게 천천히 발음했다.

"… 고맙소."

그는 앉은 채로 소파 손잡이 위에 달린 '통화' 버튼을 눌러 누군가에게 다시 한 번 같은 말을 되풀이했다.

"고맙소…."

그리고 나는 이제 떠나야 했다. 정말로.

아까 방까지 나를 안내했던 기모노 차림의 여자가 미리 복도 중간에서 기다리고 있었다. 그녀는 다시 나를 향해 깊이 몸을 숙이더니 앞서서 정원의 디딤돌들을 가로질렀다. 종종종…. 그녀의 하얀 덧버선에 감싸인 조그만 발이 나를 이끄는 모습은 토끼 같았다. 예의 바르고 얌전하지만 냉담한 토끼. '그 선'이상은 절대 함께 가주지 않는다. 그녀는 아까 들어왔던 대문을 열고 나를 배웅했다. 다시 절. 그토록 깊고 간절하게 허리를 숙이는 법을, 그녀는 어디서 배운 것일까.

미나 선생님은 운전석 시트를 살짝 뒤로 젖히고 눈을 감은 채 사라사테를 듣고 있었다. 그녀의 옆자리에 앉아 그녀가 천천히 마제라티에 시동을 거는 모습을 바라보는데, 고요히 지탱해오던 내 안의 무언가가 툭! 끊어지는 소리가 들렸다. 그 소리에 놀라 어깨 위에 앉아 있던 비둘기가 날아가 버렸다.

나는 울음을 터뜨렸고 온몸을 부들부들 떨었다. 첫 전장에서 처음으로 적군의 목을 베고 솟구치는 피를 보며 울부짖는 소년병처럼, 내가 조금 전에 누군가를 깊숙이 찌르고 저지른 엄청난 무언가를 믿을 수가 없었다. 지금 막 나를 뚫고 나온 낯선 그것은 빠른 속도로 나를 뒤덮을 것이다.

무엇보다, 격렬한 기쁨에 전율하는 내가 두려웠다.

난 고통스러울 만큼 그 순간에 몰입했다. 기쁨이든 슬픔이든 감정의 수위를 이토록 높이는 것은 자해에 가까웠다. '이런 식으로' 느낄 수 있다는 것을 알아서는 안 되었다.

"훌륭해, 넌 지금 가장 어려운 플레이를 해낸 거야. 제일 높은 허들을 맨 처음 뛰어넘은 거지. 내 눈이 정확했어. 넌 타고난 뮤토야."

미나 선생님은 떨고 있는 내 어깨를 힘 있는 두 손으로 꽉 잡고 말했다. 타고난 뮤토…. 그 말을 가루약처럼 마음에 털어넣자 떨림은 멈췄다. 그러나 눈물은 끊임없이 흘러내렸다. 그것은 흘러내려야만 하는 것 같았다. 평범한 인간의 표정을 씻어내야 하니까.

미나 선생님은 다시 말없이 차를 몰아 오모테산도로 향했다. 랄프 로렌 매장의 바로 옆, 보석가게처럼 꾸며진 고급 플라워숍 앞에 차를 세우고 그녀는 자신이 먼저 차에서 내린 뒤, 날렵하게 뛰어와 내 쪽의 문을 열어주었다. 나의 눈물은 잠그지 않은 욕조의 물처럼 철썩 철썩 흘러넘쳤다. 내 뺨이 기억하던 표정들은 그 물에 이미 흔적도 없이 씻겨 내려가 유니클로 셔츠의 앞섶에 흥건하게 고여 있었다. 분리수거 비닐봉지에 담겨 치워지기만을 기다리는 귤껍질들처럼.

가게의 유리온실 안에 진열된 꽃들 앞에 쓰여 있는 가격은 현실감이 없을 정도로 높았다. 분명 낮에는 보석을 팔고 밤에는 꽃을 파는 가게일 것이다. 그래서 미처 0이 하나 덜 들어간 꽃의 가격표로 바꿔놓지 못한 채 밤 장사를 시작한 게 틀림없다. 가게 점원조차 아직 꽃집 유니폼으로 갈아입지 못하고 다이아몬드와 진주를 팔던 복장 그대로 우리를 맞았다. 검정색 수제 정장과 얼룩 한 점 없는 구두. 저런 차림으론 꽃에 물을 줄 수 없다.

"어서 오십시오."

미나 선생님은 진열장 쪽은 쳐다보지도 않은 채 물었다.

"영국제 블러드 로열, 있나요? 아직 다 피지 않은, 꽃받침 부분에 보랏빛이 도는 것으로."

점원은 가눌 수 없는 기쁨을 잔잔하게 입 꼬리에 피어 올렸다.

"마침 오늘 싱싱한 블러드 로열이 들어왔습니다."

"몇 송이나 들어왔죠?"

점원은 말없이 깊숙한 보석함 어딘가로 들어가 족히 100송이는 될 듯한 블러드 로열이 담긴 병을 들고 나왔다. 블러드 로열은 성스러운 피를 흘리고 있었다. 피처럼 푸른 장미였다. 붉은색보다 더 붉은 푸른색. 너무나 짙어서 동공이 데일 것만 같은 푸른색이 활활 타오르고 있었다.

미나 선생님은 가느다란 손가락 끝만을 움직여 그 모두를 사겠다는 의사를 표시했다. 점원은 끝없는 존경과 환희에 몸 서리치며 그녀의 주문을 접수했다. 나는 점원이 미나 선생님

의 그 손가락 끝을 부여잡고 입을 맞추며 무릎을 꿇을까 봐 겁
이 났다.

　푸른 모닥불 같은 부케가 완성되자 미나 선생님은 그 다발을
내게 건넸다. 묵직했다. 그것은 황홀한 무게였다. 애쓰지 않아
도 알게 되는, 꿈과 현실의 중간쯤에서 지루한 수업시간을 건
너뛰어 달빛 속에서 머무르는 특별한 존재의 무게였다.
　"류, 겁내지 마…. 이건 새로움이야, 기쁨이라고…."
　그녀가 나를 '류'라고 불렀다. 류짱의 껍질들은 이미 솔개가
낚아채어 가버렸다.
　"그걸 해냈으니 앞으로의 플레이들은 네게 아무것도 아닐
거야."
　미나 선생님이 정말로 자랑스러워한다는 걸 알 수 있었다.
나는 눈물을 닦고 플라워숍 벽 거울에 비친 모습을 보았다.
　류가 보였다….
　자정을 넘긴 시간이었는데도 그녀의 머리카락들이 블러드
로열의 모닥불보다 더 환하게 타오르고 있었다. 그리고 한 올
도 남김없이 보랏빛이었다. 유니클로 셔츠를 입고 마유코와 방
을 나누어 쓰던 류짱을 감쌌던 갈색 머리카락들은 어디에도 없
었다. 완벽한 세상, 완벽한 마법, 그것이 왔다….

우리 모두가 누군가와 끈으로 연결되어 있다고 믿게 되는 순간에, 삶은 이어진다. 그날, 나는 용기를 내어 카레에게 내 카레에도 양파 대신 설탕을 넣어달라고 부탁했고, 그 용기의 끈에 함께 묶여 있던 시고니 위버 스타일의 손님이 가게 문을 열고 딸려 들어왔다.

오랜만에 소나기가 내리던 날이었다. 서늘한 빗소리가 카레의 식당을 촘촘한 카펫처럼 기분 좋게 감싸고 있었다. 카레가 도마를 씻고 나서 당근과 양파를 그 위에 올렸고, 나는 말했다.

"잠깐만요, 양파 말고요. 나도 설탕으로 넣어주세요. 확실하게 달고, 충치도 생기고, 몸에 안 좋은 카레로 부탁해요."

그는 배꼽을 쥐고 쓰러지는 시늉을 하며 웃었다.

"역시, 맛없었군요. 역시!"

그리고 얼마 지나지 않아 가게 문이 열렸다. 나는 한눈에 그녀를 알아볼 수 있었다 내가 처음 이 가게에 오던 날, 키레기 나를 위해 첫 번째 카레를 끓이던 날, 그러니까 아직 그가 양파를 썰기 전에 "양파, 괜찮아요?"라고 묻던 그날, 나는 그녀와 끈으로 연결되었던 것이다.

"어이!" 하고, 그녀는 시골 아저씨처럼 손을 번쩍 들어 인사했다. 카레도 "어이!" 하고 큰 목소리로 받았다. 씩씩한 어부

둘이서 그렇게 하듯이 둘은 어깨를 반쯤 껴안고 툭툭 거칠게 서로의 등을 두드리고 나서야 인사를 끝냈다.

그날도 그녀는 약간 광택이 있는 검은 실로 꼬아 만든 슬리퍼를 신고 있었다. 아르마니의 남성복 코너에서 고른 듯한 실크 셔츠의 소매를 둘둘 접어 아무렇게나 입고, 그 밑으로 무릎에 닿을락 말락 하게 자른 면바지가 보였다. 머리카락은 짧았다. 내게 아무런 힌트도 주지 않겠다는 듯 뾰족뾰족하게 왁스로 고정시킨 모습이 날 자유롭게 했다.

네코마마•에겐 다 예쁘니까.

"혹시…, 손님?"

그녀가 날 발견하고는 놀랍다는 듯 카레에게 물었다. 카레는 '뭐 이 정도를 가지고'라고 하듯 거만하게 어깨를 으쓱해 보인다.

"오, 대단한 일이 일어난 것 같은데? 저기, 나랑 악수하지 않을래요? 이 가게의 유일한 손님들끼리."

그녀가 내게 손을 내밀었다. 나는 적당히 그을려서 유쾌해 보이는 손을 잡았다. 유리보다 투명한 입술, 당신의 키스는 언제나 여름!

"내 소개를 하자면, 이 가게에서 돈을 내고 밥을 먹는 최고이자 유일한 손님으로…"

카레가 그녀의 말을 가로챘다.

"리에의 단 하나 남은 제자이기도 하죠."

그녀는 불량소년처럼 발목을 까닥까닥하면서 말을 받았다.

"여기서 할 수 있는 일이라곤 이 맛대가리 없는 카레를 먹는 거하고, 사이코처럼 피아노를 배우는 일밖엔 없으니까. 당연한 거 아냐?"

"예, 예, 맞아요, 맞아…. 아, 류 씨, 제가 언젠가 말한 적 있죠? 시고니 위버 같은 할머니가 있다고."

카레는 내 몫의 카레를 접시에 담아 카운터에 올려주며 말했다. 리에와 함께 있을 때와는 딴판으로 그녀 앞에서 주방장은 밝고 수다스러워졌다. 나는 덩달아 유쾌해져서 처음 보는 그녀를 향해 눈을 찡긋하며 말을 붙였다.

"저도 오늘 아침에 용기 내서 양파를 거부했어요. 카레 맛이 수염 난 게이 같아지니까요."

그녀의 눈에 반짝, 장난꾸러기 같은 빛이 어렸다.

"아주 멋있는 손님이네! 최고야! 여기까지 혼자 온 걸로 봐서 보통내기가 아닌 건 알았지만 말이야. 이름이 류야? 묘한 이름이네…. 난, 그냥 네코마마(고양이 엄마)라고 부르면 돼. 다들 그렇게 부르니까."

"네코마마는 무슨! 그렇잖아도 괴괴한 마을에 도둑괭이 때문에 골치 아파 죽겠는데…. 할머니가 아무 고양이한테나 자꾸

밥을 주니까, 이젠 딴 마을 들고양이들까지 슬금슬금 꼬여서 들끓잖아요!"

네코마마는 카레의 툴툴거리는 소리를 귓등으로도 듣지 않았다.

"두 주일 전에 왔다고? 그런데 왜 내가 여태 못 봤을까? 왜 숨어 지냈어?"

그녀는 처음 보는 길고양이에게 말을 걸듯이 남루해진 내 수염을 쓰다듬으며 물어왔다. 왜 숨어 지냈어? 가슴이 먹먹해져서 나는 허겁지겁 카레를 커다랗게 한 숟가락 떠 입안에 넣고는 솟구치려는 눈물과 함께 꿀꺽 삼켰다. 여태 나는 달빛 아래 안전한 구석을 차지했다고 믿었지만 그곳은 단지 손바닥만 한 벼랑 위였다.

내가 결국 눈물을 쏟고 말았을 때, 네코마마가 올록볼록한 싸구려 식당용 냅킨으로 뺨을 닦아주었다.

"다 예쁘니까…. 살아서 움직이는 녀석들은 다 내 편이야…."

모든 고양이들에게 밥을 주는 그녀는 닦아낸 눈물 따위는 금세 잊었다. 기분 좋은 듯 나무탁자를 손가락 끝으로 톡톡 두드리며 빗소리를 즐기다가 다시 나와 눈을 맞추고는 빙긋이 웃었다. 카레가 말한 대로 그녀는 아주 멋있었다. 미나 선생님과는 반대 방향으로 멋있었다.

시간을 들여서 천천히, 멋진 것들을 갖도록 해.

　미나 선생님은 보석가게에서 꽃을 사는 부류였으며, 그날 내가 받았던 블러드 로열 부케는 뮤토에게 표하는 조그마한 경의에 불과했다.

　그 다음 날 연습실에 갔을 때, 미나 선생님이 날 단장실로 불렀다. 단장실 문을 열고 들어가자 그녀는 아무 말 없이 가방을 집어 들고 일어나 나와 함께 주차장으로 향했다. 대학로의 연습실에도, 신주쿠의 연습실에도 단장실에는 외부로 통하는 문이 따로 달려 있었다.

　운전하는 내내 그녀는 한 마디도 하지 않았고 나도 아무것도 묻지 않았다. 그녀의 마제라티가 멎은 곳은 도쿄타워 옆에 있는 P호텔이었다. 도어맨도, 프런트의 직원들도 그녀를 보자 오래된 VIP고객에게 하듯 깍듯이 인사하며 맞이했다. 그리고 얼마 지나지 않아 지배인인 듯한 호리호리한 남자가 나와서 선생님에게 악수를 청했다. 선생님은 그와 몇 마디 이야기를 나누며 눈짓으로 내 쪽을 가리켰다. 지배인은 상냥함이 가득한 눈으로 나를 바라보더니 깊숙이 고개를 숙였다. 그가 앞장서서 우리를 엘리베이터 쪽으로 안내했다.

그 호텔에는 두 종류의 엘리베이터가 있었다. 그 중 하나는 2층에서 19층까지 운행하는, 일반 객실과 슈페리어 객실 투숙객을 위한 입구 쪽의 투명 엘리베이터였다. 누구나 볼 수 있는 밝고 평범한 세계. 그리고 다른 하나는 20층에서 26층까지의 고급 스위트룸 투숙객을 위한 엘리베이터였다. 그 엘리베이터는 현관에서는 보이지 않았다. 눈에 띄지는 않지만 분명히 존재하는 세계. 복도 안쪽 깊은 곳에 있었고 입구에는 2중 도어가 설치되어 있어서 스위트룸의 카드 키를 인식시켜야만 문이 열렸다.

그가 우리를 안내한 방은 꼭대기 층에 있는 스위트룸이었다. 지배인이 창 옆에 설치된 스위치를 누르자 육중한 겉 커튼과 나비의 날개 같은 속 커튼이 차례로 열렸다. 그는 차분하게 우리의 시선을 이끌어 창문 밖으로 펼쳐진 뷰를 보여주었다.

"이 방은 욕조에서도 도쿄타워를 감상하실 수 있습니다."

정중함을 깎아 만든 손으로 그가 욕실 크리스털 문고리를 잡아 여는 것을 나는 지켜보았다. 옅은 이끼빛을 띠는 대리석으로 만든 욕조가 커다란 창문 옆에 은은하게 누워 있었다. 미나 선생님은 아까부터 아무런 말이 없었다. 마음속으로 내게 해줄 말들과 그 말들을 실어 보낼 목소리 톤을 고르고 있는 것이 틀림없었다. 결국 그녀는 노련한 연출자답게 매끈하고 감정이 섞이지 않은 목소리를 꺼냈다.

"류, 이제부터 여기서 지내면 돼."

나는 고개를 끄덕였다. 때가 되어 오는 것들은 애쓰지 않아도 그냥 알게 된다.

"지금까지 네가 사용하던 물건들은 이제 필요 없으니 마유코의 방에 그대로 두면 알아서 정리할 거야. 뮤토에게 어울리는 물건들은 따로 있으니까."

그녀는 내게 카드 두 장을 건넸다. 한 장은 스위트룸의 카드키였고, 한 장은 크레디트 카드였다. 처음 보는 고급스러운 카드였다. 도드라지게 이름을 새겨 넣는 카드 중앙은 매끈하게 텅 비어 있었다.

"당장 필요한 것들은 호텔 지하 아케이드에서 살 수 있을 거야. 그리고 무엇이든 마음에 드는 물건들을 사면 돼. 서두르지만 않으면 좋은 것들을 발견할 수 있으니까 천천히 멋진 것들을 갖도록 해."

회원가입은 끝났고, '또 다른 나'를 받았다.

우리가 한 가닥의 끈으로 묶여 있으니 괜찮아.

　나는 욕조 위에 달린 크리스털 손잡이를 오른쪽으로 돌려 물이 흐르게 했다. 욕조에 반쯤 물을 채우고 대리석 선반 위에 비치된 목욕용품들 중에서 화이트머스크 향이 나는 목욕소금을 골라 뜨거운 물에 풀었다. 몸을 담그자 향기로운 소금물이 양수처럼 모공 속으로 스며들었다. 따뜻한 물에 안겨 도쿄타워를 바라보았다. 아직 도쿄는 내게 낯설다. 모든 것이 순식간에 일어났고 나는 알 수 없는 곳에서 눈을 뜬다. 하지만 나는 이미 이런 류의 '달밤의 납치'에 익숙해진 듯했다. 연극 속의 연극, 또 그 연극 속의 연극. 공연은 웅덩이처럼 자꾸만 더 깊은 곳의 무대로 나를 이끌었다. 거울 속의 거울.

미나 선생님의 대본을 스물일곱 편이나 암기한 것은 큰 도움이 되었다. 그 대사들이 나를 통과하면서 내가 모르는 사이, 차곡차곡 은밀한 리허설을 해왔던 거였다. 미래의 나와 함께. 언제 어디서든 미나 선생님이 '영혼을 팔기에 좋은 날'이라고 눈짓하면 무대에 오를 수 있도록.

그때 벨이 울렸다. 나는 마유코가 처음 창문을 두드리던 때처럼 소스라쳤다. 자정을 막 넘긴 시간에 특급호텔 스위트룸 벨을 누를 수 있는 사람은 누구일까? 나는 욕조에서 몸을 일으키고 희고 두툼한 베스로브를 걸쳤다. 그리고 얼굴에 난 땀을 차가운 물로 씻어내고, 미처 안경을 가져 오지 못했으므로 빼놓았던 콘택트렌즈를 다시 씻어서 끼웠다. 꽤 시간이 걸렸을 텐데도 문 밖에 있는 사람은 벨을 두 번 울리지 않고 참을성 있게 기다렸다.

요시히로였다. 평소와 다르게 긴장이 풀린 차림으로 그는 '마땅히 그곳에 있어야 하는 사람처럼' 서 있었다. 티셔츠와 헐렁한 바지를 입은 모습은 처음이었다. 이 호텔의 마크가 수놓아진 슬리퍼를 신은 그의 맨발이 빛났다. 그는 연습실에서도 늘 〈에스콰이어〉 지의 남성복 페이지에 나올 법한 차림으로 지내는 사람이었다.

"류…."

그의 뇌는 미나 선생님의 뇌와 매일 밤 어느 골목에선가 만나 입 맞추는 것일까. 그도 나를 '류'라고 부르고 있다.

"류가 뮤토가 될 거라는 걸 난 처음부터 알고 있었어…. 이 머리카락…."

세상의 것 같지 않은 그의 손가락이 내 머리카락 속으로 파고들었다. 그의 손끝은 내 보라색 머리카락의 결을 따라 내가 모르고 있던 나를 느끼고 있었다. 이토록 모든 것이 아무 힘 들이지 않고 흘렀던 순간은 없었다. 나는 그의 팔에 감싸여 문을 닫았고 그 뒤론 모든 게 느리고 느렸다. 그 어떤 미세한 움직임도, 그 어떤 한 번의 호흡도 우리의 살갗 위를 무심코 지나가지 않았다. 내가 한 번 숨을 들이마실 때마다 그의 몸이 공기와 함께 밀려들어와 허파에서 피와 섞이고 썰물처럼 다시 빠져나갔다.

요시히로의 몸은 자연스럽지 않았다. 자연은, 어딘가에 깨어져나간 모서리가 있어야 하고, 성의 없게 끄적인 낙서가 있어야 하고, 탄식이 있어야 한다.

"당신이 창조한 장면들은 전혀 자연스럽지가 않아요. 왜 좀더 자연스럽게 만들지 않습니까?"

모서리가 깨어져나간 기자가 묻는다. 우아하게 담뱃재를 털어내며 장 뤽 고다르는 답한다.

"예술은 자연스러운 게 아닙니다. 자연은 내가 만들어내지 않아도 어디에나 있지요. 나는 완벽한 것, 우아한 부자연스러움을 만듭니다."

장면이 갑자기 바뀌고 흑인들이 뉴욕의 거리 한복판에서 아프리칸 드럼을 두드리며 노래를 부른다.

"완전한 세상, 완벽한 마법, 지금 그 세상이 왔다…. 완벽한 마법, 그 세상이 왔다…."

다 찢어진 셔츠를 걸치고 먼지 묻은 맨발로 북을 두드리는 그들은 전혀 완벽해 보이지 않았지만, 아마도 그것이 그들에게 허락된 유일한 대사인 듯했다. 나는 이제 떠나야 해요, 정말로. 침대 맞은 편 벽에 걸린 플라즈마 TV 화면 위로 장 뤽 고다르의 다큐멘터리가 흐른다.

요시히로의 팔 안쪽이 내 목과 빰을 감싸던 순간, 뜨거운 두 개의 허벅지가 녹아 침대를 적셨다. 요시히로의 어깨와 허리의 곡선이 나의 팔에 감겨 흐트러지고 완벽해졌다.

그 밤에 요시히로와 나는 뮤토들만의, 같은 모양의 비밀을 삼켰다. 그래서 우리의 몸 안쪽 공기의 모양이 거울 속의 세상처럼 완벽해졌다.

이런 매끈한 인생도 있는 것이다.

'플레이' 스케줄이 잡히면 미나 선생님은 보통 밤늦은 시간에 호텔 방으로 전화를 걸었다. 희극, 비극, 드라마, 멜로, 코미디…. 그녀가 플레이의 장르를 구분하는 방법은 좀 독특했다. 그리고 그녀가 수화기 저 편에서 "류…"라고 부르는 첫 마디의 느낌만으로도 나는 그녀가 내게 의뢰하려는 플레이의 장르를 알 수 있었다. 그날, 그녀는 내 이름을 휘파람을 불 듯 산뜻하게 불렀고, 나는 왠지 안도의 숨을 내쉬었다.

"잔잔하고 따뜻한 거야. 내일 낮에 호텔로 데리러 갈게."

미나 선생님은 서울에서 꽤 멀리 떨어진 곳까지 차를 몰았다. '봉평' 표지판이 지나는 것이 보였다.

"때로는 우리가 무대 세팅까지 해줘야 하는 경우가 있거든. 오늘처럼. 그를 위해 특별히 통나무 산장을 빌렸어."

넓은 논들과 수목원을 지났고, 아담한 숲에 둘러싸인 별장지대가 나타났다. 우리는 더 깊이 들어갔다. 미나 선생님이 손가락 끝으로 앞을 가리켰다.

"저기야."

이국적인 노란 대나무들이 남성 합창단처럼 길게 늘어선 길 끝에 겸손한 지휘자가 등장하듯 집 한 채가 나타났다. 아담하고 고상한 단층 목조별장이었다. 나는 거기서 내려야 한다는 걸 알 수 있었다. 언제나처럼.

미나 선생님은 내가 내리자 카스테레오로 손을 뻗었다. 내가 플레이를 하는 동안 사라사테를 듣는 것은 그녀의 의식과도 같은 것이었다. 나는 그녀가 어제 밤에 지정해준 대로 목가적인 느낌의 수수한 원피스를 입고 중년 부인들이 즐겨 신는 납작한 단화를 신고 있었다. 향수도 뿌리지 않았다. 전원생활을 하는 소박한 여인의 모습일 것.

"메이크업도 되도록 말갛고 순수한 느낌으로 하는 게 좋아. 시골 여인처럼. 편안한 이웃집에 가는 사람의 얼굴이어야 해."

나는 한 걸음씩 대나무 숲길을 즐기면서 통나무집을 향해 걸었다. 그리고 미나 선생님에게서 들은 대강의 이야기들을 머릿속에서 다시 굴려보았다.

네 귀퉁이를 자른 식빵처럼 깔끔한 성공담이었다. 오늘의 고객은 미슐랭 3스타를 받은 세계적인 요리사다. 전라도의 작은 마을에서 조촐한 식당을 하는 부모 밑에서 태어난 그는 어릴 때부터 미각이 뛰어났고, 부모의 농사일과 식당일을 도우며 한국에서 고등학교까지 마쳤다. 열아홉 살 때 요리사의 꿈을 안고 혼자 뉴욕으로 날아가 접시 닦는 일부터 시작해서 주방 경력을 쌓았다. 성실성과 동양적인 소스의 맛으로 인정받아 프랑스의 유명 레스토랑에 스카우트되어 수석세프로 오랫동안 일했다. 그러다가 2년 전 드디어 파리에 자신의 레스토랑을 런칭하기에 이르렀고, 한국적인 소스와 유럽의 식재료들을 결합시킨 독특한 레시피와 메뉴는 사람들을 열광시켰다.

〈리더스 다이제스트〉 같은 잡지에 수도 없이 등장하는 흔한 스토리다. 누구라도 어디에선가 읽은 듯한 이야기라고 생각해 버릴 법한. 세상엔 이런 매끈한 인생도 있는 것이다.

통나무집의 문은 활짝 열려 있었디. 바람에 문이 닫히지 않도록 삼각 나무 받침대로 문 모서리를 괴어 놓았다.

"시간에 딱 맞춰서 오셨네요!"

내가 문 앞에 깔린 자갈을 밟는 소리에 누군가가 달려나와 팔을 활짝 벌렸다. 의외로 젊은 남자였다. 서른 중반쯤. 아무리 많이 보아도 마흔을 갓 넘겼을까. 나는 그와 포옹하며 그의 반

곱슬의 갈색 머리카락을 살짝 만져보았다.

거실의 둥근 식탁 위엔 흰색과 오렌지색 격자무늬 테이블보가 깔려 있었다. 개척시대를 그린 미국 영화에서 보았던 시골 가정의 식탁을 고스란히 옮겨다 놓은 것 같았다. 나무를 깎아 만든 투박한 샐러드 볼, 역시 나무스푼과 포크, 들꽃을 아무렇게나 꽂아 놓은 유리컵, 앞치마를 두른 볼이 빨간 소녀와 밀짚모자를 쓴 소년이 입 맞추고 있는 사기 인형…. 집안은 좋은 냄새로 단풍처럼 물들어가고 있었다.

지중해의 올리브는 무엇을 잃은 것일까?

"인비고스를 지금 막 불에 올렸어요. 그게 다 끓을 동안만 부탁할게요."

그는 등받이가 없는 나무스툴을 끌어 와 그 위에 가볍게 앉았다. 그리고 다른 스툴 하나를 끌어다가 그 위에 신문지를 깔고 대나무로 촘촘히 짠 소쿠리를 올려놓았다. 소쿠리 안에는 김이 모락모락 나는 완두콩이 콩깍지째 수북이 들어 있었다.

"제가 손을 가만히 놓아두면 불안한 사람이라서요…. 하하…. 마침 콩이 다 삶아졌길래…. 콩깍지를 까면서 받으면 방해가 될까요?"

나는 웃으며 고개를 저었다. 그리고 가방에 미리 넣어 온 나일론 스카프를 그의 목에 돌려 묶고 가위를 꺼냈다. 나의 대사는 없었다. 대신 그가 말하는 오늘의 레시피를 들어주기만 하면 되었다.

"참, 인비고스 좋아해요?"

그는 물었고 나는 솔직하게 멍한 표정으로 고개를 저었다. 난 그게 무언지조차 몰랐다.

"하하…. 별거 아니에요. 그냥 스튜에요. 좀 걸쭉하게 끓인 스프 같은 건데…. 스프는 우리나라 국만큼이나 종류가 많지요. 그중에서 제가 가장 좋아하는 게 인비고스에요. 딱 정해놓은 레시피 없이 사냥꾼들이 그냥 그날 잡은 고기랑 손에 잡히는 야채를 대충 집어넣고 푹푹 끓이는 거예요."

사냥꾼들의 스프…. 그냥 그날 손에 잡히는 것들의 맛. 나는 고개를 끄덕여 설탕을 녹인다. 그는 계속 말했다.

"이럴 줄 알았으면 사냥을 좀 배워놓는 건데…. 실은 아까 아침 일찍부터 이 근처 숲 속에서 메추라기라도 한 마리 사냥할 수 있을까 싶어서 어슬렁거렸었기든요. 멋지잖아요! '쏸, 오늘 아침에 제가 사냥한 메추라기와 뒤뜰에서 갓 뽑은 당근으로 끓인 인비고스입니다!' 하면서 김이 피어오르는 스튜를 국자가 넘치도록 떠서 담아주는 거….

하하…. 그런데 금방 포기했어요. 제 손에 잡힐 만큼 어리숙한 녀석은 한 마리도 눈에 띄지 않더라구요. 그래서 마트까지 차를 몰고 가서 냉동 닭고기를 사왔어요. 그래도 야채는 다 진짜예요. 양파도, 순무도, 감자도, 토마토도, 허브도, 다 제가 직접 여기저기서 사냥해온 재료들이니까 틀림없이 인비고스에요!"

그는 잘 익은 지중해의 올리브처럼 기름지고 쾌활했다. 플라시도 도밍고가 노래를 부르듯 그의 풍부한 목소리는 리듬을 타고 흘러내렸다.

그의 머리카락들은 뿌리부터 그가 강하고, 영민하고, 에너지 넘치는 사람이라고 말하고 있었다. 하지만 그 한 올 한 올의 끝자락에 금세 뚝뚝 떨어질 듯 낯선 느낌이 맺혀 있다. 그것이 상실감이어서 나는 놀랐다. 건강하고 부유하다. 게다가 젊다. 이 사람은 대체 무엇을 잃은 걸까?

내 손은 어느 새 그의 앞머리와 귀 밑에 은색 분장용 마커를 칠하고 있었다. 자연스럽게 컬이 들어간 헤어피스를 머리끝에 붙여 아무렇게나 기른 듯, 약간 덥수룩한 느낌을 만들어냈다.

미래를 플레이하는 것은 처음이었다. 대부분의 고객들이 원하는 것은 과거의 한 순간이다. 그러나 그는 20년, 혹은 30년 뒤, 60대 중반의 어느 날로 미리 가 있었다. 여유롭고 자상한 반백의 셰프. 더 이상 요리 잡지의 평가 별점에 울고 웃을 필요 없는 조용한 시골 식당의 주인이 되어 매일 저녁 담소를 나누듯이 친구들과, 이웃들과 음식을 나눈다. 진짜 음식들을. 그의 부모님들이 그랬듯이. 하루치의 일을 마친 사람들이 흙 묻은 손을 바지에 슥슥 닦으며 '밥'을 먹으러 오는 곳. 매 시즌 새로운 요리를 개발할 필요도 없고, 소스의 맛을 내기 위해 희귀한 외국의 재료를 구해올 필요도 없는 소박한 텃밭음식들.

"요리사 자격 코스라는 거 있잖아요, 그거 다 엉터리에요."

그는 완두콩들이 모두 껍질을 벗고 쟁반 위에서 반짝반짝 빛나고 있는 모습을 경탄의 눈길로 바라보며 말했다.

"유럽에서 요리를 배운다는 게 어떤 건지 사람들은 잘 모르죠. 코르동 블루? 그런 데 가면 제일 먼저 계량 스푼하고 온도계를 딱 쥐어줘요. 스튜 레시피를 밀리그램 단위까지 외우게 하고 온도는 정확하게 88도에 맞추라고 해요. 그런 식으로 음식을 끓여낼 거면 양 리코타건, 프로슈토 브레드건, 자판기 음식 값만 받아야죠."

나도 그의 완두콩을 바라보며 고개를 끄덕였다. 막 삶아진 완두콩이 이야기를 하고 있는 것 같았다.

이토록 깊숙하고 치명적인 관통

"음식과 사람은 좀 더 민감한 관계에요. '먹는다'는 행위에 대해 생각해본 적 있어요?"

완두콩이 민감한 이야기를 시작하며 연록색 몸을 뒤집는다.

"그건 인간이 경험할 수 있는 가장 깊숙한 만남이에요. 어떤 관계도, 애정도, 감정도, 지식도 음식만큼 우리 몸을 철저하게 관통할 수는 없어요. 아무리 뜨거운 연인이라 해도 음식만큼 깊숙이 몸 안에 받아들일 수는 없는 거예요."

머리를 끄덕이지 않아도 그의 말들이 녹아 식도를 타고 흘렀다.

"'하룻밤 인연'이란 건 있어도 '그저 스쳐 지나가는 음식'이라는 건 없는 거거든요. 치명적이죠. 일단 먹고 난 음식은 반드시, 어떤 형태로든 우리에게 흔적을 남겨요. 그건…, 지독하게 에로틱한 행위예요."

　인비고스가 다 끓었다. 시간에 맞춰 그의 모습도 완성되었다. 내가 그의 목에 둘렀던 나일론 스카프를 걷어 내자 그는 천천히 일어나 스튜 냄비가 올려진 불을 끄기 위해 움직였다. 그의 움직임은 어느 새 조금 둔하고 묵직하고 노련해져 있다. 주방장갑을 끼고 스튜를 냄비째 들고 식탁 쪽으로 오며 그가 물었다.

　"한 가지 부탁해도 될까요?"

　나는 고개를 끄덕였다.

　"나랑 이거 같이 먹지 않을래요? 빵도, 샐러드도 다 2인분씩 준비했어요. 그리고, 우리가 식사하는 장면을 아주 잠깐만 비디오로 찍을 수 있게 해주면 좋겠어요. 당신은 뒷모습만 나오게 찍을게요."

　나는 조금 머뭇거렸다. 그것은 플레이에 포함되어 있지 않다.

　"제발, 10초 정도만이라도 좋아요. 정말로 내 삶이 이런 순간을 가졌다는 걸 눈에 보이는 형태로 간직하고 싶어요. 내겐 아주 중요한 일이거든요."

　그는 내 등 뒤쪽에 삼각대를 세웠다. 그 위에 비디오카메라를 올리고 레코딩 버튼을 눌렀다. 나는 그와 함께 식탁에 앉았다. 우리는 마주 앉아서 웅크리고 잠든 너구리만 한 호밀빵 하나를 뜯어 나누었다. 그 빵을 다시 조그맣게 뜯어서 올리브오일에 적셔 먹었고 나무로 깎은 스푼으로 사냥꾼들의 스튜를 떠먹었다. 내가 머리를 만지는 동안에 쉴 새 없이 그의 손가락들이 껍질에서 꺼낸 강낭콩들은 에메랄드빛 지중해의 섬처럼 연한 갈색의 국물 위에 떠 있었다.

"'그냥' 음식이라는 거예요. 기교가 필요 없죠. 나는 이런 걸 나누고 싶었어요."

그가 통후추를 으깨어 내 스튜 위에 손가락으로 뿌려주었다. 음식들이 나를 소중하게 먹이고 있다는 느낌이 들었다. 그 맛에 기대어 쉬고 싶은 마음에 나는 한 입 한 입 되도록 오래 입 안에 머물게 했다. 그리고 나의 입술 끝에서부터 혀와 식도를, 몸 안의 가장 깊숙하고 어두운 구석구석을 핥듯이 통과하는 음식과의 집요한 합일을 느꼈다. 요구르트와 꿀로 재운 살구가 마지막으로 나를 관통했다.

"내일 저녁은 삼치를 굽고 된장소스로 버무린 버섯 샐러드를 할 거니까…"

반백의 셰프는 내게 손을 내밀에 식탁에서 일어나는 것을 도와주며 여기까지 말한 뒤, 잠깐 틈을 두고 날 바라보았다. 그리고 왈츠처럼 우아하게 한 발짝 내게 다가서서 어깨를 가볍게 끌어안았다. 나도 그의 두툼한 등에 손바닥을 대고 토닥였다. 오랜 고향 친구들의 포옹.

"그러니까 점심때는 생선 먹지 말아요. 그리고…, 늦지 않게 와요."

나는 고개를 끄덕였다. 그리고 몸 안쪽이 온통 발갛게 상기된 채 통나무집을 나섰다. 나의 걸음걸이도 어느 새 초로의 여인처럼 조심스러워져 있었다. 정말 내일도 이 노란 대나무 숲길을 걸어 그의 식탁에 앉을 수 있다면 얼마나 좋을까….

그날 밤, 나는 깊고 완전한 잠을 잘 수 있었다. '완전한 잠'이란 것을 처음 자본 듯한 느낌이었다. 지금까지의 잠은 미묘하게 불완전했었다는 걸, 잠에서 깬 순간 알게 하는 그런 잠이었다. 나는 누운 채로 눈을 깜박이며 그와 나눈 맛들을 천천히 하나씩 떠올려 보았다. 정겹고 투박한 시골 음식들의 맛이 몸 여기저기에 흔적을 남기며 머물러 있었다. 하지만 몸 속 가장 깊이 스며든 인비고스의 맛은, 뭐랄까, 갈 수 없는 미래같이 쓸쓸했다.

요시히로는 알몸으로 누워 내 머리카락을 손가락으로 빗어내리며 이야기하는 것을 좋아했다. 그는 내가 가져본 적 없는 아버지 같았고, 자매 같았고, 나의 아이 같았다. 그의 완벽함과 살갗을 맞대고 나는 이 모든 처음 가져보는 관계의 감촉들에 전율했다. 우리는 세상의 구석에서 눈물 많은 장미를 키우던 별의 왕자들이었다.

왕자와 그의 장미를 울리기는 아주 쉬웠다. 겁이 많은 이들은 자해를 해서라도 눈물의 성 속에 숨어서 부디 삶이 자신을 못 보고 지나가버리길 기도했다. 그러다가 미나 선생님이 왔다. 그녀는 우리의 별에 바오밥 나무를 선물했다. 별의 왕자는 바오밥 나무를 숭배하게 되었고, 장미 대신 바오밥 나무에 아침저녁으로 물을 주었다. 그러자 두려움은 사라졌다.

그들은 껍질을 벗어난 두 마리 달팽이처럼 서로의 젖은 몸을 필사적으로 부둥켜안고 대본을 외우며, 그 뿌리가 불끈불끈 자라나 조그만 별과 장미를 흔적도 없이 삼켜버릴 때를 기다렸다.

뮤토들은 종종 착각을 하지.

이틀 뒤, 아직 이른 아침시간에 누군가가 호텔방의 벨을 거칠게 눌렀다. 그건 요시히로의 방식이 아니다. 문을 열자 싸늘한 바람처럼 미나 선생님이 불어 들어왔다.

"통나무집의 플레이에서 무슨 짓을 한 거지?"

나는 이해할 수 없어 그녀의 눈을 바라보았다.

"혹시, 대본에 없는 플레이를 했어?"

살갗을 바늘로 찔리는 것 같아 나는 흠칫 몸을 떨었다. 선생님은 손에 들고 있던 조간신문을 내 망막에 박아 넣을 듯 눈앞에 들이 밀었다. 거기에는 '한국이 낳은 세계적 스타 셰프, 오늘 아침 뉴욕의 자택에서 자살'이라는 헤드라인이 걸려 있었다. 그리고 그곳에는 내가 함께 인비고스를 먹었던 사람의 얼굴 사진이 있었다. 나의 손길이 거치기 전의 젊은 얼굴인 채로.

기사의 내용은 간결하고 형식적이었다. 그는 얼마 전부터 극심한 스트레스로 신경증을 앓고 있었으며 그로 인해 혀의 미각을 잃어버렸다. 측근에 따르면 그 사실이 업계에 알려질까 불안해하던 그는 최근 우울증 증세까지 보였다···. 그의 머리카락 끝에 맺혀 있던 상실감의 정체를 알게 되었다.

"뮤토들은 종종 착각을 하지."

내게 꽂힌 미나 선생님의 목소리는 한없이 차가웠다.

"네가 그들의 삶을 완성시켜줄 수 있을 거라고 생각하지? 하지만 그들이 원하는 게 완성이 아니라면?"

나는 꿈에서 깨어나려고 눈을 힘껏 감았다가 떴다. 하지만 고통은 한 발자국도 움직이지 않고 그곳에 있었다. 그리고 그 순간, 그와 포옹을 나누고 문을 나설 때까지 삼각대 위에 얹힌 비디오카메라의 불빛이 깜박이고 있었던 것이 기억났다. 나는 내일을 약속하고 손을 흔들고 초로의 여인의 걸음으로 그의 레스토랑을 떠났었다.

"그들이 원하는 것은 결핍이야. 그 결핍이 우리를 부르는 거고···. 특히 너를!"

미나 선생님이 선택하는 단어들은 피해갈 수 없는 각도로 내 눈과 혀를 찔렀다.

"이미 완전한 사람은 플레이를 원하지 않아. 누군가를 사랑할 필요도 없지. 심장 끝을 태우는 갈망, 가질 수 없는 마지막 조각이 이 게임을 계속하게 하는 거야. 몸부림 치고 비명을 지르면서도 결국 마지막 장면까지 살아 있게 하는 거라구. 그게 마음에 안 들어? 그것보다는 더 따뜻한 이유를 찾고 싶겠지? 애정이나 연민이라고 말하고 싶니? 아니야, 아니야!"

그녀가 단호하게 머리를 흔들자 애정과 연민은 그 바람에 휘둘리고 벽에 부딪혀 산산조각이 났다. 더 따뜻한 이유를 찾다가 치유할 수 없는 상처를 입고 깨어져버린 누군가가 떠오르는 걸 견딜 수 없는 것 같았다.

"우리가 하는 일은 그 갈망을 더 뚜렷하게, 더 강하게 색을 입혀주는 것뿐이야. 뻗으면 손에 닿을 듯 생생하게, 바로 눈앞에서, 딱 거기까지만! 거의 다 잡았던 월척을 놓친 어부는 절대로 바다를 떠나지 않아. 그런데, 어느 날 누군가가 그 마지막 조각을 들고 와서는 덜컥 맞춰 넣어버린다면? 에너지가 세로에 달해. 게임은 맥이 빠지고, 그러면 반드시 누군가는 판을 떠나게 되어 있지. 너도 이제 그중 한 명을 알게 되었지만."

요리인의 생명이라 할 수 있는 미각을 잃고, 우울증에 빠질 정도로 불안에 시달리던 그는 오래 전부터 꿈꾸어왔던, 평화롭고 순수한 시골 주방장의 꿈을 현실로 한번 경험해보기 위해

귀국했다. 대가를 치를 만큼 충분히 부유했던 그는 미나 선생님에게 특별한 의뢰를 했고, 내가 그의 꿈의 식탁에 앉게 된 것이었다.

만일 내가 식탁에 앉아 함께 빵을 뜯고 인비고스를 떠먹지 않았더라면, 그래서 그의 미래의 기억을 완성하지 않았더라면, 그토록 완벽하게 디저트까지 나누고, 으레 매일 그래 왔던 것처럼 내일의 메뉴를 듣고, 약속을 하고, 오래된 친구의 포옹을 나누지만 않았더라면…. 그 한 구석만은 마지막 퍼즐조각처럼 맞추지 않고 그 식탁을 떠났더라면, 그는 그 결핍의 힘으로 희끗희끗한 머리카락이 덥수룩하게 목덜미를 덮을 때까지 이 삶의 게임을 계속할 수 있었을까….

천둥 치는 밤, 붉은 찰흙 인형이 불러주는 노래

"잊지 마. 결핍이 사라지는 순간, 너도 사라져."

미나 선생님은 달빛처럼 차가운 손가락으로 내 뺨 위에 흐르는 눈물을 닦았다.

"비밀을 하나 말해줄까? 츠키 최고의 뮤토는 요시히로가 아니야. 그건 용재였어!"

밤의 저수지처럼 까맣게 깊어지던 얼굴과 그 위를 반딧불이처럼 날던 아픔이, 상처 입은 어미 고라니처럼 한 번 더 내 앞을 막아섰다.

"용재는 요시히로보다도 훨씬 급이 높은 뮤토였지. 요시히로가 백지처럼 흡수하는 플레이를 한다면 용재의 플레이는 모든 것을 압도했어. 그가 몰입해서 플레이를 시작하면 상황과 감정과 기억들이 밀랍처럼 녹아서 새로운 형태로 굳었어. 무슨 뜻인지 알겠니? 스스로를 변화시킬 뿐만 아니라 의뢰인의 캐릭터와 그가 믿고 있던 기억까지도 마음대로 변화시켜 비할 데 없이 완벽한 11초의 환상을 만들어냈지. 그에게 불가능한 플레이란 없었어. 사람들은 용재같이 거대한 타인의 힘 앞에 기꺼이 엎드리고 싶어 했지. 그런데 용재가 왜 뮤토의 대열에서 탈락했는지 알아?

자신이 만든 세계에서 빠져나오지 못했기 때문이야. 그 '완성'의 감정에 도취해서 대본에 없는 플레이를 한 거지. 이틀 전의 너처럼. 잘 들어, 류. 우리가 만들어내는 완벽한 순간들은 거울 속에서만 존재해. 그것도 정확히 11초 정도만 고객에게 천국의 문을 열어 보여줄 뿐이야.

11초란, 쿠키를 두어 개 집어먹고 입가에 묻은 가루를 터는 데 걸리는 시간이지만, 치유를 원하는 영혼이 치유되고 평생 매달려왔던 그 모든 것을 되돌리기에도 충분한 시간이지.

그들이 거울에서 눈을 떼기 전에 전화기를 건네는 걸 잊지 않는 게 왜 그토록 중요한지 알겠니? 완벽한 세상의 온기가 식기 전에 거래는 끝나야 하고, 뮤토들은 그곳에서 빠져나와야 해. 그 타이밍을 놓치면 어느 한쪽이 파멸하게 되어 있어.

완벽한 상태를 오래 견딜 수 있는 인간은 없어. 완벽한 항해가 계속되면 사람들은 그 배에서 뛰어내려. 완벽한 꽃일수록 빨리 시들고, 완벽한 사랑을 맛본 커플일수록 서로를 쉽게 증오하지. 뮤토들이 착각하는 부분이 바로 여기야. 인간에게 완벽한 것을 선물하고 싶어 해. 그들은 11초 정도를 견딜 수 있을 뿐인 걸, 그 다음에는 그 완벽함을 깨고 상처를 입기 위해 무슨 짓이든 할 거란 걸…, 그들은 몰라…."

그녀는 들어오면서 소파 위에 팽개쳤던 백과 스카프를 집어 들었다. 그리고 신문 헤드라인 쪽을 위로해서 테이블 위에 놓아주며 조용히 경고했다.

"완성되지 않은 세상의 틈이 있기 때문에 츠키의 공연이 무대에 오를 수 있는 거야. 달빛도, 요시히로도…."

'달의 룰'을 지키는 이상 나는 안전했다. 플레이는 매번 격렬했지만 나는 실수하지 않았다. 때론 지루할 정도로 쉬웠다. 사람들이 엄청난 대가를 치르고 다시 경험하고자 하는 결핍의 순간은 생각보다 사소한 것일 때가 많았다.

의뢰인의 머리카락에 손가락이 닿는 순간부터 나는 '또 다른 나'에게서 온 이메일을 읽는 것 같은 상태에 빠져 들었다. 수없이 많은 감정들이 나를 통과하고, 순간에 응집된 에너지가 피를 뚝뚝 흘리며 나를 뒤흔들었지만 나는 교실에 남아 눈꺼풀을 반쯤 내리고 수업이 끝나기만을 기다렸다. 가위는 공기의 결을 타고 기억의 모양대로 영혼의 실타래를 잘라냈다.

그리고 마지막 순간, 사람들은 거울 속에 비친 모습에 가볍게 전율한 뒤, 미나 선생님의 번호를 누르고 플레이의 종료를 알렸다.

"고맙습니다."

아주 가끔씩 도저히 미나 선생님에게 '답례'를 건넬 형편이 안 될 것 같은 고객들을 위한 플레이도 했다. 그들이 어떻게 미나 선생님과 연락이 닿는지, 무엇을 대가로 플레이를 의뢰하는지 역시 아무도 몰랐다.

하라주쿠에서 좌판을 벌이고 민속 공예품을 파는 나바호족 인디언 할머니도 그 기묘한 고객 중 한 명이었다. 나는 하라주쿠 거리를 지나다가 그녀를 본 적이 몇 번 있었다. 그녀를 보지 않고 그 거리를 지나는 것은 불가능했다. 하라주쿠에는 유난히 가느다란 사람들이 많다. 거리의 입구에 좁다란 틈이 있고 그 틈새를 통과해야만 이 거리에 들어올 수 있는 건 아닐까 하고 심각하게 생각한 적도 있었다. 세일러복을 입고 머리를 샛노랗게 물들인 여고생들도, 애니메이션 주인공과 똑같은 복장으로 돌아다니는 정체불명의 코스프레 인간들도, 보호색을 띤 곤충처럼 최대한 조그맣게 무채색으로 스스로를 감싼 혼자만의 인생들도, 하다못해 검은색 수트를 입은 샐러리맨들까지도 약속이나 한 듯이 종이에서 오려낸 것처럼 말라 있었다.

그들이 흐느적흐느적 몰려다니는 거리에서 할머니는 붉은 콩처럼 눈에 띄었다. 강렬하고 고요한 모습이었다. 150센티미터가 될까 말까 한 작달막한 키에 짧은 팔과 다리, 둥그런 몸통이 다부졌다. 오로지 그녀만이 붉은 흙으로 단단하게 반죽하여 뜨거운 불에서 구워낸 찰흙 인형 같았다. 쓱쓱 종이 위에 윤곽선을 그리고 대충 오려낸 인간들을 하라주쿠 거리 위로 마구 뿌려대던 신이, 가끔은 스스로에게 감탄하고 싶어 몸을 웅크리고 빚어낸 작품 같았다. 할머니는 흐느적거리지 않았고, 자신이 무엇을 하고 있는지 아는 사람이 짓는 표정을 하고 좌판 앞에 서서, 좁다란 틈 사이를 가까스로 통과한 가여운 인생들에게 구슬 귀걸이를 팔았다.

하지만 내가 그녀를 기억하게 만든 것은 붉게 도드라진 모습이 아니라 그녀가 부르던 노래였다. 그녀는 손님이 없을 땐 나무대롱 같은 것을 여러 개 이어 붙인 인디언 피리를 불며 노래를 불렀다.

"장미꽃 위의 빗방울, 아기 고양이의 수염, 반짝이는 놋쇠 주전자…, 난 이런 것들이 좋아…. 크림색 조랑말, 바삭바삭 애플파이…, 난 이런 것들이 좋아…. 내 콧등과 속눈썹 위에 앉은 눈송이, 봄빛에 녹아드는 새하얀 겨울…, 난 이런 것들이 좋아!"

나바호족 인디언 할머니가 도쿄 하라주쿠 한복판에서 할리

우드 영화 '사운드 오브 뮤직'의 주제가를 부르고 있었다. 그 조합이 우습고도 기묘하게 아름다웠다.

기나긴 어린 시절, 명절 때마다 꼬박꼬박 보아야 했기 때문에 나는 영화 속 그 장면을 외우고 있다. 폭풍우가 치는 밤. 천둥이 콰르릉 울리고, 도도하지만 사랑에 굶주린 부잣집 아이들이 무서워하며 베개 속에 머리를 파묻는다. 그때 가진 것 없고 불우하지만 마음만은 환했던 가정교사가 아이들에게 두려운 순간을 이겨내는 방법을 가르쳐주는 장면.

"개에 물리거나, 벌에 쏘이거나, 마음이 슬플 때…, 좋아하는 것들을 떠올려 봐…. 그럼 더 이상 슬프지 않아."

할머니는 이가 빠져서 오글오글한 입술을 나팔꽃처럼 펼치며 힘껏 노래를 불렀다. 그 거리에서 천둥 치는 밤을 견디는 모든 아이들을 위해서. 한 캔에 5,000원씩 하는 커피를 몇 모금 마시다 아무렇지도 않게 휴지통에 던져 넣지만 쓸쓸함이 무서워서 여고생 속옷을 입고 거리를 헤매는, 중년 샐러리맨들을 위해서. 그 커피 캔을 아무렇지도 않게 휴지통에서 주워 목을 축이면서 그녀는 온 힘을 다해 노래를 불렀다.

이 거리에 비바람이 분다면, 종이 인간들은 모두 이 단단하고 붉은 할머니에게 매달려 천둥 치는 그 밤을 견딜 것이다.

이 모든 사소하고 부질없는 불행들

외국인 관광객들은 성의 없이 그녀의 사진을 찍었고, 종이에서 오려진 인간들은 스스로의 근본을 잊고 무례하게도 동전을 던졌다.

그녀는 집이 없었기 때문에 같은 나바호족 청년이 아르바이트로 일하고 있는 작은 식당에서 잠을 잤다. 청년의 나이는 스물둘이나 셋 정도로 보였다. 그리고 놀랍게도 '하라주쿠 사이즈'의 몸을 갖고 있었다.

샤기컷으로 최대한 가볍게 날린 머리카락, 앞머리와 뒷머리의 색깔이 다른 염색, 아무렇게나 입은 것처럼 보이려고 애쓴 흔적이 역력한 차림새…. 하지만 어쩔 수 없이 그 또한 눈에 띄었다. 뒷모습도, 공기의 모양도, 체취까지도. 그 점이 못 견디게 슬픈 듯 청년은 볼 때마다 조금씩 더 몸이 말라갔다. 그리고 앞머리를 끌어내려 붉은 흙으로 단단하게 구워진 얼굴을 필사적으로 감췄다.

자정 무렵이 되면 어김없이 그 슬픈 인디언이 나타나, 식당의 셔터 열쇠를 그녀의 좌판 위에 슬그머니 놓고는 블루진 주머니에 두 손을 찌르고 총총히 사라졌다. 그러면 할머니는 주섬주섬 좌판에 펼쳐놓았던 구슬 귀걸이들과 깃털 목걸이들과 양피지 엽서들과 가죽 담배쌈지들을 네모난 상자 같은 가방 안에 챙겨 넣었다. 식당은 상가 뒷골목에 있었고 할머니는 능숙하게 식당의 셔터를 밀어올린 뒤 말끔히 닦인 테이블 두 개를 붙여 그 위에 어깨에 걸쳤던 숄을 깔고 신의 화덕에서 꺼낸 붉은 몸을 누이는 것이었다.

그 모든 과정들이 너무나 자연스럽고 여유로웠기 때문에 한가로이 들판에서 갈대를 꺾다가 자신의 천막으로 돌아와 몸을 누이는 늙은 여전사 같았다. 그녀가 도저히 무언가를 갈망한다거나 되돌리고 싶어 한다고는 생각할 수 없었다. 그 자체로 모든 것이 완벽하고 만족스러워 보였다. 장미 위의 빗방울처럼, 바삭바삭 애플파이처럼….

그날도 자정 무렵 청년의 열쇠를 받아 든 할머니는 좌판 곁에 서 있던 나를 바라보며 인디언의 언어로 말했다.

"집으로 가자."

이렇게 힘 있는 말은 어떤 언어로 말해도 누구나 알아들을 수 있다.

셔터를 올리자 희미한 음식 냄새와 바닥 세정제 냄새가 뒤섞여 풍겼다. 할머니는 익숙한 몸놀림으로 테이블들을 벽 가장자리로 밀어붙였다.

"엽차를 한 잔 줄까?"

할머니는 이번엔 어색한 일본어로 내게 물었다. 내가 고개를 끄덕이자 그녀는 역시 익숙한 발걸음과 손놀림으로 식당의 찬장 문을 열고 사기 컵 하나를 꺼내 싸늘하게 식은 엽차를 따랐다. 내게 컵을 건네고 나자, 그녀는 계산대 서랍에서 TV 리모컨을 꺼내 버튼을 눌렀다. 계산대 맞은편 벽에 매달린 배불뚝이 TV에서 자정뉴스가 흘러나온다. 할머니는 리모컨 버튼을 꾹꾹 눌러 채널을 이리저리 돌리더니 한 드라마 프로그램을 찾아낸다. 낮 시간에 방영하는 홈드라마의 재방송인 듯했다.

그녀기 TV 화면이 질 보이는 곳으로 의자를 하나 끌어다가 앉았다. 플레이를 시작할 때가 되었다. 나는 테이블 위에 가위와 빗, 탈색제, 헤어롤을 꺼내어놓은 뒤 단단하게 땋아서 묶은 그녀의 머리카락을 풀어냈다. 평생 세 가닥으로 나뉘어 야무진 손끝으로 꼭꼭 땋아진, 바람에 흩날려본 적 없는 머리카락은 풀어내려도 세 갈래 떡갈나무 뿌리처럼 정연하게 제 자리를 지키고 있었다. 소녀 시절부터 발랐을 찰진 향유가 그녀의 영혼의 강을 부질없고 사소한 모든 불행으로부터 지켜내고 있었다.

"저렇게 해줘, 꼭 저렇게…."

분무기로 머리카락에 물을 축이고 있는 날 돌아보며 할머니는 손가락으로 TV 화면을 가리켰다. 화면 가득 클로즈업된 중년 여배우가 보였다. 드라마의 주인공을 하기에는 나이가 너무 많아 보였지만 그녀는 아름다웠다. 아마도 남자 주인공의 어머니 역할쯤인 듯했다.

"나는 평생 부러울 것 없이 살았어. 슬픔이 뭔지 몰랐지. 아버지께 이렇게 배웠거든. '안 되는 걸 되게 하려고 애쓰지 마라. 네가 모르는 것은 알 필요가 없는 것이고, 네가 갖고 있지 않은 것은 네게 필요 없는 것이란다. 인생은 결국 아무도 알 수 없는 것이거든. 하지만 오늘은 틀림없이 웃고 춤추고 즐기기 위한 날이다. 아침에 해가 뜨거든 우선 맛있는 것을 먹고 노래를 불러라. 그러다 지치면 뭐, 고민 같은 걸 조금쯤 해봐도 괜찮겠지….'"

그녀의 말에는 한 치의 거짓도 없었다. 내 손 끝에 흐르는 머리카락의 감촉이 그 흔들림 없는 낙천의 나날들을 고스란히 증명하고 있었다.

"내 아들에게도 아버지의 유산을 물려주고 싶었는데…. 그 아이는 다른 걸 원했어. 어느 날 아들이 난데없이 일본으로 가겠다고 했을 때 어찌나 놀랐던지!"

　나는 처음으로 누군가의 머리카락을 잘라내는 게 아깝다고 느꼈다. 그것은 인간의 두개골 한쪽에 흰 실타래를 놓아둔 호기심 많은 어린 신이 분명 기뻐할 만한 작품이었다. 하지만 고객이 원하는 대로 플레이를 하는 것이 나의 역할이었다. 타닥, 타닥…, 기쁨과 빛으로 가득했던 나날들이 가위에 잘린 햇살처럼 식당 바닥 위로 떨어져 내렸다.

　"아들이 떠난 게 벌써 4년 전이야. 그런데 도쿄에 잘 도착했다는 전화 한 통뿐, 아이에게선 여태 아무런 소식이 없어. 하라주쿠 어딘가에서 지낸다고만 했어. 그래서 작년에 아들을 찾으러 내가 올라온 거야. 그래서 하라주쿠 한복판에 서서 노래를 부르는 거야. 아들이 어릴 때 그 노래를 좋아했거든. 처음에 영화로 보고는 너무 좋아하기에 테이프를 사줬더니 그 노래만 계속 되감아 들었어. 울거나 시무룩해져 있을 때도 내가 품에 안고 그 노래를 불러주면 곧 울음을 그쳤지…."

　나는 그 시절 인디언 소년의 마음과 노래 부르는 엄마의 마음에 취해 머리카락 속을 헤엄쳤다.

　"이렇게 거리에 서서 큰 소리로 노래를 부르면 아이가 어디선가 이 노래 소리를 듣겠지. 그리고 엄마가 가까이에 있다는 걸 알겠지. 그리고 울음을 그치겠지. 날 찾아오지 않아도 괜찮

아. 그냥 그 아이가 따뜻하게 느끼면 돼. 외롭지 않으면 돼…."

옆머리 쪽에만 웨이브가 있는 언밸런스 단발 스타일을 만들기 위해서는 머리숱을 많이 쳐내야 한다. 나는 안타까워서 느릿느릿 손을 놀렸다.

"이 식당에서 일하는 아이도 그 노랫소리를 듣고 날 찾은 거야. 내가 여기 온 둘째 날, 좌판 앞에서 노래를 부르고 있는데 누가 불쑥 '잘 데 있어요, 아줌마?' 하고 묻더라고. 내가 그냥 막연하게 웃었더니 식당 셔터 열쇠를 준 거야. 착한 아이지. 내 아들은 저렇게 키가 크지 않아. 날 닮아서 조그맣고 동글동글해."

웨이브를 넣기 전에 나는 그녀의 밤처럼 검은 머리카락에 탈색제를 발랐다. 요즘의 일본 사람들은 머리카락을 점점 더 밝고 가볍게 만든다. 마치 그렇게 하면 두려움의 눈에 덜 띄게 된다고 믿는 사람들처럼.

"그 애는 저렇게 되고 싶은 거겠지…."

할머니는 턱으로 TV를 가리켰다. 남자 주인공이 할리 데이비슨 오토바이에서 내려 헬멧을 벗고 있었다. 그의 콧날은 날렵했고 피부는 백인보다 밝은 흰색이었다.

"갖고 있지 않은 것은 가질 필요가 없는 것일 뿐인데…. 그걸 가지려고 애쓰니까…, 슬프겠지. 그리고 그 아이가 원하는 건 저런 모습의 엄마일 거야."

그녀는 더 이상 아무 말도 하지 않았다. 나도 묵묵히 그녀가 원하는 모습을 만들어냈다. 침착한 갈색으로 우아하게 굽이치는 웨이브 단발. 나는 식당 계산대 옆에 걸려 있는 사각거울을 떼어 그녀 앞에 들고 서 있어 주었다. 그녀는 거울 속에서 정말로 일본인처럼 생긋 웃었다.

"내일부터는 이 모습으로 노래를 불러줘야지. '개에 물리거나, 벌에 쏘이거나, 마음이 슬플 때, 좋아하는 것을 떠올려봐. 그럼 더 이상 슬프지 않아.' 사람들이 웃을까? 난 우스꽝스러워져도 상관없어. 내 아들이 슬프지만 않았으면 좋겠어…"

한참 전부터 할머니와 나의 눈가에 맺혀 있던 눈물이, 입을 맞춘 듯 한꺼번에 흘러내렸다.

핏속을 흐르는 보드카의 고백

평생 스쿠버다이빙 강사로 일해 이마의 주름 속까지 검게 그을린 남자는 플레이를 하기로 한 날, 사진을 한 장 들고 왔다. 막 다이빙을 끝내고 올라왔는지 물이 뚝뚝 떨어지는 잠수복을 입은 젊은 두 남자가 보드카 병을 한 손에 든 채 어깨동무를 하고 의기양양하게 웃는 사진이었다.

"카리브해에서 돌아오는 보트 안에서 찍은 사진이오."

남자는 말했다.

"다이빙을 끝낸 직후에 술을 마시는 건 미친 짓이지. 혈관에 가스를 주입하고 성냥불을 갖다 대는 것과 똑같아. 그래도 딱 한 모금 들이키면 핏속에서 보드카가 폭죽처럼 타타탁 터지는 그 느낌을 포기하라고? 그건 더 미친 짓이라고 이 친구가 내게 가르쳐줬었소…."

남자는 스무 살이 될 때까지 바다는 구경도 해보지 못한 산골 출신이라고 스스로를 소개했다.

"바다가 다 뭐요. 호수 같은 것도 본 적이 없었지. 물이라고는 산골짝 바위틈에 흐르는 개울물 정도가 고작이었소."

그는 산이 답답했다. 산은 어디로도 가지 않은 채 더 깊이 더 깊이 안으로만 파고드는 외골수 늙은이 같았다.

"집에 책이라고 딱 두 권이 있었는데, 그게 《로빈슨 크루소》하고 《노인과 바다》였소. 고등학교를 졸업하자마자 서울로 떠난 형이 버리고 간 책이었지. 그게 왜, 두 권 다 바다가 나오잖소. 그걸 몇 번이고 읽으면서 나는 생각했소. 바다는 움직이는구나…. 바다가 날 어디로든 데려다주겠구나…. 꿈쩍도 않는 산도, 산보다 더 꿈쩍 않고 버섯을 키우는 부모님도 지긋지긋했소."

소년은 바다를 꿈꾸었고 해병대에 지원했다.

"이 친구를 그때 해병대에서 만났지. 같은 조에 배치되었는데 나랑은 근본부터가 다른 친구였어. 서울에서 대학을 다니던 멋쟁이였지. 집에 돈도 많았는지 좀 친해지고 나서 사진을 보여주는데, 나는 듣도 보도 못한 외국에서 찍은 사진들도 있고 TV에 나올 것 같이 생긴 여자친구와 함께 찍은 사진도 있더군….

스쿠버다이빙이라는 게 있다는 것도 그 친구에게서 난생 처음으로 들었소. 벌써 어드벤스 자격증까지 땄다고, 금장식이 달리고 영어로 쓰여진 자격증을 보여주더군. 몰디브에서 땄다고 했소.

몰디브…. 가만히 그 이름을 발음해보는 데 입안이 뭉클했소. 그가 보여준 사진 속의 몰디브는 크레파스로 그린 동화 속 같았지. 정말 저렇게 아름다운 물이 있다는 게, 그 속에 20미터고 30미터고 내려가 보면 나폴레옹 피쉬, 만타 레이, 상어 같은 굉장한 놈들과 함께 헤엄칠 수 있다는 말이 믿어지지 않았소. 그는 내게 말했어. 제대를 하면 같이 다이빙을 하러 가자고. 자격증은 한국에서도 쉽게 딸 수 있으니까, 기본 오픈워터 자격증만 따서 가까운 오키나와부터 같이 가보자고…."

사진 속에서 어깨동무를 하고 있는 그의 친구는, 똑같이 검게 그을린 피부와 같은 빛깔의 잠수복 때문인지 그와 형제처럼 닮아 보였다. 해병대 복무기간이 끝나고, 그는 자신의 산골 집으로 돌아가는 대신 친구와 함께 그의 서울 집으로 갔다.

친구의 집은 평창동의 넓은 단독주택이었다. 그의 부모님들도 외동아들이 군 복무기간 동안 가장 친하게 지냈던 친구를 반갑게 맞아주었다. 혼자 커서 늘 쓸쓸해하던 아들에게 형제가 생긴 것 같다며 부부는 그를 정말로 아꼈다. 빈 방을 하나 내어

주며 아예 그곳에서 지내라고까지 했다.

"매일 같이 지냈소. 세 끼를 같이 먹었고 어딜 가든 붙어 다녔지. 꿈만 같은 세월이었소. 젠장, 그 친구는 정말 복 받은 놈이었소. 없는 게 없었지. 난…, 부러웠소…."

그는 친구의 집에서 그의 복된 환경을 함께 누리기 시작했다. 하지만 덜컥 찾아온 행운이 믿기지 않을수록 언젠가는 이 생활이 끝나게 되리라는 불안감이 그를 조금씩 잠식해 나갔다.

"지금 생각해도 좋은 분들이었어. 그 친구의 부모님들 말이오. 백화점에 쇼핑을 가거나 가족여행을 갈 때도 꼭 나도 함께 데려가주실 정도였지. 한번은 온천장에 함께 갔는데 거기 식당에서 샤브샤브를 먹던 중이었소. 고기를 덜어주던 식당주인이 '아드님들이 참 잘생기셨습니다.' 하고 인사말을 건네니까 친구의 어머니가 웃으시면서 '이 둘이 쌍둥이에요. 어느 쪽이 형인지 맞혀 보시겠어요?' 하시지 않겠소? 그 말이 어찌나 마음에 콱 박히면서 기쁘던지…. 불안이 사라지면서 정말 그 집 아들이 된 양 가슴이 쫙 펴졌소. 믿을 수 없겠지만 친구의 여자친구와 데이트 자리에도 나는 매번 함께했소. 우리 셋은 정말 죽이 잘 맞았지. 그녀는 보기와는 달리 소탈하고 시원시원한 성격이라 셋이 허물없이 소주잔도 기울이고 이런저런 얘기도 하고 놀러도 다녔소."

친구의 말대로 그는 서울에서 다이빙 기본 자격증인 오픈워터를 땄다. 그리고 둘은 약속대로 일본 오키나와 섬으로 첫 원정 다이빙 여행을 떠났다. 그는 황홀한 색채의 산호들로 뒤덮인 바닷속에서 보석처럼 영롱하게 헤엄치던 물고기들에게 완전히 넋을 빼앗기고 말았다. 그런 그를 보며 친구는 웃었다. 이쯤은 아무것도 아니라고. 시밀란 군도나 랑카위의 바다 속엔 이곳과 비교도 할 수 없는 별천지가 펼쳐져 있다고….

"친구가 말했지. 부모님의 닦달에 대학을 들어가긴 했지만 졸업만 하면 자기는 다이빙 마스터 자격증을 딸 거라고. 그리고 평생 사람들에게 다이빙을 가르치면서 살 거라고 말이야. 그의 인생 계획은 곧 나의 인생 계획이 되었소. 내게는 복학할 대학이 없었지만 어쨌든 다이빙 마스터가 되겠다는 마음을 굳혔지."

친구는 한 달 뒤 복학을 앞두고 있었고, 복학하기 전에 그와 함께 더 먼 곳으로, 더 굉장한 다이빙 여행을 떠나고 싶어 했다. 그래서 떠난 곳이 카리브해였다.

"그 바다는 사실이라기엔 너무 기막혔소. 나 같은 산골 녀석은 눈이 뒤집혀버릴 것만 같았지. 우리는 일주일 동안 다이빙 보트에서 먹고 자면서 하루에 세 번씩 물속으로 들어갔소. 물에서 나오면 몸을 말리면서 다이빙 코치 몰래 보드카를 한 모금씩 마셨소. 우리 둘은 쌍둥이같이 피가 날뛰는 것을 느끼면서 보트 갑판에 나란히 드러누워 물 위로 뛰어오르는 날치 떼들을 보았소…."

다이빙 보트에서 보내는 마지막 밤이었다. 보름달이 떠, 물속이 공기처럼 투명했고 조류가 거의 없었다. 다이빙 코치는 특별 이벤트로 야간 다이빙 지원자를 모집했다. 물론 그와 친구도 손을 들었다. 그에게 야간 다이빙은 처음이었다.

"아주 멋질 거야."

친구는 흥분해서 잠수복의 지퍼를 올리며 말했다.

"형광 해파리 떼가 나타났으면 좋겠다! 나도 딱 한 번밖에 본 적 없는데, 그놈들이 떼 지어서 네온사인처럼 번쩍거리면 정말 소름 끼치도록 멋있어. 그 광경이 지옥 같기도 하고 천국 같기도 한데, 뭐 어느 쪽이든 상관없다는 생각이 들 정도로…. 그걸 한 번 보고 나면 라스베이거스의 불빛은 아무것도 아니야."

그들은 이미 낮에 세 차례 다이빙을 한 뒤라 몹시 지쳐 있었지만 야간 다이빙의 유혹을 떨칠 수가 없었다.

"해질 무렵까지 몇 모금씩 마셨던 보드카가 아직 핏속에서 날뛰고 있어서 조금 어질어질했지만 우리는 한 조를 이뤄서 물속으로 들어갔소. 밤의 바다는 모포처럼 따뜻하고 아늑했소. 낮의 햇살 속에선 남루하던 해초와 산호들이 은은하게 빛을 내기 시작했고, 우리는 조금씩 더 깊은 곳으로 빨려가듯 헤엄쳤소. 한 40분쯤 지났을까? 나를 앞에서 이끌던 친구의 움직임이 이상했소. 초보자처럼 평형을 잡지 못하고 불안하게 떴다 가라앉았다 하는 거였소. 내가 서둘러 그를 따라 잡았을 때 그는 눈이 풀려 흰자위만 보였소. 턱이 풀어져서 호흡기가 아슬아슬하게 입술에 걸려 있었지. 그가 메고 있던 공기통의 눈금은 이미 0을 가리키고 있었소⋯."

운명의 눈금이 0을 가리킬 때

　이야기를 들으며 나는 남자의 머리끝을 잘랐다. 외국에서 다이빙 마스터로 오래 일한 사람답게 머리카락은 햇볕에 탈색되고 바스러진 채 길게 자라 있었다.

　"그때, 난 내 호흡기를 친구의 입에 물리지 않았소. 그 대신 그의 몸이 떠오르지 않도록 누르면서 거칠게 숨을 쉬면서 기다렸소. 그 5분 남짓한 시간은 영원처럼 길었지. 그때 멀리서 푸른 도깨비불 같은 것이 넘실거리며 우리 쪽으로 오는 것이 보였소. 시시각각으로 색을 바꿔가면서 그 덩어리는 다가올수록 더 거대해지더니 급기야 나와 친구를 둘러싸고 빙빙 돌기 시작했소.

　형광 해파리 떼였소! 그 광경은 소름 끼치는 정도가 아니었지. 그것들은 흐느끼면서 웃고 있었소. 그 일렁거리는 춤 속에서 친구의 눈이 천천히 감기는 것을 보는데, 끈끈한 천국과 지옥이 번갈아 나를 덮쳤소. 그가 가졌던 모든 것을 차지하는 내 모습이 보였소. 부모님도, 여자친구도….

그런데 그 환영 속의 내 얼굴이 웃고 있는지 흐느끼고 있는지 나는 도무지 갈피를 잡을 수 없었소. '이 둘이 쌍둥이에요. 어느 쪽이 형인지 맞혀 보시겠어요?' 그의 어머니의 목소리가 들려오던 순간, 내 공기통의 눈금이 0을 가리켰소…."

나는 컷을 끝내고 드라이어로 마무리 손질을 했다. 군 복무를 마친 지 얼마 지나지 않은 청년의 짧은 머리. 하지만 제대하자마자 고급 헤어숍에서 멋을 부려 다듬고 염색하고 왁스로 스타일링한 모습이었다. 부잣집 외아들이었다는 그 친구의 모습이 완성되자 나는 그 앞에 큼직한 사각 거울을 놓아주었다.

남자는 두려운 듯 한동안 눈을 감고 있었다. 덮인 눈꺼풀 속에서 눈동자가 분주히 무언가를 설명하려 애쓰며 경련했다. 5분쯤 지났을까. 이윽고 그가 눈을 뜨고 거울을 똑바로 바라보았다. 그 눈동자 속에는 미련도, 원망도 없었다.

"손민규…, 오랜만이다…."

정갈하고 풋풋한 목소리로 거울 속의 청년이 말을 시작했다.

"이제… 그만해, 인마…."

그의 입가에 연민 어린 미소가 살짝 번졌다.

"하루에 네 번 다이빙하고 그때마다 보드카를 마신 내가 미친놈이지…. 사실은 야간 다이빙 하기 직전에도 너 몰래 나, 한 모금 꿀꺽 했었거든. 알량한 내 실력을 믿고, 새파랗게 젊은 내 몸뚱이를 너무 믿은 탓이야…. 우리 부모님하고 수현이…. 그래도 네가 남아 있으니 얼마나 다행이야? 그리고…, 그 형광 해파리 떼…."

그 목소리가 잠시 물속으로 가라앉았다가 다시 떠올랐다.

그 목소리에선 진실함과 친구를 향한 애정이 묻어났다.

"야, 손민규! 그래, 소원대로 매일 실컷 다이빙만 하고 사니까, 좋으냐? 자식…, 그러니까 이젠…, 너도 술 좀 끊어라. 그리고 물에 들어가기 전에 네 보트에 탄 사람들 주머니 샅샅이 뒤지는 거 잊지 마. 납작한 휴대용 술병을 숨기고 탄 미친놈이 있거든 당장 보트에서 끌어내려…."

그는 거울에서 눈을 떼지 않은 채 점퍼 주머니에서 휴대전화를 꺼내 어딘가에 전화를 걸었다. 딱 두 번 송신음이 울리고 몇는 소리가 바로 뒤에 서 있던 내 귀에끼지 들렸다. 전화를 받은 이는 아무런 말이 없었다.

"감사합니다."

입을 연 것은 거울 속의 그였다.

"이젠 이 친구도 좀 편히 숨 쉬고 지내겠지요…. 정말 바보 녀석이라…, 이렇게까지 설명해줘야 하니…. 귀찮은 녀석….

어쨌든, 할 말을 전했어요. 감사합니다."

수화기 건너편은 여전히 밤공기처럼 고요했다. 하지만 그의 말 한 마디 한 마디를 누군가가 빨아들이듯 듣고 있는 소리를, 나는 똑똑히 들을 수 있었다.

❀ ❀ ❀

네코마마와 함께 있으면 따뜻했다.

"난, 말하자면 이 마을 촌장이야."

슬리퍼에 들어간 모래를 탁탁 털어내며 네코마마가 말했다.

"여기 토박이는 아니고, 말하자면 파견 촌장이지."

그녀는 총 인구수 100명 이하의 마을에 정부에서 파견하는 관리 공무원이었다. 내가 지금까지 마음속에 담고 있던 공무원은 분명 이런 차림에 이런 얼굴을 하고 있지 않았지만.

"이런 마을에는 대부분 65세 이상 연금 생활자들밖에 남아 있지 않거든. 병원도 없고. 게다가 그 고집쟁이 늙은이들은 모여 살려고 들지도 않아요. 누가 비명을 질러도 들리지 않을 만큼씩 멀찍이 떨어져서 외골수로 살아가니 누군가가 정기적으로 와서 챙기는 수밖에 없잖아. 내가 한 집씩 둘러보고 필요한 약이나 물품이 있으면 정부에 신청해서 받아다 주고 의사도 불러 오고 그러지."

그러고 보니 내가 빌린 작은 집의 안채도 말수가 적은 노부부가 주인이었다. 그들은 부부였지만 서로 말을 나누고 지내는 걸까 싶을 정도로 안채에서 말소리가 들려온 적은 없었다. 교대 근무를 하는 야간 응급실의 직원들처럼 시간표를 정해놓고 번갈아 마루에서 차를 마시고 책을 읽는지도 몰랐다.

"그래도 카레나 리에같이 젊은 사람들도 있잖아요."

나는 그녀를 따라 샌들을 벗어 털며 말했다.

"카레와 리에 말이지…."

그녀는 바닷바람에 연신 꺼지고 마는 지포 라이터를 점퍼 자락으로 감싸고 겨우 말보로 레드에 불을 붙였다.

"길고양이들이야…, 너처럼…."

나는 그녀가 내뿜은 연기가 각자의 모서리로 뛰쳐나가 달아나는 것을 바라보았다. 연기는 입술 사이를 빠져나오는 순간 스스로를 마음껏 파괴했다. 그리고 어딘가로 사라졌다.

"하지만 먼저 네 이야기를 해봐. 거짓말이든, 정말이든, 네가 믿고 있는 이야기를 하면 돼. 이 마을에선 다 똑같으니까. 아니, 오히려 거짓말 쪽이 더 힘이 세다고 해야 하나? 어쨌든 더 진실하게 믿고 있는 쪽이 현실이야. 너는 왜 그렇게 창백하니?"

플레이를 거듭할수록, 내 손끝을 거쳐 간 결핍의 욕망들이 쌓여갈수록 내 돌연변이 머리카락의 색깔은 형광물감을 덧칠한 듯 점점 더 선명해져갔다. 백화점에 가거나 카페에 들어서는 순간 사람들의 시선이 열대어 떼처럼 동시에 나를 향해 몰려드는 것이 느껴졌다.

미나 선생님의 말대로 가장 어려운 것은, 나의 첫 고객이었던 야쿠자의 경우처럼 누군가의 죽음을 재현하는 플레이였다. 아무리 평화로운, 예견된 죽음이었다 해도 남아 있는 이들 중 누군가에겐 깊은 웅덩이를 남긴다. 그리고 웅덩이에 가라앉아버린 기억은 이제 아무리 애를 써도 객관화되지 않는다. 자기 안에서 분열하고, 각색되고, 그것이 끝없이 연속 상영되어서 현실을 백일몽으로 만들어버린다. 해를 가린 달처럼.

나는 그들 뒤에 서 있다. 그들 스스로 영상을 보도록 도와주는 소품을 담당할 뿐이다. 하지만 요시히로는 그들 앞에 선다. 그가 하는 플레이는 '고객'의 기억 그 자체가 되는 것이다. 요시히로의 플레이는 얼마나 치열한 것일까. 그 안에서 익숙해진다는 게 가능할까. 그도 나처럼 반쯤 눈을 감을 수 있을까.

무서워, 견딜 수 없어.

"풀 플레이를 원하는 고객이 있어."

어느 날 미나 선생님이 말했다. 풀 플레이…. 내가 그 단어를 몸 안에 흡수시키는 동안 그녀가 설명했다.

"류가 헤어 플레이를 해주고 나서 바로 이어서 요시히로가 롤 플레이를 해주는 거야. 물론 그걸 다 하는 데 시간이 얼마나 걸릴지는 아무도 몰라."

자신이 원하는 모습으로 '그 사람'과 만난다…. 그것이 풀 플레이의 의미인 듯했다. 미나 선생님 말대로 그 시간이 얼마나 걸릴지, '고객'이 그 대가로 얼마만큼의 액수를 지불해야 할지는 나로서는 정말 상상할 수 없었다.

"풀 플레이를 원하는 고객은 그리 많지 않아. 아니, 거의 없다고 봐야 하겠지. 그야말로 '특별한' 서비스와 금액이 오가는 일이니까."

나는 고개를 끄덕였다.

"뮤토들도 두 배의 플레이를 해줘야 해. 류도, 요시히로도. 잘 알고 있겠지만 특히 풀 플레이를 할 때는 플레이에 몰입하는 시간이 길어지기 때문에 감정 조절을 잘하지 않으면 위험해. 평소 플레이의 70퍼센트 정도만 몰입하는 게 좋아. 근육의 힘을 안배하는 장거리 육상선수처럼. 아마 요시히로가 잘 이끌어줄 거야. 그는 베테랑이니까."

초봄의 흐린 오후는 축축하고 싸늘했다. 나는 호텔방을 나서기 전에 코트 위에 캐시미어 파시미나를 한 겹 더 둘렀다. 그날은 미나 선생님과 함께 가지 않았다. 요시히로가 직접 운전을 하고 나는 그의 옆에 타고 가기로 했다. 요시히로와 함께 플레이를 하는 것은 처음이었다. 그는 커다랗고 튼튼해 보이는 검정색 컨티넨탈을 타고 있었다. 그와 어울리지 않는다. 나의 생각을 눈치 챘는지 그가 벨트를 매며 말했다.

"왠지 안심이 돼서 말이야…"

나는 애써 밝은 목소리를 냈다.

"꼭 장의사 차 같아."

요시히로는 웃었다.

"그래서 안심이 돼. 바로 그 점이…"

거인의 어깨에 기대고 싶어 하는 외로운 소년이었다. 그 모습이 낯설어서 한동안 말없이 바퀴 아래로 아스팔트가 흘러가는 것을 바라보았다. 잔뜩 찌푸렸던 하늘은 어느새 진눈깨비가 되어 눈먼 날벌레처럼 앞 유리창에 부딪히기 시작했다.

"요시히로는 플레이를 할 때 항상 직접 운전해서 가?"

그는 고개를 끄덕였다.

"물론 처음엔 나도 선생님 손을 잡고 다녔어."

나를 보며 싱긋 웃는다.

"무서웠어. 그리고 플레이가 끝나고 나면 똑바로 서 있기가 힘드니까. 류도 알겠지만…."

나도 알고 있다. 하지만 나는 아직도 '그 상태'에서 빠져나왔을 때 미나 선생님이 거기서 기다려주지 않는다는 건 상상할 수 없다. 마제라티의 짙은 유리창 안에서 사라사테를 들으며 나를 다시 안전하게 달빛 아래, 아홉 마리의 고양이들이 대사를 외우고 있는 몽롱한 평화 속으로 데려다주기 위해 미나 선생님은 멀지 않은 곳에 있어야 했다.

"이젠… 무섭지 않아?"

그가 붓으로 그리 듯 유연하게 핸들을 틀어 모퉁이를 돈다. 그의 옆얼굴은 어떤 감정에도 물들지 않는다. 연회색 셔츠 아래로 드러난 손목, 그곳에서 뛰고 있는 맥박과 향기를 내 뺨이 기억해내고 가볍게 물든다.

"무서워. 견딜 수 없이⋯. 항상 그랬어."

나는 갑자기 더럭 겁이 났다. 아직 어린 오빠의 손을 잡고 벼랑 위에 선 계집아이처럼. 바람이 불고 치맛자락과 머리칼이 날린다. 지금도? 마음이 애타는 목소리를 낸다. 그렇지 않다고 해줘. 지금은, 그렇지 않지? '요시히로는 베테랑이니까⋯.' 미나 선생님의 말은 틀린 적이 없다.

"지금도⋯."

나는 핸들을 쥔 그의 손을 잡는다. 차디찬 손이, 직접 피부를 맞대지 않으면 알 수 없을 만큼, 아주 가늘게 떨리고 있었다.

얼음 강을 헤엄쳐온 청동백조들의 거실

우리가 도착한 맨션은 아주 넓었다. 족히 90평 정도는 될 듯한 실내는 러시아의 주정뱅이가 살다가 떠나버린 집처럼 텅 비어 있었다. 삶에는 관심도 애정도 없는 텅 빔이다.

바닥에 카펫 한 장 깔려 있지 않았다. 그리고 무엇보다, 들판처럼 추웠다. 실내의 모든 창문을 다 열어놓아 서릿발을 세운 초봄의 바람이 멋대로 드나들며 싸늘한 대리석 바다 위를 뒹굴고 있었다. 현관 입구에서부터 거실로 이르는 통로에 비석처럼 줄지어 세워져 있는 커다란 청동백조 동상들도 추위에 지쳐 푸르스름했다. 밤새 얼음 강을 헤엄쳐 가까스로 이 거실에 다다른 것 같았다.

"와주셨군요!"

방문이 열리고 누군가가 나왔다. 그녀는 온도를 전혀 느끼지 못하는 듯했다. 여름에서 뛰쳐나온 사람처럼 소매가 넓은 여름 실내복을 입고 있었다. 20년 전쯤 유행했던, 인디언 풍의 어지러운 프린트가 박힌 디자인이었다. 그걸 입고 있는 우리의 '고객'은 몹시 살이 찐 중년의 여인이었다. 얇은 싸구려 실내복 사이로 드러난 턱과 팔뚝과 종아리가 움직일 때마다 용암처럼 층층이 흘러내렸다. 그리고 머리카락은 태어나서 한 번도 손질한 적이 없는 듯 거칠고 길게 자라 상체를 거의 뒤덮고 있었다. 그녀의 모습은 지난여름, 누군가가 사람의 모양을 그리려다 귀찮아져 아무렇게나 삐죽삐죽 칠을 해서 던져버린 낙서 같았다.

놀라움과 추위에 나는 어깨를 움츠리며 손을 입가로 가져갔다. 그녀는 의외라는 듯 말했다.

"어머, 추운가요? 조금만 기다려요. 뜨거운 차를 갖다 드릴게요."

거실에는 소파도, 탁자도 없었기 때문에 요시히로와 나는 청동백조들의 대열 끄트머리에 선 채로 기다렸다. 차디찬 대리석 바닥은 서리 묻은 손가락을 뻗어 나의 엄지발가락 끝을 움켜쥐었다. 한참 뒤 우리의 고객이 돌아왔을 때, 그녀의 손에는 한 잔의 차만이 들려 있었다. 그녀는 화산처럼 김을 뿜어내는 커다란 컵을 내게 내밀었다. 갈색의 차는 아직도 컵 안에서 펄펄 끓고 있었다.

나와 요시히로는 하얀 김을 사이에 두고 눈을 맞췄다. 그 눈 속에서 우리는 그녀가 처음부터 요시히로가 그곳에 없다는 듯 행동했다는 사실을 확인했다. 등장하던 순간부터 그녀는 나를 향해서만 인사했고, 지금도 내 몫의 차만을 끓여 내왔다. 그녀에겐 요시히로가 보이지 않는 것일까? 고객의 망막에 스스로의 모습이 맺히지 않는다는 걸 확인한 요시히로가 싱긋 웃으며 내게 말했다.

"어때, 영혼을 팔기에 좋은 날이지?"

노련한 스파이가 자살용 권총을 던지듯이, 툭.

내가 선 채로 차를 불어가며 몇 모금 마실 때까지 그녀는 손가락으로 실내복의 프린트 부분을 꾸깃꾸깃 구기며 인내심 있게 기다렸다. 차 맛은 굉장히 시큼했다. 서너 모금 마신 뒤에 내가 찻잔을 다시 그녀에게 건네며 목례로 감사를 표하자 고객은 말했다.

"이제…, 부탁드려도 될까요?"

그녀는 거실에서 보이는 세 개의 문 중 가장 왼쪽에 있는 문을 열었다. 그 방은 또 다른 세상이었다. '황량한 거실은 농담이었어.'라고 말하듯 화사한 벽지가 발려 있었고 신혼의 신부

나 쓸 법한 예쁘장한 화장대가 있었다. 세 면이 거울로 된 화장대 앞에는 작은 의자가 두 개 나란히 놓여 있었다.

요시히로는 망설임 없이 그중 왼쪽 의자에 앉아 재킷을 벗었다. 여자도 그 옆에 앉았다. 그녀 옆에서 요시히로의 가냘픈 몸은 더욱 작고 왜소해 보였다.

먼저 요시히로의 머리카락 속에 손가락을 담갔다. 눈을 감는다. 이 느낌에 내 존재를 내어주면 된다. 그러면 나는 안전하다. 수업은 곧 끝날 것이다…. 내 손은 가위 대신 면도용 칼을 집어 들었다.

"우리 도련님은 얼마나 변덕이 심한지, 비위 맞추기가 여간 까다로워야지요."

여자가 거울 속을 들여다보며 낮게 가라앉은 목소리로 이야기를 시작했다. 스윽, 스윽, 요시히로의 머리카락이 날카로운 면도날에 베어 나간다. 나는 서두르지 않는다.

"잘 울지도 않고, 칭얼대지도 않으니까…. 다들 착한 아기라고들 하는데…, 사실은 정말 예민해서…, 내가 한시도 내려놓을 수가 없어요…. 내 품에서 조금만 떼어 놓으면…, 세상에…, 불에 덴 것처럼 소리를 지른다니까…."

요시히로의 머리카락 절반쯤이 밀려 나간다. 이제 곧 갓난아기처럼 말갛게 삭발이 될 것이다. 오늘 요시히로는 대사가 없었다. 오늘의 플레이는 상황을 이해하고 있기만 하면 되었다. 우리가 받은 대본에는 짤막한 지문 몇 개만 적혀 있었다. 그 대신 미나 선생님으로부터 의뢰인에 대한 대강의 이야기를 들을 수 있었다.

"그녀는 27년 전에 유서 깊은 귀족 집안의 첩으로 들여졌어. 그 집안의 유일한 며느리가 아이를 갖지 못하자 순전히 손자를 얻을 목적으로 건강한 처녀를 이용했던 거지. 이 나라에서는 아직도 그런 일이 실제로 일어나. 비밀이 지켜지고 뒤탈이 없으려면, 가진 것이 없고 주위에 사람이 없는 아가씨일수록 좋았지. 당시 열아홉 살이었던 그녀는 마침 꼭 맞는 조건을 갖추고 있었던 거야. 어릴 때부터 그 집 식모들 방에서 허드렛일을 해온 데다가 고아였으니까."

요시히로의 삭발이 끝나고, 나는 여자 쪽으로 다가갔다. 그녀의 머리카락은 나약한 것에 굶주린 원시의 넝쿨처럼 내 손가락을 삼켜버릴 듯 억세고 끈끈하게 감겨들었다. 나는 가까스로 넝쿨 속에서 빠져나와 플레이를 시작했다. 먼저 머리카락을 반듯하게 빗어 정리해야 한다. 드라이 샴푸를 그녀의 뒤엉킨 머리카락 위로 뿌리고 촘촘한 철제 빗으로 먼지와 격정의 더께를 빗어 내렸다. 머리카락들은 난폭하게 몸을 뒤채고 서로를 물어뜯으며 외쳤다. 그 계집애는 미쳤어, 그 계집애는 미쳤어! 그들은 집요하게 뒤엉키며 빗질을 하는 나를 노려보았다. 이마에 땀이 맺힐 정도로 중노동이었다.

하지만 일단 머릿결만이라도 정돈되자, 거울 속의 그녀의 모습은 거짓말처럼 젊고 단정해 보였다. 나는 가위를 손에 들고 눈꺼풀을 살짝 내렸다. 지나치게 몰입을 하면 위험하다. 부적을 꺼내어 흔들듯이 나는 미나 선생님의 목소리로 다시 머릿속을 채웠다.

"고아 아가씨는 운 좋게도 그 다음 해 사내아이를 낳았고, 그 대가로 시내에 있는 넓은 맨션 한 채와 적지 않은 재산을 받았어. 하지만 당장 젖도 먹여야 했고, 아이가 여간해서는 친엄마에게서 떨어지려 하지 않았기 때문에 아이가 젖을 뗄 때까지만 그 집에서 유모 겸 식모로 함께 지내기로 했지. 대대로 부잣집 사람들이라 그런 순진한 짓을 한 거야. 굶주린 사람들의 집착을 상상도 못했던 거지.

그러다가 어느 여름 날, 급기야 일이 터졌어. 주인집 가족들이 모두 카마쿠라의 별장으로 여행을 떠나고 없는 사이에, 그녀는 몰래 아기를 데리고 자신이 받은 맨션으로 왔어. 한나절이나마 아무도 없는 자기 집에서 혼자 아들을 차지하고 싶었던 거지. 하지만 그건 명백한 납치였어."

찌는 듯한 한여름의 오후, 흥분과 두려움이 뒤섞인 어린 엄마와 신분이 다른 아기. 납치 아닌 납치. 이 순간을 위해 그동안 소중히 사 모았던 아기용 목욕비누와 파우더, 조그만 타월…. 이곳에선 누구의 시선도 받을 필요가 없다. 유모가 아닌 엄마로 지낼 수 있다. 단 몇 시간이라도….

가위를 쥔 손이 움직인다. 하지만 미나 선생님이 들려준 이야기의 결을 타고 그녀의 머리카락을 만지는 동안, 알 수 없는 통증이 미세하게 손끝을 찔렀다. 그녀의 머리카락에 엉겅퀴 줄기처럼 촘촘한 가시가 달린 것 같았다. 플레이를 하면서 이런 느낌을 받은 것은 처음이었다. 무언가 잘못되고 있다. 무언가… 잘못되고 있다. 하지만 결정적으로 모든 것은 대본대로 진행되고 있었다.

그녀는 선하게 쌍꺼풀이 진 눈을 뜨고 거울 속을 뚫어지게 바라보고 있었다. 귀 아래까지 바싹 일자로 자른, 상큼한 느낌의 짧은 단발이 될 때까지 가위는 쉬지 않고 움직이며 묵직한 고통의 시간들을 그녀로부터 끊어냈다. 길고 두툼한 그것들은 끊어진 시슬처럼 비닥에 찔그렁 찔그렁 소리를 내며 떨어질 것만 같았다.

컷이 끝나자, 나는 얇은 비닐장갑을 끼고 그녀의 머리카락에 탈색제를 발랐다. 그 당시 젊은 여자들 사이에서 산불처럼 유행하던 금발머리를 만들기 위해서였다. 열아홉의 그녀는 불우했지만 발랄하고 멋 내기 좋아하던 아가씨였다.

눈썹 위로 층을 내어 앞머리를 자르고, 조금 더 어려 보이도록 정수리 부분을 부풀려 마지막 손질을 끝낸 뒤, 내가 그녀의 목에 둘렀던 나일론 스카프를 걷어내자 순식간에 가볍고 밝은 머리카락을 얼굴에 얹은 그녀는 초봄의 아가씨처럼 가뿐히 몸을 놀려 의자에서 일어났다. 나의 플레이는 여기까지였다.

"마침 아기를 목욕시키려던 참이었어요. 날이 이렇게 더우니까요. 아기들은 땀을 흘리면 금방 피부가 짓물러버리거든요."

순식간에 목소리까지 앳되게 변한 여자는 내게 말했다. 그리고 내내 조용히 옆에 앉아 있던 요시히로의 손목을 낚아채듯 잡고 방에 딸린 욕실로 향했다. 욕실의 좁은 창문이 활짝 열려, 칼끝 같은 바람은 우묵한 욕조 안으로 모여들고 있었다. 나는 거울 앞에 선 채 욕실의 열린 문틈으로 이제 막 시작된 요시히로의 플레이를 지켜보았다. 요시히로는 침착한 움직임으로 욕조 곁에서 옷을 벗었다. 검은 돌을 깎아 만든 욕조 가장자리에는 노란 고무 오리 장난감들이 크기 별로 가지런히 놓여 있었다. 그는 완전히 알몸이 되자 욕조에 들어가 몸을 웅크렸다.

그 순간, 지금껏 요시히로가 어떤 플레이를 해왔는지 나는 알 수 있었다. 타고난 뮤토는 내가 아니었다. 요시히로는 세포 속부터 여자의 아이가 되어 있었다. 아마도 내가 머리카락을 만지던 순간부터 그는 자신을 바꿔가기 시작했을 것이다. 조금씩 허물을 벗듯이.

욕조 안에 웅크리고 있는 이가 요시히로라는 걸 믿을 수가 없었다. 내가 기억하고 있던 그의 몸은 어디에도 없었다. 아직 성징이 채 드러나지도 않은, 완벽하게 어리고 순수한 몸통과 팔다리가 따뜻한 치즈처럼 무구하게 서로를 부둥켜안고 있을 뿐이었다. 지적이고 예리하게 빛나던 눈동자의 동공이 갓난아기처럼 커다랗게 풀려 있었고, 입술도 섬세한 표정들을 말끔히 표백한 채 천진하게 살짝 벌어져 있었다.

여자는 콧노래를 부르며 욕조에 달린 수도꼭지를 열어 물을 틀었다.

"고죠, 엄마가 몸을 씻어줄게. 라라라…. 아주 좋은 물비누를 사왔어. 이것 좀 봐. 프랑스에서 만든 아기용 비누래. 거품이 눈에 들어가도 따갑지 않은 거래…."

그녀는 물을 틀어놓은 채로 욕실 선반에서 뚜껑이 아기 곰 푸우 모양으로 조각된 물비누 통을 꺼내들고 와 요시히로의 벗은 몸 위로 투명하고 걸쭉한 액체를 뿌리기 시작했다.

"아주 좋은 냄새가 나지? 라라라…. 그것 봐, 네가 좋아할 줄 알았어."

그녀는 더 이상 나오지 않을 때까지 집요하게 튜브를 눌러 짜서 물비누 한 통을 모두 그의 어깨와 등 위로 쏟아 부었다. 그동안 욕조의 물은 거세게 쏟아져 내려 물비누와 몸을 섞고 미친 듯이 거품을 냈다. 바위처럼 솟아오르는 거품은 그대로 도시 하나를 덮어버릴 수도 있을 것 같았다. 낯선 거품의 위세에 압도당한 나는 멍해지고 말았다. 그래서 그 차가운 공기 속에서도 욕실의 거울에 김 한 점 서리지 않는다는 사실을 알아챘을 때는 물이 쏟아지기 시작한 뒤 5분도 넘은 후였다.

설마! 나는 황급히 욕실로 뛰어들었다. 순간, 웅크리고 있던 요시히로가 얼굴을 들어 나를 보았다. 그의 눈빛은 내게 굵고 붉은 글씨로 '안 돼'라고 말하고 있었다. 그의 입술은 이미 추위에 보랏빛으로 질려 있었지만 메시지는 강렬했다. 차디찬 물에 이미 허리까지 잠긴 그의 온몸에 소름이 돋아 부들부들 떨리는 것을 바라보며 여자는 사랑스러운 듯 미소를 지었다. 그리고 요시히로의 뺨을 만지며 다정하게 말했다.

"이젠 덥지 않지? 욕조에 물이 가득 찰 때까지 조금만 기다리고 있어. 엄마가 금방 올 테니까…."

도대체 어느 지점에서 이 플레이가 끝나는 것일까. 미나 선생님이 이 장면에 대해서 뭐라고 말했던가, 나는 필사적으로 그녀의 목소리를 떠올렸다.

"그 철없는 어린 엄마가 훔쳐온 아이를 목욕시키려고 욕조에 물을 받고 있는데, 전화벨이 울린 거야. 아이 아빠, 그녀의 하룻밤 남편이었던 사람의 전화였지. 허락 없이 아이를 데리고 나왔다는 사실을 들켜버린 거야. 아기가 없어지자 집에서 일하는 누군가가 황급히 주인 가족에게 알렸겠지. 그녀는 전화로 남자에게 추궁을 당하자 당황했고, 어쩔 줄 몰랐어. 그와의 대화내용이 뭐였는지는 알 수 없지만, 상상이 되지 않아? 그녀는 무슨 일이 있어도 아이에게서 떨어지고 싶지 않았지. 그 집에서 쫓겨나선 안 되는 거였어. 변명하고, 울고, 애원하며 긴 통화를 끝내고 돌아와 보니 욕조엔 비눗방울과 물이 넘쳐흘러 있었고, 아이는 그 속에서 숨이 끊어진 뒤였지.

그 뒤로 그녀는 스스로를 천천히 학대할 수 있는 모든 일을 했어. 금방 죽어버리는 것은 자신에게 지나치게 관대한 벌이라고 생각했지. 추하고 고통스럽게 오랫동안 살아남는 쪽을 택했어. 스스로 고약한 간수가 되어 종신형을 내린 거지. 바닥에 깔린 푹신한 것들을 모두 걷어내고 앉거나 눕거나 쉴 수 있는 가구들도 남김없이 치워버렸어. 죽어선 안 되니까 싸구려 인스턴트식품만을 데우지 않은 채, 거의 씹지도 않고 위 안으로 밀어넣었고 한겨울에도 난방을 하지 않았지. 사람을 만나지도, TV를 보지도, 책을 읽지도 않았어. 무시무시한 죄책감에서 그녀를 잠깐이라도 해방시켜줄 수 있는 그 어떤 시도도 하지 않은 거지. 그 순간의 끔찍한 고통 속에서 꼼짝도 할 수 없도록, 곤충 표본을 나무판 위에 고정시키듯이 스스로를 핀으로 꽂아버린 거야, 물론 산 채로….

그녀가 원하는 건 다른 게 아니야. 물이 넘치기 전, 딱 30초 전에 전화를 끊고 돌아오는 거야. 눈물을 닦고 아무 일 없었다는 듯 아기를 욕조에서 건져 타월로 말려주는 것. 그녀가 우리에게 의뢰한 플레이는 바로 그 장면이야."

여자는 욕실에서 나와 화장대 앞에 다시 앉았다. 욕조의 물은 틀어놓은 채였다. 그곳에선 거울에 비친 자신의 모습과 욕조에 있는 '아기'의 모습을 동시에 볼 수 있었다. 수도꼭지에서 찬물이 흘러나와 빙산 같은 거품의 밑바닥으로 파고드는 소리가 얼음송곳이 되어 내 심장을 1인치씩 파고들었다. 당장 요시히로를 욕조에서 꺼내야 한다. 하지만 나보다 급이 높은 뮤토의 에너지가 강렬하게 그 공간을 지배하며 말하고 있었다.

"플레이를 완성해야 해. 지문에 없는 행동을 해서는 안 돼."

난 견딜 수 없는 것을 견디며 청동백조처럼 서 있었다. 시간은 고통스러울 정도로 느릿느릿 저주받은 기억 속을 뚫고 지나갔다. 여자는 무표정하게 요시히로 쪽을 바라보다가 거울 속의 자신의 얼굴을 바라보기를 되풀이했다.

"전화를 받다가 아기를 잠시 잊었다는 건 거짓말이었어요."

마침내 여자는 입을 열었다. 그리고 화장대 위에 놓인 다이얼식 전화기를 가리켰다.

"그때…, 여기서 전화를 받았거든요. 물소리도 들리고, 아기도 보였어요…. 아주 잘 보였죠…. 꼭 지금처럼…."

내 손가락 끝을 찌르던 미세한 바늘들이 다시 돋아났다. 뭔가 잘못되었다.

"그 남자를 고통스럽게 하고 싶었어요."

여자는 손을 뻗어 산뜻한 분홍빛 수화기를 집어 들었다. 그녀는 이야기를 계속하면서 수화기를 귀와 입술에 갖다 대고 지그시 눌렀다. 점점 더 손에 힘을 주어 누르는지 귓바퀴와 입술이 조금씩 피부에서 밀려나면서 일그러졌다.

"아주 어릴 때부터 그를 사랑했어요, 몰래…. '도련님'은 눈이 부셨죠. 항상 하얀 실크 셔츠를 입고 좋은 향기가 났어요…. 그의 방을 청소하는 것은 내게 예배와 같았어요. 그의 모든 것이 신성했죠. 그가 벗어놓은 슬리퍼 안쪽에 내 뺨을 갖다 댔고 그가 마시고 내려놓은 커피잔 가장 자리에 맺힌 얼룩을 소중히 혀로 핥았어요. 그 커피 얼룩의 무늬는 내게 계시 같은 것이었어요. 어떤 날은 한 방울이, 어떤 날은 두 방울이 거룩한 낙타의 등 모양을 그리며 말라 있었죠. 그리고 아주 드물게 어떤 날은, 슬픔에 겨운 듯 잔 가장자리에서 바닥까지 흘러내린 선을 볼 때도 있었어요. 그러면 나는 무릎을 꿇고 함께 눈물을 흘렸어요…."

그녀는 입술이 짓눌려 발음이 뭉개지는데도 분홍 수화기를 쥔 손에 힘을 풀지 않았다. 끈기를 가지고 계속 누르고 있으면 그 둥그런 부분을 살찐 얼굴 속에 포옥 파묻을 수 있다고 믿고 있는 것 같았다. 아니면 양쪽 귀의 가운데쯤 웅크리고 있는 난쟁이에게 꼭 들리도록 해야 하는 말인지도 몰랐다.

"두 번인가 세 번, 그의 침대시트를 훔치기도 했어요. 세탁통에 넣는 척하면서 앞치마 속에 숨겨서 내 다락방으로 가져왔죠. 밤에 옷을 모두 벗고 그의 몸이 닿았던 시트를 알몸에 감으면 펄펄 끓는 피가 배꼽 아래로 몰리면서 미친 듯이 숨이 가빠졌어요. 그 시트를 다리 사이에 기저귀처럼 감은 채 처음으로 자위를 했죠. 그가 쓰는 목욕비누 냄새와 그의 땀 냄새가 뒤섞인 그 속에서…."

여자의 눈자위와 목 언저리에 붉은 빛이 번졌다. 그리고 생기 하나 없던 잿빛 입술이 거짓말처럼 버찌같이 부풀어 올랐다.

"그리고 어느 날, 나는 갑자기 특별해졌어요. 그가 나를 방으로 불러서 이불 속으로 이끌었어요. 그날 밤엔 그의 침대 시트가 아닌, 진짜 그의 허벅지가 내 다리 사이에 닿았죠…. 그리고 그의 아이를 내 몸속에 가지고 있었던 열 달 동안, 빛 덩어리를 삼킨 것 같았어요.

나는 태어나서 처음으로 내가 좋았어요. 눈이 마주칠 때마다 그가 내 안부를 물어주었죠. 하지만 아홉 달이 지나고 그

빛의 덩어리를 내어주고 나자 난 다시 식모 방으로 내동댕이 쳐졌어요. 그와 그의 어머니는 나를 매미가 벗어놓은 허물 취급했어요!"

여자의 억센 손아귀 안에서 내가 단정하게 정리해놓은 매끈한 단발머리가 마구 뒤엉키고 뽑히고 부스러졌다.

그 남자를 아프게 하고 싶었어요.

"그날은 아주 더웠어요. 아기는 유난히 땀을 많이 흘렸죠.
아기를 집에 데리고 왔어요. 여기, 내 집에⋯. 심장이 벌컥벌컥
열릴 지경으로 무서웠어요⋯. 하지만 내 아기니까요⋯. 그 아
기는, 열 달 동안 내 안에 숨어 있던 그이니까요⋯. 그런데 그
때, 내가 여기서 내 아기를 씻기고 있는데, 그가 전화를 해
서⋯.

내가 말했었나요? 나는 그를 사랑했어요⋯. 그리고 그 밤에,
그가 날 빨아들일 듯 품던 밤엔 조바심이 났어요. 밤이 끝나기
전에 그의 피부 속으로 들어가야 하는데⋯. 그래서 아무도 모
르는 그의 몸 한구석에서 웅크리고 있어야 하는데⋯. 하지만
나 대신 그가 내 안에 들어와 숨었던 거예요⋯. 열 달 뒤에 그

를 쏙 빼닮은 남자아이가 태어났을 때, 난 그걸 알았어요….

그런데…, 그가 전화를 해서 내게 말하더군요…. 그런데 목소리가 아주 달랐어요…. 내 안에 들어와 숨던 밤의 목소리가 아니었어요…. 당장 아기를 집에 데려다놓지 않으면 경찰을 부르겠다고, 그렇게 말했어요. 옆에서 그의 어머니가 비명처럼 고함을 지르는 소리가 들렸어요. '그 계집애는 미쳤어, 그 계집애는 미쳤어!'"

여자는 여기까지 말하고, 침착하게 바르르 떨었다. 잔인한 승자의 권능으로.

"그 순간, 내가 그들을 아프게 할 수 있는 방법이 떠올랐어요…. 완벽한 방법이었어요…."

귓속에 먼지 묻은 손으로 두드리는 드럼소리 같은 것이 울렸다. 완벽한 세상, 완벽한 마법, 그것이 왔다….

"나는 말했어요, 바로 이 거울 앞에 서서…. '너와 그 늙은 여자가 울부짖게 만들어주겠어!'"

그녀의 귀와 입이 분홍빛 수화기를 거의 다 삼켜버린 것 같았다.

그리고 얼음처럼 차가운 물은 시퍼런 거품을 일으키며 요시히로의 몸을 탐욕스럽게 삼켜갔다. 그는 얼굴을 들고 커다랗게 활짝 열린 아기의 동공으로 여자를 바라보았다. 그 눈 속에는 원망도, 애원도 없었다.

여자도 요시히로를 보았다. 푸르스름하게 색이 변한 어깨까지 물이 차오르던 순간, 그는 정신을 잃고 목이 푹 꺾였다. 무표정하게 바라보고 있던 여자는 그 모습을 기다리고 있었다는 듯 머리카락을 으깨던 손을 다이얼 쪽으로 뻗었다.

가르르륵, 가르르륵…. 메마른 커피콩을 갈아내는 소리를 내며 몇 번인가 다이얼이 돌았고, 아주 익숙한 침묵이 정중하게 전화를 받는 소리가 들렸다. 그 침묵을 향해 머리카락을 자르기 전의 갈라지고 음울한 목소리로 돌아온 그녀가 말했다.

"고맙습니다…."

그 한 마디는 주문처럼 공간을 감싸고 있던 요시히로의 결계를 풀었다. 나는 날듯이 욕조로 뛰어가 뻣뻣하게 얼어붙은 몸을 끌어내어 내 코트로 감쌌다. 그리고 여자의 손에서 수화기를 빼앗아 구급차를 불렀다.

거짓말이든 정말이든, 네 이야기를 해봐.

다음 날, 나는 츠키의 연습실에 나가지 않았다. 다음 날도, 그 다음 날도. 봄 날씨는 하루가 다르게 따뜻해져 창밖으로 보이는 사람들이 띄엄띄엄 반팔 차림으로 다니는 것조차 눈에 띄었지만 나는 호텔방에서 한 발자국도 나갈 수가 없었다. 호텔 문 밖에 청동백조들이 서로의 파르스름한 목을 얽고 떨며 서 있었기 때문이었다. 그들은 나의 악몽 속에서 넘쳐흐른 욕조의 물과 거품을 타고 내가 있는 곳으로 와, 문이 열리기를 기다렸다.

미나 선생님이 방의 벨을 누른 것은 일주일이 지난 뒤였다. 그녀는 어떤 고통도 모르는 사람만이 입을 수 있는, 바이올렛색 초여름 블라우스를 비눗방울처럼 걸치고 있었다. 엄마가 아주 좋은 물비누를 사왔어. 프랑스에서 만든 아기용 비누래….

"이제 요시히로는 괜찮아."

그녀는 일인용 소파에 몸을 묻으며 태연한 목소리로 말했다. 나는 대답하지 않았다.

"지독한 저체온증이었지. 몸 군데군데 실핏줄이 터진 흔적이 남긴 했지만 곧 그것도 사라질 거야."

내 반응을 잠깐 살피더니 이내 개의치 않는다는 듯 신중하게 포장지를 고른 뒤, 다음 말을 감싸서 내게 건넸다.

"병원에서 정신을 차리고 나서 가장 먼저, 요시히로는 네가 괜찮은지 물었어."

그 말로 내 언 발을 녹일 수 있다고 생각했나요? 왜? 그녀는 전혀 서두르지 않고 내 쪽으로 다가왔다. 맹수 앞에서 필사적으로 털을 곤두세우는 작은 짐승처럼 나는 몸의 가장 깊은 곳을 웅크렸다.

"당신은 요시히로를 죽일 뻔했어요…."

나는 미나 선생님을 향해 가만히 절규했다. 손가락 끝을 예리하게 찌르던 머리카락의 감촉이 고스란히 되살아나 두 손이 부들부들 떨렸다. 그녀가 부주의하게 문을 활짝 열고 들어오는 바람에 백조들이 퍼덕이며 들어와 나를 에워싸버렸다. 나는 아직도 싸늘한 바람이 지배하는 맨 바닥에 청동백조들과 함께 서 있었다. 그때 내 엄지발가락을 감싸 쥐던 돌바닥의 차가운 손가락도 아직 날 놓아주지 않은 채였다.

그녀는 우아하게 향기를 거느리고 몸의 방향을 틀었다. 그리고 탁자 위에 놓아두었던 검은 악어가죽 백을 뒤져 담배를 찾으며 초여름의 빛 속에서 대답했다.

"다음 플레이는 내일이야."

나는 차디찬 수돗물이 심장으로 흘러드는 소리를 들었다. 우묵한 욕조 같은 심장이었다. 그곳에 요시히로가 알몸으로 웅크리고 있다.

"당신의 대본은 틀렸어요! 처음부터 진실을 알지 못했으니까. 그들이 당신에게 진실을 말할 거라고 생각했나요? 왜? 달빛 아래선 누구나 거짓말을 해요. 사람들은 착각을 좋아하니까…. 당신은… 속았어요, 당신은… 틀렸어요!"

깨어진 채 고여 있던 마음이 피 묻은 유리파편처럼 튀어나왔다. 하지만 미끄거리고 투명한 막을 씌운 듯, 그 파편들은 미나 선생님을 비껴나가 힘없이 카펫 위로 떨어져 내렸다.

"이번 고객은 근사한 성형외과 전문의야. 별로 심각한 건도 아니고. 류 정도면 그냥 즐기면서 할 수 있을 거야."

나는 고개를 저었다. 그리고 천천히 한 글자씩, 그녀와 나를 향해 말했다.

"이제, 플레이는, 하지, 않아요."

이 말만은 견고한 막을 뚫고 들어가 그녀의 피부를 찔렀는지, 미나 선생님의 몸이 흠칫 떨리더니 토하려는 사람처럼 가슴을 움켜쥐고 반으로 푹 접혔다. 다음 순간 그녀가 토해낸 것은 웃음이었다.

플레이를 하지 않겠다고? 그럼 너 따위를 누가 사랑한단 말이지? 네 머리카락을 봐, 넌 이제 달빛과 특별한 고객들이 없으면 존재하지 못해….

내가 내뱉은 터무니없는 단어들을 흔적도 없이 묻어버리려는 듯 단단한 벽돌 같은 웃음소리가 끝도 없이, 목이 쉴 때까지 그녀의 날렵한 허파로부터 쏟아져 나왔다.

달빛이, 거짓말이 마음에 들지 않아? 왜? 지나치게 상냥해서? 진실만큼 비열한 건 없어, 진실 안에서 사랑받을 수 있는 사람도 없고! 요시히로도 보랏빛 머리카락에 감싸인 너를 사랑하는 거야…. 그 착각이 사라지면…, 넌, 너인 채론 아무것도 아니야!

너는 날 떠날 수 없어, 어디로도.

그녀가 토해낸 벽돌 위에 쓰여진 메시지들은 너무나 선명해서 고개를 흔들 수도 없었다. 그것들은 잔인하고 견고한 기도문처럼 나를 통과했다.

한참 뒤, 웃음이 멎었고 미나 선생님은 또 다른 색깔의 목소리를 꺼냈다.

"용재는 3년간 나의 뮤토였어. 그를 원하는 고객들이 너무 많았기 때문에 용재는 수없이 많은 플레이를 해야 했지만 단 한 번도 에너지가 떨어지거나 고객의 페이스에 휘말린 적이 없었어. 그야말로 완벽했지. 그런데…, 그날, 거울 밖으로 걸어나갔어."

미나 선생님은 피 묻은 유리파편을 집어 들듯 애써 눈을 깜박이며 이야기했다. 그녀에게도 용기를 내어 기억해야 할 무언가가 있다는 것이 믿을 수 없었다.

"한 노부부의 의뢰를 받았지. 교토 대학을 졸업하고 기업에 갓 입사한 외아들이 어느 날 갑자기 행방불명이 되어버린 거야. 실종 신고를 내고 10년 넘게 경찰수사를 벌였지만 아들의 행방은 묘연했어. 노부부가 원하는 것은 아주 간단했어.

'아들이 고등학교에 들어가던 무렵부터 우리가 그의 얼굴을 볼 수 있는 시간은 유일하게 아침 식탁뿐이었지요. 후루룩 미소시루를 마시고는 '다녀오겠습니다'…. 하지만 그 몇 분 동안 아들을 보는 것이 우리의 나머지 23시간 55분을 지탱해왔다는 걸, 아들이 사라지고 나서야 알았어요.'

노부부는 70일 동안만 뮤토가 그 '아침의 아들' 장면을 연기해주길 바랬어. 일주일에 1년씩, 아들이 사라진 세월을 보상받으려는 것 같았어. 기간이 긴 만큼 그들이 플레이의 대가로 제시한 액수도 엄청났어. 상황이 조금 독특하긴 했지만 용재는 플레이를 시작했지. 69일 동안은 완벽했어. 용재는 그들이 살고 있는 요요기의 집 열쇠를 받았고 극단 연습이 끝나면 밤늦게 부부가 잠든 새 맨션의 문을 열고 들어가 아들의 방에서 잠을 잤어. 이따금씩 그들이 새벽에 잠이 깨어 살그머니 문을 열고 아들이 어디에도 가지 않고 그 방에서 자는 모습을 확인할 수 있도록.

  방은 조용하고 아늑해서 그의 마음에 들었지. 그리고 아침에
어머니가 부르는 소리가 나면 식탁에 앉아 5분 정도 무뚝뚝하
고 바쁜 아들 행세를 하기만 하면 되었지. 매주 일요일 아침이
면 식탁 위에 놓여 있는 탁상 달력이 1년 뒤로 넘어가 있었어.
정확히 1주일에 1년씩, 노부부는 깜짝 놀랄 만큼 젊어졌어. 아
버지는 손을 놓아버린 분재 일을 다시 시작했고, 어머니는 흰
머리가 눈에 띄게 줄어들어 아들이 사라지기 전의 삶으로 감쪽
같이 돌아간 것 같았지. 모든 것이 너무 쉬웠기 때문에 용재는
함정에 빠져들었어. 그들을 사랑해버린 거야. 70일째 플레이
의 마지막 날이었고, 일요일 아침이었어. 어머니가 식탁에서
막 일어서는 그의 소매를 잡았지.

  '오늘은 일요일이잖니. 오늘도 회사에 나가야 하는 거야?'

  용재는 마음이 흔들렸어. 69일을 함께 지냈으니 이제 그들도
'나'를 사랑하지 않을까? 설령 내가 진짜 아들이 아니라는 걸
알아차린다 해도 이대로의 나를 받아들여주지 않을까?

  '오랜만에 아버지랑 셋이 산책이라도 하지 않으련? 날씨도
이렇게 좋은데….'

  그에게 허락된 대사는 오직 한 마디, '다녀오겠습니다'뿐이
었어. 무엇을 물어도, 어떤 말을 들어도 아무 대답 없이 귀에
이어폰을 꽂은 채 무뚝뚝하게 밥을 먹고 나오면 되는 거였어.

뮤토들은 특별하지만 강하진 못하기 때문에 늘 사랑을 갈구하지. 아무리 보잘것없는 사랑이라도.

셋은 가까운 공원으로 산책을 나갔어. 엘리베이터를 탈 때까지만 해도 모두가 행복에 젖어 있었지. 하지만 10분, 20분, 시간이 흐를수록 부부는 말이 없어졌어. 그들은 아들의 손을 잡고 집을 나설 때만 해도 몸 안쪽을 채우고 있던 완벽한 공기의 온도와 습도가, 공원에 들어서는 순간 비틀리고 역류하는 것을 느꼈어. 한낮의 햇빛 속에서, 일주일에 1년씩 시간을 역류하는 항해를 견디던 귓속의 작은 진공관이 파열하면서 무시무시한 멀미가 그들을 덮쳤지. 난파하는 배 위에 선 노부부가 식은땀을 흘리며 몸을 흔들기 시작했어. 눈동자는 초점이 조각 나 이리저리 흩어져 나뒹굴고 있었지.

용재는 상황을 파악했어. 재빨리 그들의 기억을 다시 불러내고 플레이를 안정적인 궤도에 올리려 했지만 어디에도 거울은 없었고 공원의 햇빛은 너무나 밝아서 어떠한 그림자도 만들 수 없었어. 2미터에 가까운 크고 건장한 흑인 사내가 고스란히 드러나자 어머니가 비명을 지르기 시작했어.

'당신은 누구지요?'

용재는 그녀의 손을 잡았지만 그녀는 있는 힘을 다해 그의 손가락들을 뿌리치며 입술을 떨었지.

'누구냐고요! 왜 우리와 함께 있는 거예요?'

그 공원의 가로등엔 아직도 아들을 찾는 전단지가 붙어 있었지. 그 전단지를 보자 아버지는 푹 고꾸라질 듯 가로등을 향해 손을 뻗었어. 가로등을 잡고 한참 만에 몸을 일으킨 아버지의 얼굴은 용재가 10주 동안 되돌린 10년 세월을 다시 고스란히 입고 있었지.

'당신이…, 내 아들을 죽인 겁니까?'

용재는 울컥 치밀어 오르는 심장을 다시 삼켜야 했어. 상처 입은 심장에선 타고 남은 재 맛이 났지. 그를 보호해줄 수 있는 건 아무것도 없었고 슬픔과 충격으로 용재는 그들 앞에 무릎을 꿇었어. 그의 69일과 사랑은 아무것도 아니었어. 달빛과 거울과 그림자가 없는 그를, 상처 입은 인간이 사랑할 리 없었어. 부부는 사람들로 가득한 공원에서 큰 소리로 용재의 가슴에 시뻘건 낙인을 찍었지.

'살인자! 살인자! 이 흑인이 내 아들을 죽였어!'

그리고 용재가 대본에 없는 대사를 했어…."

그녀는 무릎 꿇은 용재의 뺨을 어루만지듯 한 번 더 웃었고, 다시 시작했다.

"다음 플레이는 내일이야. 내가 3시에 호텔 주차장에서 기다리고 있을게. 대본은 밤에 팩스로 전달될 거야."

나는 그녀의 눈을 똑바로 바라보았다. 그녀는 나를 마주 바라보았다. 그녀의 눈동자 속에서 절망적일 정도로 아름다운 무언가가 날개를 폈다. 연습실에서 처음 나를 알아보고, 평범한 여자아이를 물로 씻어 내리고, 내 머리카락에 한 올도 남김없이 보랏빛 불을 질렀던 그 솔개였다. 그 날개가 퍼덕이며 고도를 높이고는 내게 말했다.

'너는 날 떠날 수 없어, 어디로도!'

수요일 낮 시간이라 기차의 좌석은 거의 비어 있었다. 짙은 파란색 벨벳으로 감싸인 의자의 목받이 부분에 하얀 직사각형 천이 덮여 있고 그 위에 보청기 광고 문구가 박혀 있다. '단지, 당신의 마음을 더 잘 듣고 싶을 뿐' 내 앞으로 주욱 비어 있는 좌석의 등받이들이 서로를 가려 광고 첫 마디만이 메아리처럼 반복되고 있다. 단지, 단지, 단지…, 난, 단지….

처음 엄마의 미용실에서 미나 선생님을 만났던 순간부터 10년이 흘러 있었다. '뮤토'가 되기 전, 견습생 시절의 3년, 그리고 7시간 같기도 하고 70년 같기도 한 뮤토의 7년.

기차가 멈추는 간격이 점점 길어졌다. 도쿄를 벗어나자 창밖 풍경은 무대 가장자리처럼 점차 단조로워졌다. 대충 붓질한 초록색 배경과 성의 없이 선만 그은 집들은 누구도 눈여겨보지 않는 자신의 배역에 편안히 눌러앉아 있었다. 변두리가 깊어지자 멎지 않고 그냥 지나치는 역도 늘어났다. 도쿄에서는 3분마다 멎었다. 이바라키를 통과할 즈음에는 20분에 한 번씩, 이젠 45분을 기다려서야 정차역 안내방송이 나온다. 이대로 가다가는 자정쯤엔 멈추지 않은 채 영원히 달리는 지점이 나올지도 모른다. 어딘가에선 내려야 한다. 나는 내가 내릴 역이 나올 때를 기다렸다.

오오카게무라. 커다란 그림자의 마을. 그 표지판이 멀리서 눈에 들어오자 나는 가방을 집어 들었다. 그날 새벽 세면도구와 가장 수수하고 구김이 가도 좋은 옷 몇 벌만을 챙겨 나는 꼭대기 층 스위트룸을 나왔었다. 보라색 머리카락을 늘어뜨리고 불러야 할 노래들은 다 불렀다. 방문은 태엽이 풀린 오르골 상자처럼 '달칵' 하고 등 뒤에서 닫혔다. 무수한 황금돌기들을 품은 채.

떠나시는 겁니까?

스위트룸을 나서기 전, 나는 처음 미나 선생님을 따라 호텔에 오던 날 입고 있었던 옷을 옷장 깊숙한 구석에서 찾아 입었다. 구깃구깃해지고 목둘레와 소매에 희미하게 곰팡이가 피어 있었지만 다행히 7년 전의 그 옷은 나를 기다리고 있었다. 흰색 진 바지와 '눈사람의 날' 포스터가 박힌 티셔츠였다. 7년 전의 그날과 똑같았고, 모든 것이 달랐다. 두 장의 카드는 봉투에 넣어 프런트에 반납했다. 호텔 스위트룸의 카드 키와 뮤토에게 어울리는 물건들을 사들이기 위한 크레디트 카드였다. 그리고 화장대 서랍에 들어 있던 호텔 편지지에 간단한 메모를 남겼다.

'보랏빛 머리카락도, 대본도, 특별한 고객도 없는 곳으로 가요. 거기서 내가 나인 채 사랑받을 수 있는지 확인할 수 있겠죠.'

"미나 선생님께 전해주시기 바랍니다."

머리를 단정하게 뒤로 묶고 있는 프런트 직원에게 봉투를 건네며 말하자 그녀는 잠시 양해를 구하고 어딘가로 전화를 걸었다. 1분도 채 되지 않아 지배인이 프런트 뒤쪽의 문을 열고 나타났다. 처음 욕실 문을 열어 도쿄타워를 보여주던 그 지배인이었다. 그는 내가 내민 봉투를 보더니 조금 길게 눈을 감았다 떴다. 눈동자를 타고 잠시 어딘가로 다녀와야 할 곳이 있는 것 같았다. 용무를 마치고 돌아온 정중한 동공이 날 상처 나지 않게 가만히 만졌다.

"떠나시는 겁니까?"

나는 고개를 끄덕였다. 그는 함께 고개를 끄덕인 뒤 허리를 굽혀 인사했다. 이토록 간절하게 몸을 숙이는 법을, 그는 어디서 배운 것일까.

⁂ ⁂ ⁂

열차는 내가 내리자마자 마치 기관차의 실수로 멎었다는 듯 서두르는 기색이 역력하게 떠나 버렸다. 나도 마치 실수로 잘못 내린 양, 무인역의 티켓박스에 열차표를 반쯤 넣다가 다시 꺼냈다.

네코마마는 내 이야기를 들어주었다. 놀랍게도 나는 7년간 내가 해온 플레이들을 하나도 빠짐없이 기억하고 있었다. 문신처럼 그것들은 희미해지지도, 바래지도 않은 채 내 살갗 위에 남아 있었다.

절대로 문을 닫지 않는 카레의 가게에서 늦은 아침 겸 점심을 먹고 나면 네코마마와 나는 함께 천천히 모래 길을 걸어 기차역으로 갔다. 그 기차역의 나무벤치가 이 마을의 유일한 카페였다. 비가 오는 날도, 바람이 거세게 부는 날도, 우리는 카레를 먹고, 낡은 나무벤치에서 이야기를 했다.

네코마마가 보온병에 따뜻한 보리차를 담아오는 날이 많았다. 아니면 카레에게 부탁해서 인스턴트커피 가루를 뜨거운 물에 타, 보온병에 넣어 갖고 오기도 했다. 컵은 보온병의 은색 뚜껑이 전부였으므로 우리는 한 모금씩 번갈아가며 마셨다. 이따금씩 리에가 커다란 가방을 들고 코우지의 손을 잡고 역으로 와, 우리와 합석했다. 우리는 은색 보온병 뚜껑을 셋이 돌려가며 마시면서 함께 리에의 남편이 돌아오기를 기다렸다.

거울이 있던 자리

　어느 아침, 얼굴을 씻다가 아주 놀라운 사실을 발견했다. 개수대 앞에 거울이 없었다! 오오카게무라에 내려 머문 지 90일이 가까워지던 날이었다. 그렇게 긴 시간 동안, 다른 것도 아니고 거울의 부재를 내가 알아채지 못했다는 사실에 놀라, 한동안 숨을 멈춘 채 거울이 응당 걸려 있어야 할 자리를 나는 뚫어지게 바라보았다. 차라리 네 이름을 잊어버렸다고 말해봐.

　빛바랜 벽지 위엔 못을 박았다가 빼어낸 녹슨 구멍 두 개와, 사진들을 붙였다가 떼어낸 듯 크고 작은 네모난 얼룩들이, 서로 미묘하게 다른 각도와 농도로, 그러나 이제는 얼룩일 뿐인 채로, 남아 있었다. 10년 전의 맹세.

　나는 얼굴을 마저 씻고 타월로 물기를 닦고는 다시 한 번 그

자리를 바라보았다. 사진 몇 장의 얼룩으로 남은 내 얼굴이 보였다. 나는 고개를 끄덕이고, 설탕이 녹기를 기다려 그 '거울 자리'를 떠났다.

지난 7년 동안, 눈을 들면 어디에나 거울이 있었다. 세 면의 벽이 거울로 둘러싸인 츠키의 연습실은 물론, P호텔의 입구부터 복도, 엘리베이터 안, 내가 머물던 스위트룸의 거실과 침실, 욕실의 한쪽 벽면도 거울이 채우고 있었다.

거울이 있어야 했다. 플레이를 할 때, 특히 헤어 플레이를 할 때는 거울 속의 모습만이 현실이다. 만약 플레이를 할 장소에 거울이 없다면 미나 선생님의 차 뒷좌석에 항상 실려 있는 커다란 사각 거울을 들고 갔다.

'고객'은 내 손끝으로 완성된 스스로의 모습을 보아야 한다. 그 순간이 플레이의 하이라이트이며 목적이었으므로. 사람들은 언제나 그 거울의 현실 속에서 눈을 떼지 않은 채 미나 선생님의 번호를 눌렀다. 완벽한 순간의 공기가 식기 전에 "감사합니다."라고 말하기 위해서. 이 속에 내가 원하는 것이 있군요. 감사합니다.

'달은, 그 자체로는 아무것도 아니야. 상대역이 없으면 우린 어떤 것도 될 수가 없어. 누군가가 되쏘아주어야 우리는 비로소 '그것'이 되지…'

이곳에선 누구도 거울에 제 모습을 비춰보지 않는다. 생각해 보니 이상하리만치 이 마을엔 거울이 없다. 하지만 나처럼 누구도 그 사실을 눈치 채지 못하는 듯했다. 내가 이 역에 내리던 날을 잊은 것처럼, 나는 거울을 보던 기억을 잊었다.

우리는 그저 보이는 대로 서로의 모습을 보았다. 아무것도 없는 풍경도 보았다. 그 속에 내 모습이 있었다. 텅 빈 바닷가의 모래 속에서, 벤치에 앉아 있는 리에의 뒷모습에서, 카레의 들척지근한 카레국물 위에서 어룽어룽한 그림자를 보고 고개를 끄덕이면 그만이었다.

스스로의 모습에 집중하는 사람은 없었다. 사무치는 기억 같은 것도 없었다. 그저 적당히 거짓말을 하고, 그러니까 용서할 것도 없이 서로를 바라보았다.

그리고 어느 날, 리에의 남편이 돌아왔다.

리에보다 더 커다란 가방을 들고.

가을이 무르익어 네코마마와 함께 무릎담요를 덮고 역 벤치에서 이야기를 나누고 있던 참이었다. 한동안 역에 모습을 보이지 않던 리에가 변함없이 긴 머리를 묶어 늘어뜨린 채 가방을 들고 우리가 앉아 있던 벤치로 다가왔다. 나와 네코마마는 늘 하던 대로 그녀가 앉을 수 있도록 조금씩 움직여 벤치 끝을 내주었다. 그날 네코마마의 보온병엔 코코아가 들어 있었다.

"어서 와, 이젠 꽤 쌀쌀하지?"

리에는 그녀가 내미는 코코아가 든 은색 뚜껑을 받아 소중히 쥐고 마셨다. 리에가 다 마시고 나자 네코마마는 다시 한 잔을 따라 코우지를 불렀다.

"코우지, 이리 와봐. 아주 맛있는 코코아를 줄게!"

역 중앙의 기둥을 신발 코로 툭툭 치며 돌고 있던 코우지가 어깨를 잔뜩 웅크린 채 다가와 김이 모락모락 나는 컵을 받았다. 어린 사내아이가 코코아를 불어가며 마시는 모습은 언제 봐도 따뜻하다. 네코마마와 리에와 내가 아이를 바라보고 있는데 등 뒤에서 누군가가 성큼성큼 다가오는 발소리가 들렸다.

카레였다. 리에의 가방보다 훨씬 큰 가방을 들고 목에는 머플러를 두르고 있었다. 서둘러서 달려온 듯 어깨로 거친 숨을 들썩였다. 붉게 상기된 얼굴 때문인지 처음 보는 구두차림 때문인지, 가게 안에서 에이프런을 두르고 슬리퍼를 끌며 카레를 끓이던 때보다 훨씬 키가 커 보였다. 그를 보자 리에가 조용히 일어나 한 손에 가방을 들었다.

"갈게요. 남편이 돌아왔어요…."

기차의 차창 밖으로 보이는 리에의 옆얼굴은 아름다웠다. 그녀의 어깨를 감싸 안으며 카레가 그 옆에 앉았다. 맞은 편 의자에 앉자마자 코우지가 무언가를 열심히 골라내기 시작했다.

"저 아이들은 상파울루로 갈 거야…."

네코마마가 막 떠나려는 기차 옆에 서서 손을 흔들며 혼잣말처럼 중얼거렸다. 나도 함께 카레와 리에에게 손을 흔들며 고개를 끄덕였다. 네. 그곳이 어디든, 카레는 리에를 그의 상파울루로 데려갈 거예요. 심연으로 뛰어든 남자들과 여자들이여, 창틀에 대고 울던 비 내리는 날들이여….

기차는 떠났고 우리는 다시 벤치에 앉았다. 네코마마는 아무 일도 없었다는 듯 말보로 레드에 불을 붙였다.

"저 아이들도 어느 날 이 마을에 나타났어. 표도 없이. 내가 기차역 검표도 하거든. 이 마을 인구 점검도 내 일이니까 매일 저녁 기차역의 티켓박스를 열어봐. 최근 3개월 동안 그 박스에 표가 들어 있는 적은 한 번도 없었어. 하지만 그동안 세 명이 이 마을에 흔적 없이 내렸지. 카레, 리에, 그리고 너."

"그래서 내가 보고하는 오오카게무라의 현 인구는 1년 전부터 83명이야. 내가 부임하던 5년 전에는 85명이었는데 지난해에 갑자기 2명이 세상을 떠났거든. 이 역에 내리지도 않은 세 녀석들을 인구수에 포함시킬 수는 없어. 스스로 이곳에 없다고 여기는 사람들은 있어도 없는 거니까. 이 마을 길고양이 수를 일일이 보고하지 않는 것처럼.

카레가 가장 먼저 도착했지. 처음 한동안은 나도 몰랐어. 그런데 마을 노인들 얘기가 언제부턴가 예전에 바닷가 횟집자리에 불이 켜져 있다는 거야. 나는 보통 마을 안쪽, 상가 쪽 길로 방문 루트를 도니까 바다 쪽은 가볼 기회가 별로 없었거든. 도시 사람들이나 바다에 바싹 붙어 있지 못해 안달을 하지. 정작 바닷가에 사는 토박이들은 바다와 멀리 떨어져 살수록, 바닷바람을 안 쐴수록 부자야. 아무튼, 그 얘기를 듣고 그날 저녁때 산책 삼아 가봤더니 정말로 오랫동안 버려져 있던 허름한 가건물에 환하게 불이 켜져 있고 문틈으로 김이 모락모락 새어 나왔지.

묘하게 기쁘더라고. 난 꼭 '센과 치히로의 행방불명'에 나오는 치히로가 된 것 같았어. 뭔가를 훅 건너뛴 것 같았다고 할까…. 그런데 안쪽에서 '탁탁탁탁…' 도마 위에서 야채를 써는 소리까지 들리자 그만 참을 수 없어져서 "실례합니다." 하면서 문을 열어버렸지.

그 뒤론 네가 본 그대로야. "어서 옵쇼!" 하고 도쿄 한복판에 있는 카레식당 주인처럼 기세 좋게 그 커다란 남자가 날 맞았지. 마침 배도 고팠고, 카레를 주문해서 먹었어."

여기까지 말한 뒤, 네코마마는 장난꾸러기처럼 킥킥거리며 웃었다.

고요한 절름발이가 눈을 감고 추는 춤

"지독히도 맛없지, 안 그래? 내가 맹세하는데, 그 녀석 카레라는 걸 난생 처음 끓여본 걸 거야. 야채는 따로 볶아야지. 그리고 나중에 카레를 끼얹는 거야. 그래야 그 들척지근한 맛이 카레에 배어 나오질 않아. 기본이야. 그래도 물어는 보더라고. '양파, 넣을까요?' 바보 녀석…."

그녀는 말하는 내내 그 커다란 녀석이 귀여워 죽겠다는 얼굴이었다.

"그리고 며칠 있다가 리에가 도착했어. 그 녀석은 도착하던 그날 내 감시망에 걸려들었지. 정부에서 지급한 모기향을 나눠주려고 마을을 돌고 있는데 피아노 소리가 들리는 거야. 이 마을에서 피아노가 있는 곳이라고는 옛날 교회가 있던 자리밖에 없거든. 그 건물의 뒷문을 열고 들어가니 누군가가 앉아서 '레'와 '시'가 빠져버린 건반으로 드뷔시의 '달빛'을 연주하고 있었어. 그리고 피아노 옆 큰 가방 위에는 어린 사내아이가 앉아서 멍하니 천정을 바라보고 있었지.

레와 시가 빠진 '달빛' 들어본 적 있어? 고요한 절름발이가 눈을 감고 추는 춤 같아. 목이랑 무릎이 시큰거려. 그걸 들으면서는 뻣뻣하게 서 있을 수가 없는 거야. 나는 성가대 석에 주저앉아서 흐느적거리면서 피아노 연주가 끝나기를 기다렸어. 리에는 몽유병자처럼 같은 곡을 세 번이나 되풀이해서 연주했어. 내 말 들려? 듣고 있는 거야? 손가락으로 소리치고, 또 소리치고…. 듣는 내가 목이 쉬어버렸지. 세 번째 연주가 끝나고 손가락을 건반에서 내리는 걸 보고 다가가서 그 손을 잡았지. 그대로 그녀랑 아이를 데리고 카레를 먹으러 갔어. 이 마을에 달리 어디도 갈 데가 없었거든. 내가 누군지 물어보지도 않고 고분고분 내 뒤를 따라 오는 모습이 꼭 길 잃은 고양이들 같았어. 누군가 집에서 애지중지 키우던 고양이들 말이야.

카레는 단숨에 리에 모자와 사랑에 빠져 버렸지. 하지만 너도 봤다시피 코우지는 말을 못하는 아이고, 리에는 자신이 알고 있는 이야기밖에는 하지 못하는 아이지. 그래서 카레가 리에를 위해서 이야기를 만들어낸 거야. 뚝딱뚝딱 집을 지어주듯이, 여기에 저런 모습으로 있는 그녀를 담아줄 예쁘장한 이유를 지어준 거지. 그 이야기 안에서 리에는 아름답지. 사랑받았던 여자. 카레는 그 이야기를 나에게 들려주고 나서 물었어. '리에가 이 이야기를 좋아할까요?' 바보 녀석….

그 녀석은 이야기를 지어내는 솜씨도 영 신통치가 않아. 그 브라질 타령만 해도 그래. 내가 보기엔 그 머리카락이랑 코 생김새로 보아선 브라질 쪽이 아니라 유태계 쪽 피가 섞인 것 같던데….

교회 옆에 조그맣게 딸린 목사 관저에서 말 못하는 아이와 조용히 지내면서 낮에는 피아노를 치는 게 리에의 일과였어. 그리고 이따금씩 그렇게 아주 떠나는 것처럼 코우지의 손을 잡고, 여행가방을 들고 카레의 가게에 들러 카레를 먹고는 기차역으로 가곤 했지.

내가 리에한테 피아노를 배웠다는 건 거짓말이 아니야. 그 녀석, 어디선가 피아노 선생님이었던 게 틀림없어. 피아노와 적당한 거리를 두고 의자에 앉는 법, 건반 위에 손가락 올려놓는 법부터 차근차근 가르쳐주는 품이 아주 능수했거든.

내가 카레도 먹여주고 이것저것 약들이랑 아이 과자 같은 것도 가져다주고 하니까 고마웠던지 어느 날 피아노를 치다가 느닷없이 내가 앉아 있는 쪽으로 고개를 돌리더니 손짓을 하더라고. 난 매일 아침 세대방문이 끝나고 나면 성가대 석에 앉아서 리에의 피아노 리사이틀을 감상하곤 했었거든. 연주가 아주 훌

룽하진 않았지만 중독성이 있었어. 순수하고 몽롱한 느낌. 그녀의 손짓에 나는 맥없이 그녀 옆에 가 앉았지.

'피아노와 배꼽 사이에 주먹 두 개가 들어갈 만큼 떨어져 앉으세요.'

이게 내가 리에에게서 들은 첫 마디였어. 벙어리가 아니더라고. 처음엔 둘 다 말을 못하는 모자라고 생각했었어. 아무런 말이 없었지. 내가 리에에게서 피아노 레슨을 받았다고 하니까 카레가 신이 나서 지어준 이야기가 바로 네가 들은 그 스토리야.

6년 전에 이 마을에 기름 유출 사건이 난 건 맞아. 하지만 그건 내가 나중에 들려준 사실이고, 그때 이 마을엔 두 녀석 중 누구도 살고 있지 않았어."

달빛이, 거짓말이 마음에 들지 않아? 왜? 지나치게 상냥해서? 진실만큼 비열한 건 없어. 진실 안에서 사랑받을 수 있는 사람도 없고….

표식이 없어도 사랑받을 수 있는

츠키에서 뮤토로 살아가는 동안 나는 조금씩 공중으로 들어 올려졌다. 미나 선생님이 나를 위해 쓴 7년 분량의 대본 속에 는 시소가 등장한다. 시소 저울의 한쪽 접시 위에 보랏빛 머리 카락을 휘날리며 내가 앉는다. 미나 선생님은 내게 영국제 장 미 한 다발과 카드 두 장을 건네며 연극의 시작을 알린다.

"어때, 영혼을 팔기에 좋은 날이지?"라고 그녀가 외치면 니 는 빵 접시만 한 저울을 딛고 일어나 위태롭고도 위태로운 춤 을 춘다. 한 번의 춤이 끝날 때마다 미나 선생님은 마제라티를 몰고 등장해, 내가 앉아 있는 접시 반대편 접시 위에 작은 구슬 을 하나씩 얹어놓고 사라진다. "너는 타고난 뮤토야." 구슬은 낯이 익다. 고등학교 2학년 때 맨 처음, 엄마의 미용실에서

'특별한 손님'이라는 말을 듣던 순간 내 뇌 벽을 '타앙⋯.' 하고 울리던 룰렛 판 위의 그 구슬이다.

미나 선생님은 노련한 손끝으로 나를 땅 위의 삶으로부터 떼어냈다. 미세하게, 내가 눈치 채지 못하도록, 그래서 내가 겁을 먹고 무대 위의 시소에서 뛰어내리지 못하도록, 달이 차고 기우는 만큼씩만. 그런데 어느 순간 문득 시소는 휘청거렸고 겁에 질린 나는 내려오려고 했지만 내가 춤을 추던 저울판은 이미 너무 높이 올라가 있었다. 현기증이 났고 땅을 그리워했다. 두려움과 흙의 세상은 남루한 것이고, 그걸 느끼지 않으려면 두 번 다시 아래를 쳐다보지 않으면 된다고 미나 선생님이 P호텔의 스위트룸에서 가르쳐주었다.

나의 맞은편 접시 위에 수북이 쌓인 룰렛 판의 구슬들을, 이젠 네코마마가 하나씩 집어 역 앞에 펼쳐진 바다 속으로 던져버리고 있었다. 다 허물어져가는 무인역 나무벤치 위에서. 나의 시소는 조금씩 땅 위로 내려오고 있었다. 이젠 땅을 바라봐도 무섭지 않았다. 그냥 훌쩍 뛰어내려도 다치지 않을 것 같았다. 그저 신발과 옷깃에 흙이 묻어 남루해질 뿐이다.

리에와 카레마저 떠나고 난 오오카게무라는 피아노 소리와 카레 냄새의 기억이 점점 희미해지면서 더욱 텅 비어갔다. 아침에 한 번, 저녁에 한 번 서는 기차에서는 아무도 내리지 않았고 아무도 타고 떠나지 않았다.

마지막 한 마리 남은 길고양이가 된 나를, 네코마마는 무심히, 마음을 다해 돌보아주었다. 나는 아주 오랜만에 무대조명을 끄고 이야기하는 즐거움을 맛보았다. 일상적이고, 사소하고, 달빛의 힘을 빌지 않은, 모두가 아는 낮과 땅 위의 세계. 특별한 고객도 없고 달의 룰도 없이, 시시하고 그냥 아무렇지도 않게 흘러가는 삶. 표식이 없어도 사랑받을 수 있는, 선택되지 않은 고양이들의 나날.

나무판이 뒤틀리고 칠이 벗겨진 나무벤치 위에서 미나 선생님이 써준, 크리스털 같던 대사들이 응집력을 잃고 물처럼 흘렀다. 네코마마는 줄곧 오른손으로 내 머리카락을 쓰다듬으며 바닷바람에 엉킨 곳을 풀어내어 이야기들이 곧은 줄기를 타고 흘러내리도록 해주었다. 두려움 없이, 망설이지 않고.

영혼을 팔기에 좋은 날

"머리카락이 참 기네…."

네코마마가 이렇게 말해주기 전까지는 머리카락조차 잊고 있었다. 그것은 거울의 부재를 잊었던 것과는 비교도 할 수 없을 만큼 놀라운 일이었다. 블러드 로열을 받아들던 그 밤 이후로, 머리카락과 나는 한시도 서로를 잊은 적이 없었다. 길을 걸을 때도, 침대 속에서 뒤척일 때도 푸른 그것은 막 새긴 문신처럼 뜨겁게 화끈거리며 내가 누구인지를 일깨웠다. 7년 동안 머리카락을 자른 적이 없었다. 끝을 다듬은 적조차 없었다. 손가락이 길다고 그 끝을 자르지 않는 것과 같았다. 맹세할 필요도 없이 우리는 달밤에 서로를 삼킨 보아뱀이었다. 머리카락과 나는…, 한시도 서로를 잊은 적이 없었다.

"실은, 이 머리카락, 제 것이 아니에요."

네코마마는 웃었다.

"오, 그래? 그럼 누구 것이지?"

이 머리카락들을 0.35밀리미터씩 밀어낸 것은 나의 영혼이 아니다. 나의 기억들이 아니다. 낯선 이들의 삶 속에 박힌 갈망과 결핍의 순간들, 달빛 속에서 미나 선생님이 써준 대사들, 10초 정도 지속되는 거울 속 완벽한 세상의 것이다.

"팔아버렸거든요, 다…. 영혼을 팔기에 좋은 날에…."

네코마마는 고개를 끄덕이며 말보로 레드에 불을 붙였다.

"그랬구나…."

⁂ ⁂ ⁂

'눈사람의 날'은 결국 초여름쯤에야 무대에 올랐다.

그 최종 리허설이 치러지던 대학로 극장의 객석엔 미나 선생님과 즈키의 단원들이 앉아 있었고 무대 위엔 요시히로와 용재, 내가 서 있었다. 하루히가 지독한 감기에 걸렸기 때문에 내가 그녀의 대역으로 리허설 무대에 섰다.

"류짱, 오늘 하루만이야…. 나, 오늘 밤에 깨끗이 나을 테니까…."

하루히는 무도회에 가는 친구에게 마지못해 터키석 목걸이를 빌려주는 소녀처럼, 열로 달아오른 뺨을 손바닥으로 감싸 누르며 내게 다짐을 받았다.

무대 위의 우리들은 흰 바탕에 검은 선으로 눈사람 셋이 그려진 기념 티셔츠를 입고 있었다. 실제 공연처럼 의상을 갖춰 입고 하는 것이 최종 리허설이었지만 하루히의 몸에 딱 맞게 만든 의상은 내겐 터무니없이 작았다. 나만 다른 의상을 입으면 극의 몰입도가 떨어진다. 그래서 셋 다 마침 배달되어 온 기념 티셔츠를 입기로 했다. 나는 그 셔츠가 마음에 들었다. 내가 연습실 바닥이 아닌 무대 위에 선 첫 공연이기도 했다. 그리고 그 셔츠를 입고 요시히로와 용재와 함께 삼각점을 이루며 서 있으면 내 앞에 흰 문과 검은 문이 열렸다.

하얀 문을 열고 들어간다. 오후의 공원 같은 평화. 요시히로가 순백의 햇살 속을 걸으면 크림색이 있다. 소프트 아이스크림과 비둘기의 색. 그가 웃으며 달린다. 포플러 나무의 노랑연두빛 잎사귀들이 풀색 바람을 맞는다. 서늘한 키스, 물빛은 찰랑거린다. 장 뤽 고다르의 담배 연기, 자연스럽지 않지만 흠 없이 완벽한 세상, 청록으로 깊어지는 그곳에서 요시히로가 입술을 깨문다. 살갗을 마주 대야만 느낄 수 있는 떨림. 옅은 핏빛이 섞여, 보라색의 스펙트럼이 시작된다.

검은 문을 연다. 그 문을 열었는지조차 잊게 만드는 완벽한 어둠의 세계다. 검고 완벽한 심장으로부터 용재가 걸어 나온다. 그가 이끌고 걷는 세상은 한 톤 밝은 초콜릿 빛깔이다. 오, 서누, 서누…. 스스로의 힘을 알고 있는 그는 기억을 압도한다. 타오르고 뜨거운 모든 것이 그의 것이다. 붉은 물감처럼 휘두르던 존재의 권력도 나약하기 짝이 없다. 용재가 그곳에서 무릎을 꿇고 눈물을 흘린다. 푸른 물빛이 섞여, 보라색이 시작된다.

그리고 그 보라색의 경계에 내가 서 있다.

뮤토였던 자, 뮤토인 자, 뮤토가 무엇인지 모르는 자. 그들은 뫼비우스의 점들처럼 서로를 바라보며 서 있었다. 뮤토였기 때문에 슬펐던 자, 뮤토이기 때문에 매번 두려워하는 자, 뮤토가 무엇인지 몰라 '그것'을 시작한 자….

결국 우리는 모두 삶을 좋아했던 것이 아닐까. 변덕스럽고, 난폭하고, 불친절한 이 세상의 순간들이 좋아서 어디로도 가지 못하고 가슴을 찢으며 자꾸만 자꾸만 그 장면 속으로 뛰어들었던 것이 아닐까, 추억보다 깊은 강, 사랑보다 뜨거운 노래를 느끼고 싶어서, 영혼을 팔아서라도….

"무겁지 않아? 내가 좀 잘라줄까?"

그날 아침, 역 벤치에 앉은 네코마마가 가방에서 미용가위와 빗을 꺼냈다.

"이런 깊은 시골마을 촌장이라는 게 만만한 직업이 아니야. 별별 걸 다 해야 하거든. 병원도 하나 없는 마을에 미용실이 있 겠어? 고집 센 노인네들 머리카락을 아쉬운 대로 내가 다듬고 잘라주다 보니까…. 이제 가위가 꽤 손에 익어서 반듯하게 자 를 만큼은 돼."

나는 웃었다.

"말씀만 하세요, 손님. 어떤 스타일로 잘라 드릴까요?"

네코마마는 매끌매끌한 나일론 스카프를 꺼내 가을바람에 탁탁 털며 말했다.

"네코마마처럼, 길고양이 스타일로요…."

"호, 까다로운 주문인데? 어쨌든 해볼 테니 바다 쪽을 보고 앉아."

그녀의 말대로 바다 쪽을 정면으로 보도록 비스듬히 몸을 틀 고 앉자 서늘해진 나일론 스카프가 내 목덜미에 감겼다.

"네가 팔아버린 부분은 다 잘라낼게. 예쁘든, 예쁘지 않든, 너만 남도록…."

내 머리카락 속에 손가락을 깊이 담그고 한 움큼 슬쩍 쥐었다 놓으며 네코마마가 말했다. 나는 고개를 끄덕인다. 내가 원하는 헤어스타일은 그것이다.

"흠…. 그런데, 시간이 좀 걸리겠는 걸….'

컷은 자비로웠고 그녀의 가윗날은 기억의 리듬을 타고 내 것이 아닌 것들을 잘라냈다. 그 머리카락들을 밀어냈던 장면들, 대사들, 순간 속에 포획당한 집착의 강렬한 색채들이 내게 마지막으로 한 올 한 올 속삭이며 스러져갔다.

마녀의 머리카락이야… 그냥 흉내만 내 줘… 난 처음부터 류가 타고난 뮤토라는 걸 알았어… 그건 너의 대사가 아니야… 이젠 그만 해… 어디로 떠난다는 거지? 어디로?… 시간을 들여서 좋은 것을 갖도록 해… 다섯 번째 플라밍고 스탠바이… 요시히로는 뮤토니까… 네가 그들을 구원할 수 있을 것 같지?… 뜨거운 차를 드릴게요… 10초 정도만이라도… 그를 아프게 하고 싶었어요… 예술은 자연스러운 게 아닙니다… 반드시, 어떤 형태로든 우리에게 흔적을 남기죠… 대본에 없는 플레이를 했니?… 밀라노에서 연극을 하고 있다는 거야… 그들은 결핍을 원해… 원래 달빛이라는 건 없어… 특히 너를… 이건 새로움이야, 기쁨이라고… 너는 머리 만지지 마!… 당신이 올 거라고 하더군… 무서워, 견딜 수 없이… 플레이를 완성해야 해… 그건 용재였어… 넌, 너인 채론 아무것도 아니야… 어때, 영혼을 팔기에 좋은 날이지?

　내 눈 앞에 놓인 거울은 바다여서 나는 부드럽게 반짝이는 물을 보았다. 내가 원하는 모습이 그 속에 있었다. 네코마마는 커다란 스펀지로 내 뺨과 콧등에 붙은 머리카락들을 떼어준 뒤 나일론 스카프를 걷어냈다. 그리고 가방 안을 뒤적이더니 내게 무언가를 내밀었다. 손때 묻은 조그만 손거울이었다.

　"마음에 들어?"

　손거울에 비친 여자의 모습을 나는 찬찬히 살펴보았다. 그녀는 낯설었다. 고양이의 털처럼 짧은 갈색 머리카락을 하고 있었다. 딱 90일 정도를 흘러 내려온 길이었다. 거울을 돌려 옆모습까지 살펴보았지만 그 속에 보랏빛 머리카락은 한 올도 섞여 있지 않았다. 이젠 레스토랑이나 백화점에서 누구도 나를 보기 위해 고개를 돌리지 않을 것이다. 평범하고 어디에나 있는, 여름 내내 흙 속에서 자란 채소 같은 모습. 이런 모습을 한 이에게는 누구도 보석가게에 붙은 가격 그대로를 지불하고 푸른 장미를 선물하지도 않을 것이다.

　"마음에 들어요."

　네코마마는 흡족한 표정으로 다시 빨간 말보로 담배갑을 꺼내 쥐었다. 그녀가 얄따란 입술 사이로 연기를 뿜어내는 동안,

나는 손거울 속에 비친 모습인 채 무언가를 확인하고 싶어졌다. 그 욕망은 슬프도록 간절했다.

"나를… 사랑하나요?"

네코마마는 뒤에서 내 어깨를 두 손으로 잡고 그 조그만 거울 속 세상 안으로 비집고 들어와 고개를 끄덕여주었다.

"그냥… 이렇게 평범한데도?"

그녀는 다시 고개를 끄덕였다. 가슴속에 따뜻한 빵처럼 부풀어 오르는 기쁨의 냄새가 바닷바람에 섞여 흘러갔다.

"너인 채로, 그대로 너를 사랑한다."

손거울 속의 완벽한 세상, 완벽한 마법의 온기가 식기 전에 해야 할 일이 있다. 네코마마는 재킷 주머니에서 구형 휴대전화를 꺼내 내게 건넸다. 나는 어디로 전화를 걸어야 하는지 알고 있었다. 세 번의 발신음이 울린 뒤, 익숙한 침묵이 달빛처럼 먹먹하게 전화를 받았다.

"감사합니다…."

거울에서 눈을 떼지 않은 채, 나는 말했다.

영혼을 팔기에 좋은 날이었다.

〈끝〉

천사의 가루

설탕은 쏟아졌다.
모든 것이 숨을 죽이고
고요했다.
그 남자만이 살아서,
셔츠를 입은 몸을 굽히고,
키스했다.

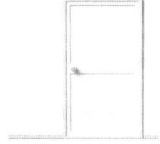

4시 35분. 나는, 이 시간 나리타공항 입국 로비 A출구 앞에 서서 서성거리고, 내가 사준 크림색 코트를 입고 걸어 나오는 라라를 발견하고, 깊고 수줍게 가슴에 잠깐 끌어안고, 그녀의 짐을 받아들고 앞서서 성큼성큼 걷다가 "혼자 걸어가니 행복해?" 하는 투정을 뒤통수에 받으면서 씩 웃어야 하는 나는, 지금 왼쪽 뺨을 아스팔트에 대고 누워 있다. 얼어붙은 아스팔드가 따스하게 느껴질 정도로 내 뺨은 식어 있다.

3일 전에 신바시에서 샀던 9,000엔짜리 물 빠진 블루진과 너무 오래 입어서 등에 프린트된 밥 말리의 얼굴이 유령처럼 흐릿해진 퀵실버 티셔츠와 관자놀이에서 흐른 피가 말라붙은 속눈썹이 아직 경련을 일으키고 있는 것을 나는 똑똑히 볼 수 있다.

이 느낌. 쓰러져 있는 나를 보는 것은 두 번째다.

12년 전, 산속 마을 야마오쿠 보건소에서 진료를 하던 중에도 지금과 똑같은 느낌이 내 몸속을 달렸었다. 서른셋, 격정의 20대를 보내고 난 나는 무서울 것이 없었으며, 가진 것이 없었으므로 관대하고 자유로웠다. 그때 나는 76세의 카요우 할머니에게 완성된 의치를 끼워주려던 참이었다. 그녀는 아기같이 해사한 잇몸으로 방싯 웃으며 새로 돋을 이빨의 축복을 기다리고 있었다.

의치를 끼우기 전에 마지막으로 다시 소독하고 있을 때였다. 심장 깊은 곳이 저릿저릿 꿈틀거렸다. 그곳에 오래전부터 숨어 테러 훈련을 마친 듯, 붉은 가재 한 마리가 꼬리에 폭죽을 매달고 결연하게 나와 척수 속을 달린다. 그가 선명한 핏빛 발자국을 남기며 기도를 지나 정확한 방향감각으로 망설임 없이 뇌 오른쪽으로 올라오는 것이 느껴진다. 내가 소독을 끝내고 환자 쪽으로 돌아서는 순간, 맹렬히 달리던 가재는 견고한 두개골에 부딪히고 만다. 뜻밖의 장애물을 만나 더 이상 도망칠 곳이 없어지자, 절망한 가재는 이스라엘 스파이처럼 뇌 벽에 폭죽을 던져 붉은 몸을 산산이 부숴버린다. 가재의 발긋발긋한 잔해들이 자욱한 연기와 함께 내 뇌와 망막을 뒤덮고, 나는 희미한 화약 냄새를 맡으며 진료실 바닥에 쓰러진다.

그 순간 나는 도저히 스스로를 바라볼 수 없는 각도에서 흰

가운을 걸치고 쓰러지는 나의 뒷모습과 아기 같은 웃음을 거두고 벌떡 일어서는 카요우 할머니와 황급히 달려오는 간호보조원을 볼 수 있었다. '나'는 형편없는 모습으로 구겨져 있었고, 그렇게 보는 자그마한 동양 남자의 모습은 어색하기 짝이 없었다. 태어나자마자 영국으로 입양 보냈는데, 서른세 살이 되어 제 발로 고국을 찾아 온 아들을 만난 아비 같은 기분이 들었다. 덥석 끌어안을 수도 없고 냉랭하게 지나칠 수도 없는 곤혹스러움. 낯을 많이 가리는 나는 그 돌연한 '내 모습'의 출현에 진땀을 흘렸었다.

12년 전의 가재가 못다 이룬 사명을 완수하려는 듯이, 또 한 마리의 가재가 붉은 꼬리를 흔들며 맹렬히 척수를 타고 오르던 오늘 낮 4시 10분. 나는 그때처럼 운이 좋지 못했다. 내 주위엔 카요우 할머니도, 간호보조원도 없었고, 나는 텅 빈 고속도로를 시속 120킬로미터로 달리고 있었다. 라라…. 나는 그녀를 품에 안기 위해 가는 길이었고 내겐 그것만이 중요했다.

지금 '긴급출동 911' 다큐멘터리의 한 장면처럼 내려다보이는 45세의 나는 12년 전보다 훨씬 나약하고 가엾어 보인다. 지배하려 들 필요도 없고, 옷을 입은 채 안고만 있어도 좋은, 결 고운 사랑이 마침내 시작되려는 나이에 이 남자는 떠나고 있다. 다시 생을 시작할 수 있다면 마흔다섯부터 시작하리라. 그

래서 처음부터 두 번째 사랑을 만나고, 그녀에게 두려움도 아
낌도 없는 남자를 주리라.

라라…, 지금쯤 그녀는 진한 초록색 여권을 들고 입국 심사
대를 통과하고 있을 것이다.

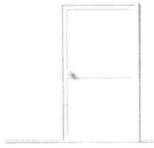

[교토호텔713호]
거칠고 불쾌한 모든 것으로부터
단절된 그늘진 골짜기에서

남자와 여자가 불안정하게 흔들린다. 서로를 앞에 두고 흐물흐물해진 뇌와 심장으로, 무언가 새로운 모양을 만들어내려 애쓰고 있다. 분열 직전의 세포들이 몸을 흔들듯이 그들은 서로를 흔들고 있다. 가을에 교토를 찾아오는 많은 남녀가 내 안에서 합체한다. 그런데 분열은 처음이다. 더 불완전한 하나가 되는 것이 좀 덜 불완전한 둘로 남는 것보다 낫다는 논리가 교토 관광호텔의 수학이다. 나는 이 호텔에서 가장 인기 있는 높직하고 창 넓은 방이고, 2년 8개월 뒤엔 어찌될지 모르는 불안한 합체를 성취한 둘이 이젠 혼자서 걷지도 못하는 서로를 부축하며 나가는 모습들을 보아왔다, 보아왔다, 보아왔다….

그런데 분열은 처음이다.

남자가 붉게 달은 얼굴 위로 눈물이 번지는 것을 손등으로 쓱 닦아낸다.

그러자 흔들리던 그들이 또 하나씩 클론들로 분열한다. 지금까지 보아온 남자와 여자들은 가지고 온 몸 그대로 하나가 된다. 그런데 이들은 서로와 합치기 위한 전혀 다른 개체를 분열해내는 쪽을 택했다. 새것을 선물하는 것. 갓 꺼낸 자아는 싱싱하고 순결할 것이다. 한 번도 상처받은 적 없는 눈동자와 심장을 내어줄 만큼 간절한 포옹. 나는 많이 놀란다.

분열하기 이전의 남자와 여자도 알맹이를 꺼낸 상자처럼, 상식과 인생계획과 하지 말았어야 할 사랑과 카드 영수증과 보험료 납입을 지닌 채 깔끔하게 분열하여 옆에 서 있다. 다만 그들은 쿨한 부모들처럼 지켜보고 있다. 갓 태어난 자아가 순결한 치즈 덩어리처럼 순도 높게 하나로 합일하는 것을.

그 둘은 용감한 이들이다. 나는 개인적으로 힘 있는 이보다 용기 있는 이를 좋아한다. 힘 있는 자가 늘 용기를 내는 것은 아니다. 하지만 용감한 자들은 힘이 없어도 늘 원하는 것을 손에 넣는다.

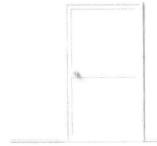

나는 언제나 여자들이 두렵다,
키스하기 전까지는

거의 언제나 여자는 남자보다 똑똑하다. 여자들은 자신이 버진virgin인지 아닌지쯤은 잘 알고 있다. 하지만 남자들은 스스로 버진이 아니라고 생각한다. '그 여자'가 어느 날 나타나 가르쳐주기 전에는. 꼭 엄마가 아니더라도 열여섯만 되면 여자는 마흔다섯 살짜리 남자를 가르칠 수 있다.

방에 들어가기 전 내 머릿속엔 나름대로 꽤 구체적인 행동 시놉시스가 들어 있었다. 방 하나를 예약한 것은 처음이다. 지금까지의 방식(방을 따로 잡아서 각자 샤워를 하고 서로의 방으로 놀러가서 시간을 함께 보내는 것)과는 아무래도 많이 다를 것이다. 내 쪽이 인생 경험상 선배이고 또 남자이니까, 어떻게든 부드럽게 분위기를 리드해야 해. 가령, 함께 방에 들어가면 먼저 그녀의 하프코트를 받아 걸어주고, 냉장고에서 맥주캔과 과일주스를 꺼낸다. 라라의 기다란 손톱이 부러지지 않도록 내가 재빨리 주스캔을 딴다. 천천히 마시면서 이야기를 나누고, 내가 준비한 몇 가지 농담들을 하고, 라라가 웃는다. 그렇게 둘만의 공간에 조금씩 익숙해지고….

그런데 이런! 라라는 대본을 깡그리 무시하기로 작정한 배우같이 굴었다. 들어서자마자 신발과 코트를 벗어던지더니 침대 속으로 쏙 들어가버린 것이다.

"이불에서 잘 말린 햇빛 냄새가 나!"

기분 좋은 듯 얇은 시트를 몸에 돌돌 말면서 내게 외친다.

"아, 응…. 그래…."

그 짧은 순간 한참을 헤맨다. 나를 어디에다 어떻게 놓아야 할지 갑자기 막막해져버렸다. 난 그다지 순발력 있는 남자가 못 된다. 아주 부자연스럽게 일단 침대 옆 간이 테이블 의자에 앉는다. '미녀 삼총사'라면 이 순간에 "플랜 B!"라고 외치겠지. 허겁지겁 가방을 열어 짐 밑바닥에 깔려 있는 문고판 책을 낑낑대며 끄집어낸다. 짐짓 태연한 척 다리를 포개고 앉아 두터운 점퍼 차림으로 《마음은 고독한 수학자》를 읽기 시작한다. 손바닥에 땀이 밸 지경이다. 어색하고 미련스러워 보인다. 하지만 별 수 없다. 이것이 나의 플랜 B다. 나는 내 방식을 견뎌내기로 한다.

"하하하하! 하하하, 지금 뭐하는 거야?"

라라가 조그만 악마처럼 애써 마련한 나의 '응급처치'를 비웃는다. 콘도에 들어서자마자 하는 짓 치고는 퍽 우습다는 걸 나도 안다. 그래도 그렇게까지 큰 소리로 웃어대다니 잔인한 면이 있는 여자다. 나는 조금 상처받으면서 태연한 연기를 계속한다.

"응? 네가 피곤한 것 같아서⋯. 조금 쉬는 동안 나는 책 읽고 있으려고⋯."

라라는 날 패닉에 빠뜨리는 데 천재다. 이번엔 아직 웃음기 가득한 채 이불 한쪽 깃을 활짝 연다.

"같이 누워서 쉬어."

천년지기처럼 탕, 탕, 침대 매트를 두드리기까지 한다.

다행히 이번에는 점퍼를 벗어 의자 등받이에 걸어놓을 수 있었다. 만약 당황한 내가 이번에도 눈사람 같은 스키 점퍼를 입은 채 쭈뼛쭈뼛 이불 속에 들어갔다면, 그녀는 아마 두 배쯤 더 크게 웃어서 내게 지울 수 없는 상처를 남겼을 것이다.

나의 헐렁한 블루진과 라라의 다리에 착 감긴 은색 레깅스가 나란히 곁에 눕는다. 라라가 날 위해 들고 있던 이불깃을 내려 덮어준다. 그리고 미이라처럼 차렷 자세로 몸통에 붙어 있던 내 왼팔을 들어 올리더니 그 위에 머리를 대고 눕는다. 그리고 인형의 것처럼 가볍고 가느다란 머리카락이 내 귓불과 목덜미에 닿는다.

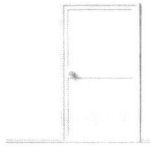

[라라]
미안, 그냥 이래도 될 것만 같아.

지구인의 65퍼센트가 환생을 믿으며, 우리는 전생에 심장을 태워 사랑했던 사람의 얼굴을 가지고 이 세상에 태어난다고 한다. 그러니까 인간은 유전자적으로 나르시시스트인 거다. 거울 앞에 앉아 내가 전생에 사랑했던 여인의 얼굴을 본다. 이 얼굴, 그다지 멀지 않았던 과거에 남성이었던 내가 사랑했던 여인의 얼굴이라면 결국 요요와 나는 같은 여자를 사랑한 운명이다. 취향이 같으니까 서로 끌리는 건 어쩔 수 없잖아.

요요를 사무쳐했던 언젠가의 그 여인도 나처럼 뛰어서 그에게로 갔을까…. 아주 자신 없이 만약에, 전생의 그 둘이 맺어져 사랑을 이루었다면 나는 요요였고 요요는 나였다는 이야기가 된다. 되돌이표처럼 역할을 바꿔서 사랑하고 또 사랑하고…. 상대가 세상 어디에 있든 결국은 찾아내어 사랑하고야 마는…, 끔찍하지만 결국 스스로와 끊임없이 사랑에 빠져버리는 '자기애자'들이라는 이야기가 된다…. 마주 보고 놓인 두 개의 거울처럼 끝없이 서로를 비춰내는 게임에서 헤어나지 못하고, 지금 또 이렇게 서로를 선택한 걸까…. 그와 나를 함께 덮은 하얀 시트 위에 시푸른 넝쿨들이 자라나 수세기 전의 이야기들을 얽으며 거칠게 두 몸을 휘감는다.

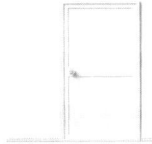

[라라]
네가 바라던 그 여자가 아닌 걸 알아.

이것으로 전혀 이상형이 아니었던 엉뚱한 상대와 덜컥 사랑에 빠져버리는, 설명할 수 없는 상황이 설명이 된다. 참고로 열세 살 무렵부터 내가 줄기차게 그려온 나의 이성 파트너는 단한 번의 예외도 없이 기다랗고 가느다란 프로필을 가진 금발의 '안소니'였다. 때때로 그는 베르톨루치 감독의 '마지막 황제'에서 푸이를 연기했던 존 론으로, 클라우디아 쉬퍼와 약혼해버려 날 패닉에 빠뜨렸던 마술사 데이비드 카퍼필드로 이름을 바꾸긴 했지만 결국 같은 남자였다.

요요는 자로 잰 듯, 꼭 나만 한 키의 남자다. 팔, 다리, 목, 어느 것 하나 길지도, 가느다랗지도 않다. 작달막하고 근육이 잡혀 단단하고 튼실한 느낌. 둥글고 큰 얼굴에 머리카락은 샛노

란 금발로 염색해서 삐죽삐죽 왁스로 세운, 좀 심하게 이야기
한다면(그가 들으면 상처받을지 모르지만) 순정만화 컷 속에 대뜸 섞
여 든 명랑만화 캐릭터랄까.

헐렁한 진을 골반에 걸쳐 입고 야구모자를 눌러 쓴 개구쟁이
남자가 2002년 내가 있던 빌리지를 방문했을 때, 나는 아파트
층계에서 굴러 떨어지듯 단번에 그를 좋아해버렸다. 멋지지 않
았다. 전혀. 하지만 '기다렸다'라고밖엔 말할 수 없는 절박함
으로, 나는 그가 서 있는 층계 끄트머리를 향해 정신없이 굴러
가고 있었다.

그는 작고 소박한 여자를 꿈꾸었다고 했다. 화장기 없이 맑
고 순진한 얼굴로 남편이 돌아오면 "오후로니 스루? 고항니 스
루?"(목욕물 받을까요? 밥 먼저 차릴까요?)라고 묻는 비둘기 같은 여
자. 하하하, 만약 그와 내가 결혼정보 회사에 서류를 넣었다면
인류가 멸망할 때쯤에나 커플 매니저의 전화를 받았겠지. "저
어…, 이젠 저희로서도 어쩔 수가 없군요. 딱 한 분이 남아 있
긴 합니다만…, 프로 의식을 가진 직업인으로서 차마 권해드릴
수는 없고…. 혹시 낭비해도 되는 시간이 조금 있으시다면…"
하는 식으로.

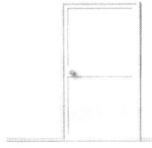

[라라]
외롭고 동떨어진 여자로 남으려던 나의 음모는
이것으로 끝났다.

33년간 내 몸 안에서 창백하게 야위어가던 뼈가, 혈관이, 백치 같은 솜털 하나하나가 꿈꾸던 사랑을 이룬 듯 그의 몸을 끌어안았다. 그의 벗은 허리 위로 나의 다리가 미끄러져 내리던 순간을 잊지 못할 것이다. 68만 개의 모공이 일제히 열려 붕어의 입처럼 그의 땀 맺힌 피부에 입 맞추며 신음을 토하던 그 비명과 같은 순간을.

그의 몸이 스치고 간 자리는 볕에 닿은 듯 화끈거린다. 어느 순간 그의 손이 내 손을 잡아 남자가 가진 가장 민감한 조각 위에 올려놓는다. 그 낯선 감촉에 나는 소스라친다. 그것은 물 같기도 하고 빛 같기도 하다. 그 빛의 물에 감전되어 떨고 있는 내게 그가 말한다.

"고멘, 고멘네….″(미안해….)

미안하다고! 이렇게 어처구니없는 단어를, 도대체 이런 순간에 뱉어낼 수 있다니. 맹세컨대 남자의 입술이란 인체 중 가장 진화가 덜 된 부분이다.

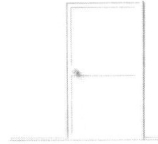

[ㅛㅛ]
그녀에게 가 닿았다.

그녀는 불에 덴 듯 화들짝 손을 뗀다. 입술을 떠는 소리, 심장이 쿵쾅쿵쾅 뛰는 소리가 내 귀에까지 들린다.

미안…. 놀라게 해서 미안해….

굽이치는 머리카락이 한쪽 가슴을 덮은 채 어깨를 움츠려 손을 모아 쥔 모습이 멍해질 정도로 고혹적이다. 싸늘하게 식은 라라의 허리를 손으로 부벼 녹이면서 나는 그녀를 안심시킨다.

아, 아직 아이 같은 허리와 엉덩이, 허벅지의 선들이 풋풋한 입술을 꼬옥 다물고 있다. 하지만, 하지만, 하지만 그녀는 두려워하지 않는다. 다만 긴장해서 입술이 파래진 대기실의 체조선수 같다.

하아, 하아…. 몸은… 마음이 꾸는 꿈. 심장 약한 몽유병자들처럼 두 개의 꿈이 어지럽게 얽혀 가쁜 숨을 몰아쉬다 엉뚱한 곳에서 함께 아침을 맞이하는 것이 섹스다.

[라라]
결혼보단 좀 더 그럴듯한 얘기를 해봐.

기다려야만 오는 것들을 기다리느니, 차라리 아무것도 없이 살겠다. 그것들은 오만하고, 애를 태우며, 애써 가치를 인정하게 만들고, 날 늙게 한다. 내가 즐거이 기뻐하며 맞이하는 미래들은, 그리고 그들의 어버이 세포인 오늘들은, 충분히 헐겁고도 양순한 얼개로 내 앞에 심심하게 뒹굴고 있어야 한다고 믿는다. 절대로, 나 죽을 때까지 그럴지어다.

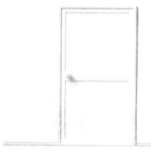

[🙎🙎]
네게 더 이상 고독의 힘 따윈 남아 있지 않아.

"난 고독의 힘을 믿어요."

6개월 전, 그녀의 말투를 흉내 내며 라라를 놀리는 것을 나는 좋아했었다. 내가 놀릴 때마다 라라는 눈을 흘기며 내 코를 살짝 비튼다.

"누가 그따위 걸 믿었다고?"

하지만 클럽 바에서 그녀는 코로나 술병을 느슨하게 쥐고 반짝이가 뿌려진 속눈썹을 깜박이며 정말 그렇게 말했었다. 그때 그녀는 그때까지 혼자 지내온 찬란한 이유를 이야기하는 중이었다.

"세계적 걸작 중 합작품은 단 한 점도 없어요. 걸작은 고스란히 고독한 한 사람의 힘으로 탄생하는 거거든요. 그래서 난

평범한 행복보다 고독을 택했고, 결국 나의 삶이 작품이 되길
원해요."

그렇게 멋진 대답은 처음 들어보았다. 나는 매력적인 여자들
에게 흔히 하는 질문, "분명히 많은 남자친구들에게 둘러싸여
있을 거야, 그렇죠?"를 별 생각 없이 던졌었고, 그녀는 빅토리
아 시대의 조각상처럼 꼿꼿하게 가슴을 세우며 21세기의 저속
한 여자들과 한통속으로 취급되는 모욕이라도 당한 듯 광택이
흐르는 목소리로 그렇게 대답했었다.

"혼자인 사람이 고체라면 결혼한 사람들은 액체거든요. 서
로 경계 없이 섞여버려서 원래 자신의 색이 무엇인지도 모르게
흐릿해져버리죠."

이젠, 내 품에서 오렌지 마멀레이드처럼 연약하고 끈적이며
달콤한 액체로 녹아버린, 아아, 너를 어찌하면 좋지…, 라라.

아스팔트에 뺨을 대고 누워 있는, 네 것이었던 남자의 모습
도 조금씩 희미하게 멀어져간다. 몸속의 피가 다 빠져나온 듯
목덜미와 손등이 푸르스름한 흰 빛으로 변해가는 것을 보며 마
지막 온 힘을 다해 너를 생각한다.

아직 네 그 등 푸른 생선 같은 고독의 힘이 한 방울이라도 남
아 있기를….

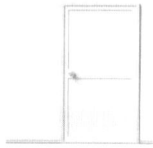

[우에다 유코]
친애하는 서른일곱, 남편 말고 가진 것들

내가 담배를 끊는 대신 라라는 초콜릿을 끊겠다고 했다. 굉장히 상냥한 아이이다. 라라가 초콜릿에 얼마나 흠뻑 빠져 지내는지 아니까 하는 말이다. 나는 그냥 담배를 끊어야겠다고 생각했다. 벌써 30대도 끝나가려 하고 있고, 이제 슬슬 좋은 여자가 되기로 작정이라도 한 건지 그냥 문득 담배라도 끊자는 생각이 들어버린 거다. 라라는 내 말을 듣고 "어, 그래?" 하는 투로 배시시 웃더니 "그럼, 난 초콜릿 끊을게. 우리 그냥 뭐 하나씩 끊어보자!" 했다.

이렇게 선선하게 시작하는 게 좋다. 손가락 깨물어 금연각서 같은 거 안 쓰는 편이 어쩌면 내 스타일이다. 아니, 라라의 스타일이 그렇다는 말이다. 비장감 없이 무엇이든 한다. 치열하게 달려들어 물어뜯는 방식을 선택하는 법이 없다. 그것이 그녀의 미제 막대사탕처럼 기다란 손가락을 만들었을 거다. 기다란 손가락으로 허둥지둥 사는 여자를 본 적이 있나?

나는 라라를 보지 않은 날은 하루가 불안하게 닫힐 만큼 그녀의 방식과 페이스에 휘말려 있다. 의심의 여지없이 그녀가 선택하는 방식이 내 방식인 것만 같다. 내가 남자였다면 아무런 주저 없이 스토커가 되었을 것이다. 하지만 태어나고 보니 여자여서, 이렇게 조금 집착하고 비굴하게 아첨하긴 하지만 그녀의 친구가 될 수 있었다. 한편으론 다행이다.

하지만 요즘 나는 참 가관이다. 나와 같은 오피스에서 일하는 타카 말로는 내가 꼭 바람난 유부녀 같다고 한다. 라라의 손목시계 배터리가 다 닳았을 땐 기꺼이 귀중한 휴식시간에 차를 몰고 시내까지 나가서 배터리를 넣어왔고, 그녀와 함께 노는 날을 맞추기 위해 일주일 분량의 일을 이틀 만에 밤새워 해치우기도 했으니까. 라라는 무언가 필요하거나 부족하면 내게 부탁했고 니는 장애물 게임처럼 요구사항들을 하나하나 해결해가면서 희열을 느낀다. 마사히로가 지금의 나를 본다면 뭐라고 말했을까.

8년 전 나와 결혼한 적이 있는 마사히로는 내게 늘 '화끈한 무언가가 없다'고 투덜댔었다. 미국 디트로이트에서 그는 엔지

니어였고, 나는 그의 집을 지키면서 저녁밥도 지어놓지만 '화끈한 맛이 없는' 여자였다. 둘 다 영어를 못했다. 그래도 입술 한 번 달싹하지 않아도 냉동우동과 아스파라거스와 오이와 저지방 마요네즈와 참치 통조림과 통후추와 키친타월과 무설탕껌을 사고, 쿠폰에 도장을 받고 거스름돈까지 챙길 수 있는 까르푸가 있는 이상 일본에서의 생활과 크게 다를 것은 없었다.

모카커피Mocha Coffee를 끝내 '모차커피'라고 읽던 마사히로는 저녁 7시 30분이면 시계추처럼 원룸 아파트로 돌아왔고 내가 받아놓은 목욕물에 몸을 담갔다. 화끈한 여자를 원했지만 밋밋한 나를 선택한 마사히로와의 섹스는 카펫무늬처럼 질서정연했다. 일주일에 2번, 수요일과 토요일. 사랑한다고도 말하지 않았지만, 다른 여자의 냄새를 묻혀 들어오지도 않았다. 뭐가 이렇담. 3개월이 지나자 나는 더 이상 겨드랑이에 제모제를 바르지 않게 되었고, 내 유방을 문지르면서 하품하는 그에게 상처받지 않게 되었다. 그도 언제부턴가 가계부 속에 숨겨둔 내 일기를 훔쳐보는 짓을 맥없이 그만두었다. 이렇게 미국에서 1년 반 동안 함께 지낸 뒤 이혼했다. 단 한 번의 언쟁도 없이 깔끔하게. 이게 전부다. 간단한 이야기다. 너무 명료해서 가슴이 아프지만.

이혼을 하고 나서 처음 3년은 홀가분했고, 그 후의 5년간은 싸움닭처럼 변해버린 내 모습에 쓸쓸했고, 다시 누군가를 사귈

맘이 들지 않았다. 남자들에게서 싸구려 사탕 맛이 났다. 글쎄, 소학교 때 갖고 놀던 장난감을 어느새 놓아버리듯이, 20대가 끝나갈 무렵에는 첫 섹스를 할 때까지만 지속되는 '영원한 사랑' 놀이가 뻔해져버렸다고나 할까. 보장성 보험 같은 결혼생활에 착실히 투자해두는 편이 여러모로 현명하다는 걸 알아버렸고, 그런 면에서 전 남편 마사히로는 부도날 리 없는 상품이었다.

바보같이! 뼛속까지 춥던 밤, 가지런한 연금생활이 보장된 그 샐러리맨과 이혼한 걸 후회했다. 내겐 고장 난 보일러를 직접 고칠 재주도, 서비스센터에 전화를 걸 마음도 없었다. 싱가포르 본사 직원에게 된통 싫은 소리를 들은 날 밤에도 그와 이혼한 걸 후회했다. 그래, 날 실컷 경멸해도 좋다. 하지만 다이어트 알약을 삼키고 있는 서른일곱의 독신 여자가 보일러까지 고장 난 밤에 할 수 있는 생각이란 게, 그다지 미래지향적이지 않을 거란 건 알아주기 바란다.

하마터면 정말 전 남편에게 전화할 뻔했다. 라라가 그 어린 애처럼 또렷한 목소리로 말해주지 않았더라면.

"유코, 네가 지금까지 살아오면서 한 일 중 가장 잘한 일은 그 남자랑 이혼한 일이야. 아이도 없이!"

결혼의 기원은 원시시대, 임신을 하게 되어 거동이 불편해진 여자에게 임신시킨 남자가 출산 때까지 먹을 것을 가져다주는 의무에서 시작되었다고 한다. 20세기의 끄트머리에 태어난 마사히로는 거동이 불편하지도, 아이를 갖지도 않은 여자를 위해 18개월이나 사냥감을 들고 와주었다. 그 문명인다운 매너에 깊은 감사를 표한다.

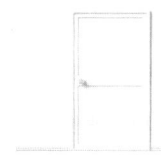

[유코]
돌아와줘, 너답지 않아.

나는 오피스에서 일을 하기 때문에 낮 동안엔 요가 강사인 그녀와 마주치기가 쉽지 않다. 그래도 그녀가 수업 중간 중간 쉬러 방에 들어오는 시간은 아주 잘 알고 있다. 그리고 그 시간에 내가 거는 전화를 이따금씩 그녀가 받지 않는다는 것도 알고 있다.

그건 경계구역 같은 거다. 'ㄱ만. 여기까지만 와.' 하고 싸늘하게 구는 그녀를 보는 것보다는 눈치 빠르게 그 선에서 물러서는 편이 낫다. 대부분의 경우 라라는 내 전화에 응답하니까. 수화기를 들고는 "모시모시!"(여보세요!) 대신 "어이, 스토커!" 라고, 그 특유의 어린애 같고 장난기 맺힌 소리를 들려준다. 그녀는 내가 건 전화벨 소리를 기가 막히게 구별해낸다. 나는 늘 허겁지겁 전화선을 타고 온 그 다정한 공기를 들이마신다.

라라는 나보다 어리지만, 내 어리광을 받아주고 말고를 결정하는 것은 항상 그녀다. 그녀가 날 상대해주지 않을 때는 그녀의 방 침대 구석에 얌전히 앉아서 책상 앞에서 무언가를 쓰는 그녀를 본다. 그녀의 방에는 TV도, DVD 플레이어도, 라디오도 없다. 휑한 책상 위에 노트북 컴퓨터 한 대가 푸르게 빛을 뿜고 있을 뿐이어서(물론 이 산골짜기에서 인터넷 연결 따위는 되지 않는다) 대화보다는 고해성사를 위한 방 같다. 저잣거리로 난 창문을 모조리 닫아걸고 편지를 쓰는 소녀처럼, 라라는 텅 빈 방안에서 무언가를 쓴다. 뒤척이는 소리도 내지 않으려 애쓰며 그 모습을 보고 있으면 나는 외롭고도 든든했다.

라라에겐 절대 건드릴 수 없는 부분이 있고, 그 각별한 시간과 공간 속으로 들어갈 수 있는 사람은 내가 아니라는 사실도 확실히 알고 있다.

하지만 알고 있다고 해서 받아들였다는 의미는 아니다.

쇼가 끝난 뒤의 탈의실에서나, 댄스 타임이 끝난 뒤 바^{bar} 언저리에서나, 라라는 내 안테나에 걸려 있다. 그녀는 검정색 그물 스타킹과 땀에 젖은 무대복을 돌돌 말아 세탁물 바스켓에 조금 포악하게 던져 넣은 뒤 아직 반짝이가 남아 있는 눈꺼풀인 채 극장을 가로질러 바로 걸어간다. 10센티미터는 족히 넘는 힐 위에 얹힌 다리가 튀김용 젓가락처럼 교묘하게 엇갈린다. 바에는 항상 그녀를 기다리는 손님들이 있다. 대부분 "이따가 쇼 끝나고 바에서 한잔해."라고 그녀를 예약해두는, 소심한 리피터(한 시즌에만 십수 번씩 찾아오는 클럽 단골)들이다. 나는 아주 똑같이 흉내 낼 수 있다. 라라의 손님 접대용 얼굴. 그리고 목소리의 톤과 볼륨. 누구라도 이내 유쾌한 가스에 중독된 듯 '즐거운 시간을 보내고 있다'고 느끼게끔 하고야 마는 자연스러운 발랄함.

나는 후쿠오카에서 온 한 부부와 바 구석의 소파에 앉아 카드게임을 하고 있었지만 사실은 라라와 그녀의 손님을 보고 있다. 오늘 그녀는 한 남자 손님과 단둘이 바에 기대어 서서 이야기하고 있다. 그것은 흔한 일이 아니었으므로 나는 더욱 주의를 기울여서 본다. 그 남자 손님이라면 나도 잘 알고 있다. 자기 치과 팀원들과 팀의 가족들까지 모두 이끌고 '야유회'를 온 원장 선생이다.

라라는 ㄱ가 도착한 3일 전부터 그녀 특유의 웃음과 목소리와 발랄함을 온통 그에게만 쏟아 붓고 있다. 그녀답지 않아. 그녀는 손님들에게 가장 인기 있는 스태프다. 모두에게 공평하게 다정한 모습을 보여야 해. 특정 손님에게 집중하는 건 좋지 않은 것 알잖아.

라라는 내가 그녀에게 민감한 만큼 내 감정에 민감하지 못하다. 벌써 3시간째 붙인 듯 그의 곁에 서서 마시지도 못하는 맥주병을 손에 들고 열심히 웃으며 그의 작은 농담에도 일일이 대꾸하려 애쓰고 있다. 그 모습, 전혀 쿨하지 않다.

무언가에 열을 올리고 있어. 제발 먼저 앞질러 좋아하지 않도록 조심해. 라라, 언제나 심장이 더 뜨거운 쪽이 상처받는 법이야…. 나를 봐.

난 그가 왠지 입 안의 모래처럼 서걱거린다.

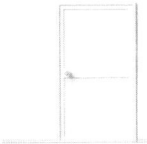

[요요]
낯익은 미래가 미니스커트를 입고
바나나를 사던 날

　나는 노련한 남자다. 그때도 이미 난 노련한 남자였다. 막 마흔 해를 살아냈던 참이었으며 생활 속에 자잘하게 박혀 있는 골칫덩이들도 더 이상 '귀찮음' 이상으론 날 귀찮게 하지 못하는 경지. 유유히 덤불과 웅덩이를 피해 길을 걸어가는 사내의 모습이랄까. '요요, 너도 썩 형편없는 놈은 아냐, 하하하.' 스스로 등 두드리면서 매일 저녁 맥주 한 잔을 들이키던, 아아, 딱 그런 시기.

　클럽 레스토랑으로 올라가는 층계에서 약간 이국적인 발음의 "곤니치와!"(안녕하세요!)가 발칙한 돌멩이처럼 내 발을 걸기 전까지는.

　후우, 후우⋯. 다행이다. 마침내 크게 숨 쉬면서 그때 얘길

할 수 있게 되어서.

그 층계에서의 15초 동안, 세븐일레븐에서 산 바나나의 바코드가 찍히는 순간처럼, 야광 불빛이 번쩍, '비빕!' 하는 사운드와 함께 내 허파, 간, 심장과 척추를 훑고 통과했다. 나는 랩에 씌워진 바나나처럼 스캔당했다. 하지만 그건 바나나가 어쩔 수 있는 상황이 아니다. 알겠지만 바코드가 찍힌 순간 바나나는 소속이 바뀐다. 더 이상 세븐일레븐 것이 아니다.

이 냄새…, 에스티 로더의 뷰티풀. 언제나 후각은 시각을 앞질러 느껴버린다.

왼쪽 가슴 위에서 반짝이는 네임택name tag. 아아, 스태프로군. 생머리가 허리까지 사륵사륵 나부끼는 여자아이다. 얼굴이 유난히 작고 하얀 것이 눈에 띈다. 일본인 치곤 다리도 지나치게 길군. 혼혈인가? 순식간에 눈동자가 네임택을 읽는다. Larah…. 라라…. 노리에나 사치코가 아니어서 다행이다.

스캔당한 나는 비로소 응답한다.

"아, 곤니치와!"

나 참, 이렇게 대답하기까지 1초도 안 되는 시간 동안 사람은 참 많은 것을 뜯어볼 수 있군. 그건 그녀도 이미 내 무릎 나온 청바지가 3주일은 빨지 않은 것이란 걸 간파하기에 충분한 시간이 흘렀다는 말이 된다. 그건 곤란한데….

아주 짧고 스포티한 미니스커트와 굽이 높은 스니커즈 차림이었던 그녀는 이미 다른 두 여자 손님들과 비눗방울처럼 재잘재잘 떠드는 중이었다. 그러던 것이 친절하게도 지나치던 날 발견하자 인사를 건넨 것뿐이었다. 스태프들은 인사성이 밝다.

"오늘은 뭘 하면서 지내셨나요?"

그녀의 일본어는 레몬캔디를 물고 하는 키스의 맛이 난다.

"아, 그냥 테니스나 하면서…."

아, 내 목소리의 혼탁함이여!

"네에…. 그럼 오후에도 즐겁게 지내세요!"

타닥타닥 리드미컬하게 층계를 춤추듯 마저 내려가 버린다. 그녀의 흰 스니커즈가, 머리카락 끝이, 향수의 바텀노트bottom note가 차례로 내 눈앞에서 사라지기까지가 15초. 그리고 바나나는 더 이상 세븐일레븐 것이 아니다.

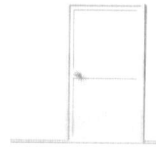

[라라]
이것 말고 다른 식으로 사랑에 빠질 수는 없다.

난 진부한 걸 끔찍이 싫어한다. 난 나의 감각을 존중하여 TV 드라마나 연속극 같은 것에 단 1초도 망막을 더럽히지 않은 채 순결하게 지켜왔었다. 그런데 이런 소름 끼치게 진부한 표현을 해야 하다니.

그가 그리웠다. 그를 처음 만나기 훨씬 전부터.

글쎄…. 서로 눈이 마주쳤기 때문에 사랑에 빠졌다는 말, 19세기 이후엔 사용된 적이 없다는 걸 안다. 하지만 이것 말고 다른 식으로 사랑에 빠질 수는 없다.

나는 그와 마주쳤고 사랑하게 되었다.

흔히들 '아름다웠던 어린 시절'이나 '순수했던 학창시절'이 그립다고 말한다. 나는 이상하게도 지나간 시절을 그리워해 보거나 아쉬워했던 적이 없다. 어린 시절은 차라리 고행과도 같았다. 유치한 만큼 처절한 고뇌로 가득 차 있었고, 손끝발끝에서 핏기가 다 가셔 저릿저릿해지도록 울어도 가질 수 없는 것들에게만 마음을 빼앗겼다.

그러다가 맞이한 학창시절은 고스란히 순수할 수밖에 없었다. 내게 허락된 시간과 범죄가 단 하나도 없었으므로. 언제나 '지금'이 '아까'보다 훨씬 좋았다. 나이가 들면서 내가 선택할 수 있는 것들이 하나씩 늘어나는 것도 안심이 되었다. 그리고 나의 돌연변이 마음은 눈이 뒤에 달린 고양이처럼 언제나 미래를 그리워했다. 하지만 미래의 모든 그리움을 끌어안고 그가 내 앞에 나타났을 때 나는 너무 놀라서 피가 푸르게 변하는 순간을 맛봐야 했다. 돌연변이의 대가, 치렀으니 이만 용서해줘.

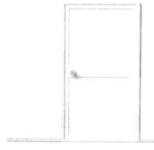

[유코]
내 말 잘 들어.
그런 게임은 하는 게 아니야.

"유코, 나, 그의 여자가 되어보고 싶어! 상처받더라도 그 사람에게서 받고 싶어!"

둘이 나선 깜깜한 밤, 산책 길 위에서였다. 비닐점퍼 소매를 펄럭펄럭 흔들면서 라라가 밤 벌레처럼 찌릉찌릉 말했다, 결국!

나는 찻길로 뛰어드는 아이를 낚아채듯 얼른 그 말을 주워 올린다. 안 돼, 그런 게임은 하는 게 아니야. 정 외로우면 예쁘장한 테니스 강사나 잠깐 사귀다가 조금 가슴 아프게 헤어져보면 되잖아. 이제 시즌도 끝나가는데! 제발 쓸데없는 부상, 당하지 마!

라라의 삶이 내가 예상할 수 없는 방향으로 흘러가는 것이 싫다. 그녀의 모험은 날 불안하게 한다. 그냥 예전처럼 휴가 기간 동안 인도에 놀러갔다 와. 인도는 너의 고향이라고 네가 늘 그랬잖아. 그래서 그냥 내 선물로 요란한 팔찌나 사서 좀 까맣게 그을려서 돌아와. 그래서 또 노는 날을 맞춰서 같이 노천탕에 갔다가 카레를 먹자. 그 남자 따위를 사랑해서 어떻게든 되어버리지 말고!

그와 정말로 사랑하고 맺어져서 행복에 눈먼 여자가 되어버리거나, 상처받고 구멍이 뚫려서 스스로를 내팽개쳐버리거나…, 내게서 멀어진다는 점에서 같다. 어리고 자잘한 내 주위의 녀석들 중 누군가를 사귀는 것이라면 내가 즐거이 관람하며 때때로 자상한 조언도 해줄 수 있으니까 전혀 다른 문제다. 하지만 지금 그녀가 끌어안으려 하는 사람은 내 영역 밖이다. 그는 크고 영리하고 힘이 있다. 라라를 내가 모르는 높은 성 안으로 데려가거나, 다시는 누구와도 함께 웃을 수 없게 무참히 짓밟아버릴 것이다.

나는 그런 류의 남자들을 잘 알고 있다.

[라라]
불끈 쥔 두 주먹 없이 사는 삶,
관능적이지 않는가.

　사람들은 사람을 배신하지 않는 것이 사랑이라고 말하지만,
자기 앞에 찾아온 사랑을 배신하지 않는 것이 진짜 사랑이라고
내 운명이 서른세 살의 내게 말해주었다.

　나는 지금 내 앞에 온 사랑과 함께 남은 날들을 살아가려
한다.

　3년 전, 대학 조교로 있던 직장을 떠나 이 클럽 리조트로 오
던 날과 똑같이, 나는 미련 없이 여행가방을 챙긴다. 이제 나는
그와 함께 지낼 수 있는 길을 찾을 것이다.

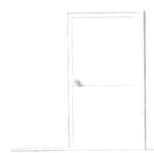

[라라]
새벽 4시 23분의 빗방울이 내 마음속에

7월이 되었고 나리타는 비에 잠겼다. 이 여름날 팬티 한 장 말릴 틈도 없이 빼곡한 장부처럼, 비가 내리면 물방울 맺힌 호텔 창문이 보여주는 세상만이 세상이다.

그는 새벽에 나를 떠나고 저녁 무렵에 내게로 돌아온다. 비오는 새벽에 남겨진 나는 동굴 속의 고양이처럼 새벽을 견뎌야 한다. 잠이 와주면 정말 운이 좋은 날이지만 그렇지 않은 많은 날들엔 해가 뜨기까지의 차디찬 날생선 같은 시간에 손도 대기 싫어진다. 스스로를 조금 달래보려는 심산으로 무언가 달콤한 것을 먹는다. 가령 어제 밤에 둘이 먹다 남긴 설탕을 씌운 레몬 빵이나 포도젤리 같은 것. 핏속에 당분이 녹아 흐르기 시작하면 다시 생각을 하고 쓸 수 있다.

클럽을 떠나온 뒤 번역 일을 시작했다. 잡지에 칼럼을 연재하는 일과 함께. 그 일들은 내 거처를 자유롭게 해준다.

나리타공항과 인천공항은 2주일, 때론 3일 간격으로 내 여권에 스탬프를 찍어주었다. 언제부턴가 나는 그와 함께 지낸 날들의 숫자로 내 삶의 달력을 헤아리기 시작했다. 가령 지난 5월엔 서울에서 3일, 나리타에서 7일밖에 함께 지낼 수 없었기 때문에 아주 짧은 달이었다. 그 나머지 날들은 아무래도 좋았다.

[나리타 H호텔 1053호실]
남자는 두 번 입 맞추고 나간다.

새벽 4시 18분. 남자는 샤워를 하고 면도를 하고 셔츠와 러닝화 차림으로 여자에게 입 맞추고 나가다가, 반드시 다시 문을 열고 돌아와 또 한 번 입 맞추고 나간다. 여자는 남자가 두 번 입 맞추길 기다렸다가 그가 정말 나가고 나면 베개를 끌어안고 잔다.

아침 7시 30분. 여자는 눈을 뜨고 TV를 켜서 TV 동화책을 본다. 파스텔로 그린 삽화가 한 장씩 넘어가면서 파스텔보다 보드라운 목소리로 책을 읽어준다. 늑대와 산양이 함께 눈보라를 뚫고 나오는 이야기, 외로운 여우 이야기, 소원을 들어주는 나무 이야기들을 간결하고 순진한 문장으로 듣는다. 매번 여자는 얼토당토않은 장면에서 눈물을 흘린다.

아침 9시. 여자는 욕조에 물을 받는다. 벚꽃 향이 나는 입욕제 블록을 욕조에 던져넣고 커다란 타월을 목과 어깨에 두른 채 허리 아래만 분홍빛 물에 담근다. 욕조 언저리에 노트북을 얹고 무언가를 쓴다. 팁을 붙인 기다란 손톱 끝으로 키보드를 누르기 때문에 틱, 틱, 틱 하는 가벼운 소리가 두 겹으로 욕실 공기를 울린다.

조금 지나면 땀방울이 턱 밑에 고인다. 여자는 얼굴이 발갛게 상기된 채 더욱 빠르게 손가락을 움직인다. 가끔씩 '헉' 하고 숨을 들이마시기도 하고 눈썹을 찡그리기도 한다. 문득 고개를 숙여 크림모카빛 유두 주위를 왕관처럼 빙 둘러 맺혀 있는 땀방울들을 본다. 그리고 반드시 약지손가락으로 가슴에 서늘하게 맺힌 이슬들을 거두어낸다.

10시. 머리카락을 말리고 여자는 옷을 갈아입는다. 언제나 조금 화려하고 눈에 띄는 차림을 한다. 'Make up the room' 사인을 문고리에 걸고 노트북을 겨드랑이에 끼고 나온다. 1층 별관 로비의 카펫 위를 가로질러 통유리 창 옆에 놓인 낮고 밝은 소파에 앉아 다시 노트북을 연다. 여자의 손가락은 분방하게 키보드 위를 넘실댄다. 그러고는 이따금씩 떠도는 이야기들을 노려보듯 허공을 응시한다. 다리를 포개고 앉아 박제된 듯이 꼼짝 않고 어딘가를 떠도는 듯한 눈빛의 여자를 사람들은 한 번씩 돌아본다. 정확히 2시간 후, 여자는 다시 카펫과 시선

속을 가로질러 엘리베이터 속으로 사라진다.

    12시 30분. 여자는 20분 전부터 문 주위를 오락가락한다. 남자가 벨을 누른다.

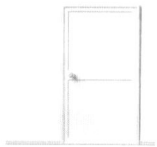

오렌지 펌킨,
어린 남자의 심장이 이별하려 애쓸 때는

　나는 어려지고 어리석어졌다. 그녀가 그녀의 방으로 돌아가고 난 뒤에 방에 혼자 남아 있는 나를 견딜 자신이 없다. 어이, 요요! 나는 작아지고 약해졌다. 젠장, 이건 나의 페르소나가 아니다. 시간을 줘. 마흔다섯 살이 이렇게 어린 나이란 걸 아무도 말해주지 않았잖아. 빌어먹을!

　혼자 다시 호텔 도어맨에게 인사를 하고 기온의 길로 나온다. 30분 전에 그녀와 스시를 먹었던 식당 간판을 다시 소리 내어 읽고, 다시 옆으로 문을 밀고 들어가서 1인용 자리를 찾아 앉는다. 무대 세팅부터 다시 하자. 리셋, 리셋, 그래 그러면 돼. 난 단순한 녀석이니까 샘플을 보여주면 의심 없이 믿어버리거든.

　두 개씩 주문해서 하나씩 먹었던 우니(성게), 오오토로(참치),

우나기(장어), 이꾸라(연어알), 다마고(달걀)를 하나씩 다시 주문해서 그것들이 이번에는 혼자서, 혼자 앉은 내 몫으로 올려지는 모양을 지켜본다. 먼젓번에는 어깨를 맞대고 굴러 떨어지는 이꾸라 알들을 사이좋게 받아내던 것들이 '혼자선 어쩔 수 없잖아, 실례….' 하며 한쪽으로 도르르 쏟아져버린다. 쏟아진 마음 가닥을 아프지 않게 집어 올리듯이 침착하게 젓가락으로 한 알씩 추슬러서 입에 넣고 터뜨린다.

요요는 혼자 온 이꾸라 스시를 혼자서 먹습니다. 오케이, 다음은 혼자 온 우나기 스시를 혼자서 먹으면 만사형통이다. 혼자 힘으로 독해진 사케도 마시자. 아무래도 좋다. 스시를 먹고 술을 한잔할 수 있으면 그럭저럭 인생이니까. 심장의 껍질이 얇아져서 위험할지라도.

5일 전의 매일과 똑같이 혼자 밥을 먹고 술을 마시고 혼자 잠드는 데 연습이 필요하리라고는 꿈에도 생각해본 적이 없어. 45년과 8개월과 23일 동안 해왔던 일들이, 어떻게 5일 만에 까마득해지니? 중년의 어린 님자란 억겨운 존재로군. 그만해둬.

식당을 나와 거리의 간판들을 읽으며 걷는다. 이건 나의 오랜 버릇이다. 우울한 생각들에게 나의 자리를 빼앗기지 않는 요요 식 테크닉. 딴 걸 보면 되는 거야. 간단하지. 그것도 별 의미 없는 것들, 이를테면 가게 이름. 서로 이웃하고 있는 것들과 관계 맺지 않고 살아가는 짤막짤막한 명사들을 읽는 것은 아주

요긴하지. 라면점 칸스케, 미츠비시 전기, 다이토쿠, 록키타이어 본점, 다이와 골프, 히요코 어린이집, 펠리칸 피자, 일본 정식 겐지….

이것 참, 이런 데서 울기 시작하면 곤란하잖아! 과자라도 사줄까? 찾았다, '오렌지 펌킨'. 알록달록 유치한 간판이 일본술에 취해 볼록하게 굴절한다. 슈크림 케이크 가게다. 호박크림 빵과 크림치즈 빵을 봉지에 담는다. 제법 크고 통통한 슈크림 빵이 슬프게도 너무 가볍다. 애개, 빵 과자가 달랑 가볍게 들리는 것조차 사람 가슴을 아프게 할 수가 있구나. 어려진 남자의 심장이 이별하려 애쓸 때는.

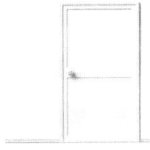

[라라]
외로움은 한 번도 날 떠난 적 없으면서
자꾸 다시 찾아왔다.

오드리 헵번이 그랬다던가? 사랑하는 남자와 여자는 옆집에 살아야 한다고, 한집이 아니라. 옳은 말이다. 하지만 한밤에 갑자기 모듬 과일 세트가 룸서비스로 오거나 하면 랩을 씌우지 않아도 들고 갈 수 있는 호텔 옆방이 더 좋다고 나는 생각한다.

713호의 벨은 뛰어나게 로맨틱한 각도로 볼록 솟아 있다(교토 센트럴 호텔 도어벨 담당자의 안목에 갈채를!).

충동구매를 할 때 크레디트 카드를 살랑 내밀듯 가벼운 흥분 상태에서 누르게끔 만든 정교한 디자인은 물론이고 위치 또한, 믿을 수 없을 정도로 절묘하다. 유혹에 저항하는 항체가 절망적으로 없는 나는 그 벨을 누른다.

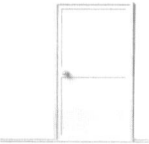

[라라]
그토록 위험한 벨을 눌렀는데도

　이 밤에 그는 없다. 나는 신경질적으로 벨을 더 누르다가 옆방으로 돌아온다. 그리고 히터가 돌아가는 건조한 공기 속에 과일과 나를 차례로 내동댕이친다. 과일은 나를 보고 나는 과일을 본다. 촉촉한 심장을 드러낸 잘린 과일들과 내가 그렇게 함께 조금씩 수분을 잃어간다.

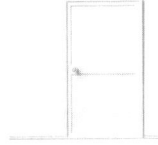

[ㅛㅛ]
장난치지 마.

혼자 고독하게 술이 된 술 따위를 마시는 게 아니었어. 역시, 쿨해 보이지만 꼭 어딘가 포악한 구석이 있거든. 이제 와서 내 기억의 순서 따위 뒤섞어 놓을 게 뭐야. 함께 스시를 먹던 기욘의 거리가 먼저였나, 촌스럽게 쓸쓸해하던 내가 먼저였나. 그런 순서였으면 좋겠다. '혼자 지내는 데 익숙해지려 애쓰던 내가 어느 날 함께 먹는 저녁밥이 무척 맛있다는 걸 알게 되었습니다.' 이런 스토리였다면. 만약 거꾸로라면 이 작달막한 남자가 너무 가엾어지니까 그만둬. 그런데 이 과자 봉지는 뭐지? 아아, 빌어먹을! 역시 위로거리가 필요했던 밤이었어. 촌스럽게 쓸쓸해하는 중이었어. 그 속을 알 수 없는, 근본 없는 고아 같던 사케에게 뒤통수를 맞은 거야.

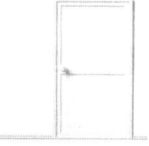

[🎀🎀]
벨이 울렸을 때, 문을 열었을 때

운명의 천둥소리처럼 벨이 울린다.

가루가 날릴 것 같은 라라가 창백한 과일접시를 들고 종이인형처럼 서 있다. 그녀의 모습은 늘 조금씩 현실성이 없다.

"후르츠 룸서비스!"

생긋 웃으려 한다. 사랑했던 이들은 알 것이다. 그 모습은 견딜 수 없다. 접시를 빼앗아 내려놓고 움켜쥐듯 소파에 눌러 앉힌다. 종이인형은 고분고분하게 관절을 꺾고 크림색 소파 위에 얹힌다.

"갑자기 지배인이 사과한답시고 깎은 과일을 보내서…. 이거…, 금방 먹지 않으면 안 되잖아…. 사실 나, 조금 전에도 왔었는데…, 없어서…."

음절들이 떠다닌다. 나도 접착성 없는 대답을 한다.

"… 혼자 거리로 나가서, 혼자 밥 먹고 술 마시는 연습하고 왔어. 연습하면 좀 쉬워질까 하고…. 사실은…, 나…, 별로 강한 놈 아니야…."

내가 먼저 울고 라라가 따라서 운다. 그녀가 먼저 소리 내서 울고 내가 따라 소리 내서 운다. 둘이 함께 운다는 거, 참 다정한 일이구나.

스물 몇 살 때는 여자친구를 따라 울지 못했었다. 그녀는 병아리 같은 간호사였다. 정말이지 작았다. 내가 아르바이트 월급을 타던 날, 아동복 코너에서 블라우스를 사준 적이 있다. 아버지가 부도를 내고, 내가 나가노를 떠나던 날, 병아리는 깃털이 흠씬 젖도록 울었다. 나, 심장이 뽑히도록 아팠지만 울지 못했다. 그때 함께 부둥켜안고 울 수만 있었어도…. 이제와 생각하지만 젊은 남자란 불편하고 우악스럽다.

이제 약해져도 되는 나는, 라라와 뺨을 맞대고 운다 한 번도 젖어본 적 없는 부분이 젖는다. 그녀가 아침에 뿌렸을 향수의 잔향이 숨은 이끼처럼 귀 뒤에서 피어오른다.

"요요…."

이렇게도 듣기 좋은 이름인 걸, 누구도 말해준 적 없다. 라라가 내 어깨에 팔을 두르고 울어서 젖고 갈라진 목소리로 그 이름을 불렀다. 안타깝고 사무치는 이름이다. 요요… 라고…? 한참 후에 뺨을 떼어내고 라라가 문득 생긋 웃는다. 아직 그녀의 감촉에서 독립하지 못한 내 뺨도 금방 그 웃음을 따라 웃는다.

그녀는 또 문득 접시에서 멜론 한 쪽을 집어 들더니 반쯤 베어 물고 남은 쪽을 내게 준다. 배 두 쪽을, 키위 한 쪽을, 사과 세 조각을 그녀는 그렇게 먹는다. 라라가 사과 조각을 내게 먼저 내밀었을 때 나는 라라 것이 내 것보다 작아지지 않도록 조심하면서 베어 문다. 오로지 나는 그녀의 마음에 들고 싶다. 내가 다시 그녀의 마음에 들어서 다시 뺨을 맞대어 주었으면. 내 뺨에 남아 있는 체온과 습기가 다 마르기 전에.

"이건 뭐야?"

과일을 먹다 말고 그녀가 슈크림 빵 봉지를 어린애처럼 손가락으로 가리킨다.

"오렌지 펌킨에서 슈크림 빵 샀어. 크림치즈랑 호박크림 두 가지 맛. 먹을래?"

라라는 과장된 몸짓으로 괜히 종이봉지를 좌악 찢어서 연다.

"어떤 게 호박크림이야?"

괜히 퉁명스럽게 툭, 묻기도 한다.

"어…, 이거…."

그녀는 내가 가리킨 쪽을 집어 들더니 긴 손가락으로 반으로 쪼갠다. 할짝할짝 혀끝으로 안에 든 주홍색 크림을 핥아 먹는다.

"나, 이거 크림만 먹어도 돼?"

"어? 응⋯."

"히힛!"

그녀가 여섯 살배기처럼 웃는다.

"정말? 나 이거 크림만 먹고 빵은 버린다?"

"응⋯."

"야아, 정말?"

라라는 크림빵을 손에 들고 깡충깡충 뛰며 좋아한다.

응⋯. 크림만 먹어. 좋아하는 것만 먹어, 제발.

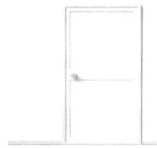

[라라]

Finally a chance to say hey, I love you.

　엄마는 내가 무언가를 먹는 방식이 못마땅할 때 히스테리를 일으켰다. 이를테면 호빵이나 크림이 든 과자, 고구마 같은 것들. 나는, 그러니까, 가장 먹고 싶은 것을 먼저 먹는다. 그것은 자주 가운데 들어 있는 달콤하고 부드러운 것들이다. 따뜻한 호빵의 앙꼬나 크림샌드에 도톰하게 발린 크림, 혹은 갓 쪄낸 고구마를 갈랐을 때 맨 처음 보이는 속살 같은 것.

　그러나 엄마는, 그러니까, 제대로 올바르게 먹길 바란다. 먹을 것에 대한 예의랄까. 예를 들어 호빵을 먹을 땐 앙꼬에 대한 기다림과 책임이 뒤따라야 한다고 생각하는 것이다. 첫입에는 아직 앙꼬를 만날 자격이 없다는 사실을 겸허하게 받아들이고, 마침내 나오는 팥의 시절을 감사히 향유한 뒤, 마지막엔 조금

식은 흰 빵 부분을 담담한 노년처럼 인내하고 먹어내길 바라는 것이다.

내 생각은 조금 다르다. 그렇다고 내가 호빵의 흰 빵 부분이나 크림샌드의 과자 부분, 고구마의 바깥 부분을 무시하는 것은 아니다. 다만 나는 누군가가 날 볼 때 나의 가장 멋진 부분을 제일 먼저 봐주었으면 한다. 나의 가장 근사한 면을 우선 맛보아 주었으면. 그것이 첫인상이고 두고두고 나의 이미지가 되니까. 그 뒤 별 볼일 없는 나의 나머지 부분들을 들킬지라도, '내가 늘 그런 인간인 건 아니야.'라고 억울해할 필요도 없고.

내가 그렇기 때문에 호빵도, 크림샌드도, 고구마도, 물론 그럴 거라고 나는 생각한다. 단언컨대 호빵은 앙꼬가 자존심의 핵심이다. 그것을 먼저 맛보이고 난 뒤로는 나머지 부분들이야 아무래도 좋은 것이다. 나는 내 방식대로 그들에 대한 예의를 지키고 있는 것이다. 하지만 이 따위 교활한 궤변이 엄마에게 통할 리 없다. 더더욱 나쁜 것은 그 '못된' 버릇이 아빠를 닮았다는 점이다. 이 부분에 대해선 군이 더 이상 설명하지 않아도 되길 바란다.

어느 밤, 호박크림만 먹어도 좋다고 내게 말해주는 남자가 있었으니 그는 나의 애인이 되었다.

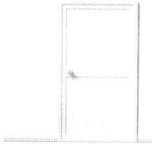

[키무라 히로시]
삼켜버리겠어!

일본 교육이 고쳐지지 않는다면 나 같은 놈들이 끊임없이 재
생산될 것임이 틀림없다. 힘들더라도 버틴다, 끝까지 해낸다,
불굴의 투지로 이길 수 있다…. 젠장, 이제 그만들 해둬! 2년간
이나 초인적인 투지를 불살라 '돌대가리 같은 놈'으로 버텨낸
결과는 만성 위염과 습관성 가위눌림이었다. 이젠 버틸 필요 없
는 곳에선 잽싸게 발 빼야 한다는 걸 열 몇 살짜리들에게 가르
쳐줘! 제발, 일본 교육부 담당자들에게 진심으로 부탁한다.

요요 센세는 42킬로그램의 나를 구해준 사람이다. 그 시절의
나는 정말이지 뼈만 덜그덕거리는 형편없는 모양새를 하고 있
었다. 주변머리 없는 회사원들이 다 그렇겠지만 자신의 무능에

익숙해진다는 건 무서운 일이다. 나는 제 머리를 하루에도 몇 번씩 쥐어박을 만큼 지긋지긋하게 면박당하는 데 익숙해진 바닥 사원이었다. 빠릿빠릿하지 못한 데다 소심하기까지 하다면 그건 최악의 몰골이 되기 위한 최적의 조건을 갖춘 셈이다. 렌탈 하우스 회사였던 그 직장에서는 한 달에 몇 건 이상씩 세입자 계약을 성사시키지 못하면, 악마 같은 바로 위 상사에게 뺨 맞는 것쯤은 대수롭지 않은 곳이었다.

그 당시의 나는 매일매일 방에서 혼자 캔맥주를 따 마시며 와니의 충고를 들어야 했다. 와니는 나와 함께 사는 악어다. 두 번 이혼한 경력이 있는 내 바로 위 상사에게서 처음으로 뺨을 맞던 날, 퇴근길에 완구 가게에 들러 와니를 샀다. 솜을 채운 헝겊이었지만 듬직하게 꽉 박혀 있는 이빨이 마음에 들었다.

인형은 당신들이 생각하는 것보다 근사하다. 어린 아이들이 갖고 놀기엔 너무 어려운 감이 있지. 그래서 아이들은 종종 인형을 오해하고 학대한다. 곰 인형은 곰이 아니며, 공주 인형은 파티에 가지 않는다는 사실을 그들이 어떻게 이해할 것인가! 하긴, 나도 대학을 졸업할 무렵에야 인형을 이해하고 좋아하기 시작했으니까. 가장 멋진 점은, 그들은 내가 생각할 수 있는 말만을 한다는 점이다. 또 한 가지, 나는 그들이 인형일 뿐이라는 점을 알고 있고, 그들도 '오즈의 마법사'에 나오는 허수아비처럼 섣불리 따뜻한 심장 따위를 탐내지 않는다는 점도 중요하다.

와니는 매일 밤 풀이 죽은 채 맥주를 마시는 내게 말했다.

"어이! 맘에 안 드는 놈들은 삼켜버리면 되잖아!"

그리고 예의 그 근심이라고는 없는, 청량한 악어 이빨을 보여준다.

내가 처음부터 돼지였을 것 같아?

42킬로그램짜리 함량미달의 늪에서 요요 센세의 보송보송한 치과로 옮겨간 것은 7년 전의 일이다. 병원 회계 겸 총무 일이 주어졌고 나는 습관대로 어이없는 실수들을 저질렀다. 매일매일. 그런데 그 실수들을 원장 선생부터 접수계 여자아이까지 진심으로 '재미있어' 한다는 사실을 알던 날, 난 놀라서 까무러칠 뻔했다. 세상에, 날 비웃는 게 아니었어.

출근하던 첫날, 나는 진료비 영수증과 약값 영수증을 헷갈려서 코알라 치과 개원 이래 최저의 일일 매출액을 장부에 기록했다. 그 전날보다 동그라미가 2개나 모자라는 수치였다. 나는 순간 고개를 갸웃했지만, 곧 나 같은 놈이 들어온 이상 매출이 떨어지는 것도 무리는 아니라고 생각해버렸다.

"엣? 오늘은 라면밖에 못 먹겠는데? 오케이, 모두들 황실라면으로 집합!"

장부를 본 원장 선생이 우스워 죽겠다는 얼굴로 모두에게 외칠 때만 해도 난 알지 못했었다.

코알라 치과는 말하자면 동네 사랑방 같은 곳이었다. 사람들은 잠깐 외출할 동안 아이를 맡기려고도 왔고, 카스텔라가 맛있게 구워졌다고 먹어보라고도 왔다. 그냥 센세와 술 한잔하려고 저녁 무렵부터 와서 기다리는 단골들도 있었다. 유명세를 타고 꽤 멀리서 이빨을 하러 오는 사람들도 많았는데, 그만큼 크고 작은 트러블도 그치지 않았다.

어느 날은 점심을 먹고 돌아와 보니 접수계가 시끌시끌했다. 한 60대쯤으로 보이는 남자가 불쌍한 간호사와 여직원을 상대로 한바탕 퍼붓고 있는 참이었다. 여직원이 다른 환자분들도 있으니 조용히 말씀해달라고 한마디 했다가 된통 당하고 있는 모양이었다.

"몇 백만 원이나 주고 넣은 이빨이 한 달도 안 되어서 흔들리는데, 나보고 조용히 해달라고? 하하, 아가씨 같으면 타카시마야 백화점에서 산 구두 힐이 그날로 딜컥 부러져버렸다면 얌전히 있겠어? 응?"

노인은 팔팔하게 소리치고 있었다. 조금이라도 도움이 될까

하고 쭈뼛쭈뼛하며 내가 들어서서 인사를 건네본다.

"곤니치와…, 나니이까…."(안녕하세요, 무슨 일이신지….)

남자는 터뜨리던 분통을 고스란히 거두어 내 쪽으로 쏟아 붓기 시작했다. 역시 어리숙한 남자 쪽이 만만하지.

나의 갈고 닦은 특기가 빛을 발하는 순간이었다.

"하이…. 소우데스네…. 모우시와케 고자이마센…."(아, 네…, 그렇군요…. 뭐라 드릴 말씀이 없습니다.)

순종적으로 눈을 내리깔며 이 말만 반복하면 된다. 분통을 터뜨리는 인간들이 듣고 싶어 하는 말은 결국 이거다. 아, 그렇군요…. 죽여주십시오…. 논리 정연한 상황설명 따위는 화에 기름을 붓는 격밖에 되지 않는다. 그저 머리 조아리고 몇 번이고 몇 번이고 "하이…, 하이. 소우데스네…." 하다 보면 몇 십 분간 펄펄 날뛰던 상대도 어느덧 '할 만큼 했고 받을 만큼 받았다.'는 느낌이 드는 모양이니까. 그쪽이 나도 편하다. 굳이 변명할 거리를 찾지 않아도 되고, 나는 어차피 어찌된 영문인지도 모르는 일로 당하는 일이니까, '뭐라 드릴 말씀이 없다.'고 하는 말도 진심에서 우러나와 하는 소리다.

초로의 신사는 나의 거듭되는 사과에 우쭐해져서 10분 정도 더욱 득의양양하게 자신이 화를 내야 마땅한 이유들을 늘어놓다가 홀가분해진 얼굴로 말했다.

"하긴 뭐, 내 나이도 나이니까 잇몸이 부실해서 그럴 수도 있지만서두…."

나는 펄쩍 뛰었다.

"무슨 말씀이십니까…. 40대에 잇몸이 부실하다니요…. 다 저희의 불찰입니다…."

"어허헛, 겉보기만 멀쩡하지 내가 예순다섯 살이야, 이 친구야! 머리숱은 잘 안 빠지는데 입 속이 영 부실해서 말이야…."

치과 유리를 모조리 부숴버릴 듯 길길이 날뛰던 남자는 불과 30분 만에 개운한 얼굴로 다음 주 잇몸치료 프로그램을 예약하고 돌아갔다. 요요 센세는 나의 의외의 재능에 놀랍고 기뻐서 진료실을 펄쩍펄쩍 뛰어 돌았다.

"히야! 대단해, 히야! 이건 정말 놀라운데? 히로시만 있으면 우린 고객관리 문제없어!"

나는 대학 졸업 후 처음으로 의기양양함을 맛봤다. 머리 조아려 사죄하는 거라면, 맞받아치려 들지 않는 거라면, 일본에서 날 따라올 녀석을 찾지 못할 거다. 센세는 나를 더욱 오른팔처럼 아꼈고, 틈날 때마다 내 '재능'을 모두 앞에서 치켜세워주었다. 나는 지치지도 않고 예약을 겹쳐서 받거나 뢴트겐 사진 철을 뒤섞거나 하는 실수를 저질렀지만, 그것들은 "히히!" 하고 가볍게 웃으며 마무리되어 버렸고 모두가 치매에 걸린 듯 금세 잊어버렸다.

그 무렵의 나는 와니 대신 뿌요뿌요와 캔맥주를 마셨다. 뿌요뿌요는 나와 함께 사는 돼지다. 치과에서 첫날 첫 실수를 하고 다 함께 웃으며 라면과 물만두를 먹던 날, 나는 퇴근 길에 완구점에 들러 뿌요뿌요를 샀다. 뿌요뿌요는 계피맛 푸딩과 함께 캔맥주를 거푸 들이키는 내게 말했다.

"어이! 정말 그걸 다 삼킬 셈이야?"

그리고 예의 그 말랑말랑한 분홍빛 코를 보여준다. 나는 먹성 좋고 유능한 경리 노릇 1년 만에 거만한 73킬로그램의 거구가 되었다.

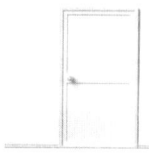

[히로시]
허영으로 가득 찬 저 여자가 마음에 밟혀.

한국은 처음이었다. 센세는 나와 다른 항공편 스케줄을 예약하는 배려를 보여주었다(보스와 함께 입출국 절차를 거치는 여행이란 게 얼마나 거추장스러운지, 당신도 알고 있길 바란다). 서울 힐튼 호텔에서 그와 층이 다른 방에 머물면서 나는 정말이지 오랜만에 숨구멍까지 힘을 빼고 푹 쉬는 느낌이 들었다. 서울의 한 치과 원장과 요요 센세의 1대 1 인터뷰를 위한 서울행이었다. 일본 치과의사 협회지에 실릴 인터뷰 기사를 위해서 내가 할 일은 녹음기 버튼을 누르는 것뿐이었다. 그러니까 사실 나는 따라올 필요가 없는 길이었던 거다. 이건 요요 센세의 교묘한 선물 같은 거였다. 출장을 빙자한 '예비신랑 스트레스 탈출 휴가'쯤이랄까.

최근 한두 달 동안 나는 치과 안의 모든 총각들에게 "결혼식 따위 하지 않고 사는 편이 좋겠어."라는 결심을 하게 만들고 있는 참이었다. 6년 연애기간 동안 받았던 것의 꼭 6배 이상 압축된 스트레스가, 불쌍한 내 위로 산사태같이 굴러 떨어지고 있었다. 결혼을 결정한 그 순간부터 말이다. 피로연에서 식사 전에 무기차를 마시든, 녹차를 마시든, 무어 그리 대수란 말인가. 웨딩 업체에서는 내게 시도 때도 없이 전화를 걸어서 그 따위 것을 물어댔고 나는 앵무새처럼 똑같은 것을 우리 엄마 아빠, 그리고 신부에게 물어야 했고, 그럼 그들은 또다시 동창회 총무들과 골프 동호회 회원들, 회사 동료들에게 일일이 전화를 해서 물어보았고, 신부 측과 그 부모들, 그 친구들은 또 똑같은 절차를 거쳐서 착실하게 수렴한 대답을 내게 모아주었다.

　일이 이 지경이니 병원 예약 스케줄이 눈에 정확히 들어올 리가 없다. 어제 하루에만 스무 번 이상 "아, 죄송합니다. 드릴 말씀이 없습니다…"라고 충혈된 눈으로 머리를 조아리는 기록을 세우자 센세는 갑자기 이번 출장에 내가 꼭 필요하다는 결정을 내렸고(원래는 잡지사 기자와 사진기자만 동행하기로 한 짧은 취재 여행이었다) 원장 비서는 재빨리 내 항공권을 예약해주었다.

　라라는 센세의 애인이다. 이 세상 어디에도 소속되어 있는 것 같지 않은 기묘한 공기를 두르고 있는 여자다. 그녀와 요요 센세가 열애중이라는 소문은 석 달 전부터 치과 부근에 파다했지만 나는 설마 했었다. 그건 젖은 나무 위에 포스트잇을 붙이는 것과 같아. 그런데 이틀 전 그 둘이 함께 힐튼 호텔 엘리베이터에서 내려 로비로 걸어 나오는 걸 보고서야 알았다. 젖은 나무는 젖은 나무인 채, 포스트잇은 포스트잇인 채, 서로를 끌어안고 있었다.

라라의 일본어는 상냥하고 매끄럽다. 이번 인터뷰의 통역을 해주기 위해 비둘기색 정장 원피스를 입고 두 치과 원장 사이에 앉아 일본어와 한국어로 지저귀는 모습도 그랬다. 잘 마른 타월처럼 이쪽의 말들을 빨아들인 뒤 상냥하고도 풍부한 표정으로 잘 다듬어진 말들을 저쪽으로 건네준다. 센세가 왜 그녀를 사랑하는 줄 알겠다. 저 유연함. 투명한 젤라틴의 뇌를 가진 듯 망설임 없이 표정 짓고 흐르듯 말하는 저 성격적 천진함. 라라는 스스로 인도인이라고 생각하는 한국인이지만 천만에, 내가 보기엔 어느 쪽의 피도 한 방울 섞이지 않은 물체다. 어느 날, 공기와 여행가방이 입 맞춰서 태어난 아이 같다.

낯선 도시에서의 3일은 어이없이 금세 휘발해버린다. 라라는 우리 팀과 함께 점보 택시를 타고 인천공항까지 배웅해주었다. 센세의 비행기 편이 내 것보다 조금 일찍 출발하게 되어 있었다. 차나 한 잔 마시러 들어간 인천공항 2층의 카페테리아에서 나는 스파게티를, 센세는 클럽샌드위치를 주문했고 라라는 물 한 모금도 마시지 않았다. 시계를 보아가며 출국시간 20분 전 까지 라라의 손을 잡고 있던 요요 센세가 마침내 입국카운터로 들어가기 전, 라라의 뺨을 두 손으로 감싸 쥐고 코끝과 턱에 입술을 댄다. 그것이 꽤 뜨거웠던 듯, 라라의 코와 턱이 팬케이크 위의 버터처럼 금방 녹아내릴 것 같이 흔들린다.

손을 팔랑팔랑 낮게 저으며, 그녀는 믿을 수 없는 한 마디를 반쯤 돌아선 센세의 등에 새겨 넣는다.

"잇데이랏샤이…."(다녀오세요….)

그 목소리는 젖은 듯 떨렸지만, 알이 작은 최고급 캐비어처럼 도도한 광채를 내며 그의 등에 박힌다. "자아네!"(다음에 또!)라든가 "바이바이!"라든가 하는 싸구려 말이 아니었다. 나, 오래도록 놀란다. 이 말을 등에 새기고 떠난 남자는 100년 동안 사막을 헤매더라도 돌아오고야 말 것이니까. 단언컨대 요요 센세는 지금 이 순간부터 오로지 그녀에게 돌아오기 위해 이곳저곳을 디닐 것이다. 역시나 그 말에 등을 깊숙이 찔린 그는, 벌써 그리움을 철철 흘리면서 카운터를 통과한다.

그의 금발이 보이지 않게 되자 라라는 금세 태엽이 풀린 인형같이 된다. 윤기를 모두 써버려 바삭바삭하게 갈라진 목소리가 내 쪽으로 부스러지는 말들을 흘린다.

"히로시 상…, 힘이 너무 없어져서 지금 돌아가야겠어요…. 미안…, 미안해요. 다음에 또 뵈어요."

얼굴과 목덜미에 핏기가 전혀 없다. 현기증을 일으키며 발을 스윽스윽 끌면서 라라는 공항 출구 쪽으로 허깨비처럼 움직여 간다. 아, 저렇게 되고 말다니. 8~9초 동안의 '라라스러운' 이별 장면을 위해 아낌없이 감정을 탕진해버리고 파산한 거다. 허영심이 대단한 여자다.

다음 주에 결혼을 하는 나는 생각한다. 밋짱(그녀의 이름은 미사코라서, 다들 '밋짱'이라고 줄여 부른다)은 어딘가로 나를 보내며 좀 더 수수하고 단단한 모습을 보였으면 좋겠다. 저렇게 되어버리면 나처럼 약해 빠진 놈은 감당할 수가 없어지니까. 무리, 무리다. 정말 다행히도 밋짱은 아낄 줄 아는 여자다. 5초. 내 마음 안에서 머무는 시간도 이렇게 수수하고 단출하잖아. 그러니까 줄을 서서 탑승수속을 하는 내내, 나리타공항까지 2시간 15분의 비행 내내 내 마음을 채웠던 건, 사치스럽게 무너지던 라라의 허영기 가득한 모습이었다. 아낄 줄 모르는 여자는 이래서 안 된다.

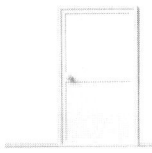

[요요]

오오, 카르멘!

"오카에리!"(어서 와!)

라라가 나를 이토록 야단스럽게 좋아한다는 건 너무나 근사한 일이다. 처음이다. 어깨가 환히 드러나는 셔링 블라우스를 입고 기다란 크리스털 귀걸이를 달그락거리는 여자가 문을 열어주는 방으로 들어가는 남자 역을 맡게 되다니. 나는 그 방에 성급하게 익숙해지지 않도록 조심한다. 언제나 너무 멋진 것들은 날개를 달고 있는 법이니까.

그래도 누가 좀 보아주었으면 좋겠다. 아르마니 코롱 냄새로 가득한 방안으로 미처 들어서기도 전에 땀과 먼지로 범벅이 된 내 뺨을 부비며 와락 목을 끌어안는 이 화려한 여자를, 그리고 그녀를 애써 멋을 부린 목소리로 떼어놓는 날.

"안 돼. 화장이 뭉개지잖아. 게다가 난 종일 치과에 있어서 병균이 잔뜩 묻어 있단 말이야…"

이러는 나, 뭉클하도록 마음에 든다.

한 번쯤 이런 겉멋을 부려보고 싶었다, 사실은 스무 살 무렵부터 주욱.

[라라]
우리는 걷는다, 길 위의 추억

　신바시의 아오야마 보치 비석들 사이를 걸으며 삶과 죽음을 이야기한다. 연녹색 잎사귀들이 캘린더 속 풍경처럼 자욱한 길이다. 이 길을 보고 나면 누구라도 걷지 않고는 지나칠 수 없는 매혹적인 길. 요요도 나도 길을 좋아한다. 이렇게 천국처럼 햇빛이 상냥하고 벚꽃 잎이 비석들 사이로 흩어져 내리면 나는 견딜 수 없어진다. 미련 없이 떠나는 자의 역할을 하지 못해 안달하는 병. 봄의 화사한 무덤들 사이를 걸으며 나는 무심하게 흘려 말한다.

　"내가 죽은 뒤에 무덤이랑 비석은 만들지 않는 게 좋겠어."

　"하하하하!"

　갑자기 터진 재채기처럼 그가 웃는다.

"뭐야, 그 웃음은? 지금은 웃는 장면이 아니잖아."

"아니, 아니…. 뭐? 무덤, 무덤이라고! 네 입에서 무덤 이야기가 나오다니 너무 웃겨서. 하하하…. 섹스하고 난 아침에도 정말로 너를 만졌던 건지 자신이 없는데, 그 몸뚱이마저 사라진 마당에 커다란 돌을 세워놓으라고? 그런 코미디가 어디 있어!"

"내 눈과 장기는 모두 필요한 사람들에게 주고, 평생 담배 피워본 적 없는 폐니까 아마 싱싱할 거야. 심장은 부실하지만, 뭐 꽤 쓸 만하고…. 그러고 남은 몸은 깨끗하게 태워서 그 가루는 갠지스강에 뿌려줘. 태우고 나면 다이아몬드 목걸이만 재 속에서 빛을 뿜고 있겠지. 그건 주워서 당신 재킷 안주머니에 넣어두면 돼. 심장 가까이에 닿도록 넣어야 해. 웃음 참고 들어줘서 고마워, 빌어먹을…."

내가 함께하는 요요! 사는 건 꿈이잖아. 어차피 꾸는 꿈이라면 좋은 꿈을 꾸고 싶을 뿐이야. 그래서 너랑 지내는 거고. 그래도 꿈을 꾸고 있다는 사실을 잊진 않아.

[⚲⚲]
라라의 젖은 머리카락보다 젖은 것은 아무데도 없다.

갓 태어난 밍크처럼 젖어서 윤이 난다. 양초 빛깔의 허리에 검은 담쟁이처럼 착 붙어 방울방울 나른한 다리 아래로 영원히 마르지 않는 물기를 떨구고 있는 라라의 머리카락을 보고 있으면 망막이 방울방울 소리 내어 젖는다.

지금 내 몸을 감싸고 있는 것은 흥건한 피와 아스팔트의 습기. 그 위에 누워 있는 나를 보며 젖어 있던 라라의 감촉을 생각한다. 지금쯤 그녀는 아가일 체크무늬 가방을 끌고 나와 나를 찾고 있을 것이다. 그녀의 입술은 내가 좋아하는 체리빛 립글로스에 젖어 있을 것이다. 얼마 후 라라가 울어서 그 긴 속눈썹이 올올이 젖은 모습을 볼 수 없다는 것은, 지금의 나로선 유일하게 다행스러운 일이다.

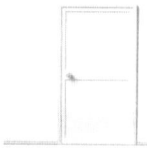

[라라]
취한 밤의 몸은 다른 이야기를 한다.

　머리카락이 유두보다 민감해지던 밤엔, 그가 욕조에 걸터앉아 날 무릎 위에 앉히고 딸기향 샴푸로 머리를 감겨주었다. 매끌매끌한 샴푸거품이 지독히도 탐욕스럽게 버블버블 소리를 내며 내 머리카락을 훑는다.

　시칠리아 카사노바의 혀처럼 젖은 거품이 연한 양초 빛의 등과 가슴으로 흘러내리면 간지러움을 타는 나는 키득키득 어깨로 웃고, 요요는 샴푸거품에 내가 무릎에서 미끄러질까 봐 살짝 까치발을 든다. 헤이, 그러면 네 쪽으로 미끄러지잖아. 스르륵, 엉덩이로 그의 젖은 다리를 타고 내려가면 딸기거품 가득 고인 허벅지 안쪽이 서로 '찰칵' 맞물린다. 사박사박, 맞닿은 곳에서 깨지는 거품들이 샴페인 거품 소리를 낸다. 뜨겁고 데

카당스한 딸기 슈크림 샌드위치. 그건 나를 위한 나이트 디너 애피타이저다.

　왼팔로 날 감아서 어깨 위에 눕히고 오른팔과 오른다리가 넝쿨식물처럼 나를 얽고 잠이 든다. 나는 불평 없이 숲 속의 버섯처럼 박혀서 잔다. 넝쿨 숲에선 폴로 스포츠 애프터셰이브 냄새가 나고, 숲 속에 코를 박은 버섯에선 캘빈 클라인 유포리아 냄새가 난다.

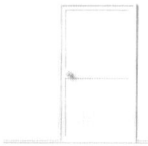

[라라]
느리고 화려한 밤의 입맞춤

　잠이 들어 있는 동안의 모습이 그 남자의 진짜 마음의 모습인 거라면, 요요는 날 보모로 곁에 붙들어둘 작정인 게 틀림없다. 둘이서 이 집 저 집 다니면서 술을 몇 잔씩 마시고 단팥 아이스크림 봉지를 들고 룸, 스위트룸에 돌아오면 요요가 밤공기를 묻힌 내 눈꺼풀 위로 더워진 입술을 댄다. 그가 '나이트 디너' 애피타이저로 좋아하는 '마스카라 데칼코마니'의 시작.

　내 등과 목을 양팔로 단단히 감아 내 가슴을 가슴에 밀착시킨 채 바르륵 바르륵 떠는 감은 눈꺼풀 위로 습한 알코올의 입김이 촉촉하게 맺히도록 오래오래 오래오래 흔들거리며 입을 맞추고 서 있는 것이다. 나는 과일보다 향긋한 과일 술이 실핏줄을 타고 까르륵 까르륵 웃으며 화사한 신경계로 퍼져나가는 소리를 가만히 듣는다. 즐겁게 농익어서, 즐겁게 으깨어져, 기꺼이 술에 취한 머루와 사과와 매실의 웃음소리가 내 심장 가까이에서 캐럴처럼 울릴 땐 정말로 기쁘다.

"요요, 머루가 웃고 있어. 하하, 머루가 이렇게 웃는구나!"

머루의 웃음소리보다 더 내 심장 곁에 바짝 붙어 서 있는 요요에게 말한다. 머루의 웃음 따위는 아무래도 좋은 그가 내 기분을 맞추려고 입술을 댄 채 잘게 머리를 끄덕끄덕한다. 방이 말랑말랑해지는 것은 술이 취했다는 기분 좋은 증거다. 나는 그의 놀이를 방해하지 않고 그도 나의 놀이를 비웃지 않는다.

이윽고 이윽고 가볍게 한숨을 쉬며 그가 나의 눈꺼풀에서 입술을 떼면 별안간 오소소 내려앉은 한기에 떨며 젖은 속눈썹을 한 올씩 들어 나는 눈을 뜬다.

"히야, 오늘도 대성공!"

박수를 치며 요요는 기뻐한다. 짙푸른 마스카라가 눈 아래쪽 흰 피부에 깔끔하게도 판박이 되어 있는 내 얼굴을, 술 취한 밤 10시쯤의 요요는 사랑했다. 나의 거미처럼 긴 속눈썹이 빗살무늬를 그리며 위아래로 청록색 컬러렌즈의 눈동자를 호위하고 있는 모습은, 마케도니아의 벽화처럼 소년의 가슴을 뛰게 하는 풍경인지도 모르지.

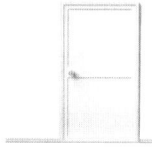

[요요]
어느 새벽의 웨딩마치

그런 순간이 정말로 내게 왔다. 결혼하지 않는 여자와 결혼하고 싶어지는 때가.

아마도 내 쪽이 틀렸을 것이다. 라라 말대로 반지나 증명서 따위로 확인되는 사랑이라면 결혼의 원래 뜻에 위배되는 것이겠지. 내 여자는 사랑에 관한 모든 걸 사랑했지만, 결혼은 좋아하지 않았다. 그녀의 방식을 존중한다. 하지만 나의 마음도 존중해줘.

구식인 나는 오늘 새벽, 호텔방의 작은 티테이블에 앉아 혼인 서약서를 쓴다.

"나, 요요는 당신 라라를 내 마음의 신부로 맞아 인생이 우리에게 주는 어떤 불행과 슬픔도 함께 견딜 것이며 인생이 우리에게 주는 어떤 행복과 기쁨도 함께 나눌 것입니다. 내 가슴 속과 영혼의 모든 말로서 나는 당신과 결혼하는 바이며 내 삶을 당신 삶과 묶습니다."

사인을 하고 서약서에 키스를 하는 동안 나의 신부는 아이처럼 몸을 웅크린 채 알몸으로 잠들어 있다. 한쪽에 돌돌 말린 하얀 침대 시트를 벗겨 그녀의 양초빛 말간 몸을 감싼다.

화장기 없는 뺨 위로 흐트러진 머리카락, 새하얀 드레스의 신부는 마음이 휘청거릴 정도로 요염하다. 떨리는 입술로 그녀의 손등에 입 맞춘다. 이 자유롭게 긴 손가락. 그들이 언제까지나 구속 없이 춤출 수 있도록 반지 대신 목걸이를 준비했어.

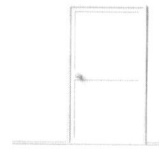

[후지자와 코이치]
여자와 다이아의 4C에 관하여

   녀석이 25년 만에 전화를 해서 2.5캐럿짜리 다이아몬드를 주문했다. 우리가 스무 살 되던 해, 그의 아버지가 부도를 내고 일가족이 마츠모토 현을 떠난 지 꼭 25년 만이다. 나가노 시 전체가 들썩거릴 만큼 큰 부도였다. 떵떵거리던 집안이 하루아침에 솥까지 모두 빼앗기고, 그러고도 남은 적지 않은 빚은 장남인 요요가 짊어지게 되었다고 했다. 그 뒤로는 알 수가 없다. 유치원부터 고등학교까지 함께 다녔던 녀석인데, 간간히 들려오는 소식도 없었다. 무심한 자식. 그렇게 각별했던 나에게조차.

   하긴 나도 작정하고 녀석을 찾아볼 궁리를 해본 적은 없다. 알겠지만 살다 보면 불알친구의 소식보다 급히 처리해야 할 일들이 태산이다. 회사와 출근과 통장과 전철과 여자와 결혼과

기저귀 값이 스물을 넘긴 내 앞에도 차곡차곡 밀려왔으므로 바쁜 게 죄가 될 리 없는 중년의 일본남자로서 나는 당당하다면 당당해도 되는 핑계감이 있다.

　우리 집안은 할아버지 대부터 보석상을 해오고 있다. 후키자와 보석이라면 그래도 한때 나가노 시 전체에 점포를 30개나 갖고 있을 만큼 위력을 떨쳤던 적도 있었다. 그러니까 지금은 아니라는 말이다. 아버지 대에서부터 조금씩 기울기 시작한 보석시장 탓에 내가 물려받을 때쯤엔 덜렁 본점 하나만 남는 형편이 되고 말았다. 일본의 거품경제가 가져다준 성쇠였다. 보석을 사겠다는 사람은 줄어들고 인건비는 턱없이 오르니, 요즈음 나는 15명의 점원을 5명으로 줄일 궁리를 하는 중이다. 그런데 나보다도 오래 가게를 지킨 아버지뻘 되는 점원들을 내가 무슨 수로 내보낸단 말인가. 뇌와 심장이 동시에 지끈거린다.
　아침에 집을 나오는데 열네 살 된 아들 신고가 한마디 한다.
　"아버지, 언제 이혼할 거예요? 엄마가 곧 전학 갈 거니까 그렇게 알라던데요? 친구들한테 미리 알려줘야 된단 말이에요. 날짜 정해졌어요?"
　아아, 어찌 되어가는지 나는 하나도 모르겠다.
　"이혼이라고? 하하하…, 누가 그러든?"
　이렇게 말해주어야 하는데 그냥 서둘러 가게로 향한다. 타이밍을 일부러 놓치는 못된 버릇은 때때로 나를 지켜준다. 이렇게 자책거리라도 만들어두면 최악의 순간에 마음 든든한 법이다.

9시도 안 된 시간에 울린 첫 전화는 내가 받았다.

"감사합니다. 후키자와 보석입니다."

"아, 아침 일찍 실례합니다. 후키자와 사장님 부탁합니다."

"저입니다만…."

"여어…, 코짱!"

덜컥 가슴이 체한다. 느닷없이 내 이름을 이런 식으로 부르다니, 그것도 이런 무뚝뚝한 아침에.

"하하하…, 코짱! 잊어버렸어? 나 요요야! 요요라고!"

"뭣, 욧짱!"

두두두둑 관절 꺾이는 소리를 내며 25년의 세월이 책상을 짚고 벌떡 일어선다.

요요 녀석이 2.5캐럿짜리 다이아몬드 목걸이를 사겠다고 했을 때 비로소 나는 제정신이 들었다.

"몇 캐럿이라고? 정말 그걸 살 셈이야? 설마 네가 걸려는 건 아닐 테지?"

그는 웃으면서 안사람을 위한 거라고 했다. 쯧쯧, 너도 참 힘에 부치는 부인을 얻었구나…. 어쨌든 나는 그 주문에 솔직하게 기뻐했다. 그 정도 고급 다이아몬드 하나를 팔면 가뜩이나 가게가 어려운데 우선 한숨 돌리게 된다.

"이야…. 자식, 너 출세했구나! 최고로 좋은 걸로 해줄 테니까 그건 걱정 말고 얼굴이나 보자!"

고맙고도 기막히다. 아니, 그냥 묘하다. 옛날 영화에서 보던 흔한 수법 같아. 코흘리개였던 주인공이 모퉁이를 돌면 훌쩍 커버린 어른이 되어 걸어 나온다. 1년에 꼭 0.1캐럿씩 성장했구나, 요요.

직업정신을 발휘하여 마음을 가다듬고, 다이아몬드는 커팅과 세팅을 하는 데만 3주 정도 걸린다고 설명한다. 수화기 너머 잠깐 부인과 뭐라고 상의하는 듯하더니 금방 좋다고 한다. 한 달쯤 있다가 받으러 함께 오겠노라고. 그랬는데 정말로 왔다. 올해 벚꽃이 가장 많이 달렸던 바로 그날에.

누군가의 안사람이나, 부인, 와이프라고 단 한 번도 불린 적 없을 듯한 그 여자는 요요의 팔에 감긴 채 걸어 들어왔다. 나는 당황스러웠다. "부인 말씀은 많이 들었습니다. 후키자와라고 합니다."라는 인사가 도저히 구색이 맞지 않는다. 뭐하고 해야 하나.

"어이! 코짱, 안사람이야. 라라, 내 가장 오랜 친구야."

현실감이 없을 정도로 화사한 차림을 한 여자는 역시 현실

세계와는 동떨어진 음색으로 짧게 인사를 한다.

"처음 뵙겠습니다. 라라입니다."

뭐야, 저 페르소나는. 보석상 아들로 태어나서 평생 보석반지를 팔며 살다 보면 자연히 알게 되는 게 있다. 보석 값을 치를 남자와 함께 들어오는 여자들의 4C. 캐럿carat, 컬러color, 클리어리티(clarity, 선명도), 컷cut. 보석감정서의 기준과 똑같다. 라라라는 저 여자, 생활용으로 깎아진 컷이 단 한 구석도 보이질 않는다. 우리 가게를 걸고 맹세하는데, 요요 녀석 저 기다란 손으로 끓인 된장국 먹어본 적 없다.

안사람이라고? 너, 저 안에 들어가 보긴 한 거냐?

녀석은 굳이 그 오래된 닭꼬치 선술집에 가겠다고 우겼다. 여자의 고운 봄 코트에 연기가 찌들까 봐 내가 안 된다고 했지만 막무가내다. 의외로 라라도 기쁘기까지 한 얼굴로 닭꼬치집에 가겠다고 한다. 그 널빤지를 잘라 만든 선술집은 통풍이 안 돼서 들어서기만 해도 매캐한 연기에 취해버린다. 나는 요 며칠간 머리와 가슴이 휑했으므로 연기와 함께 들이닥친 뜨거운 일본술 석 잔에 혀가 풀어진다.

"야야, 나만 알고 있을게. 핸드폰 번호 가르쳐줘. 핸드폰 없다고? 에이, 라라 상이랑 통화하는 번호 있잖아, 그거 나도 가르쳐줘. 자주 안 할게. 그냥 꼭 필요할 때 가끔 연락하자. 나이

드니까 아랫도리 친구밖에 없는 거, 너도 못 느끼냐? 엣? 그럼 서로 어떻게 연락해? 짜식, 몸을 바쳤구나…. 그래, 그게 진짜지. 핸드폰 그거, 사람 말아먹는다.

나 그것 때문에 5년 전에 20킬로그램 빠진 적 있어. 우리 처가 쪽에서 사립탐정까지 고용해서 미행하는데, 아주 미치겠더라. 나 A형이잖아. 숨기는 거 잘 못하고. 라라 상, O형 아니면 AB형이죠? 그럴 줄 알았어. 우리 여보 상도 AB형인데요, 서로 잘 안 맞아요, 하하하.

라라 상, 손 한 번만 잡아봐요. 엇, 정말 멋진 스타킹을 신었네요! 와코루 건가요? 나도 지난 가을부터 쭈욱 스타킹 신고 있어서 관심이 많아요, 볼래요? 시커먼 게 볼품은 별로지만 아주 따뜻해서 벗을 생각이 안 들어요. 너도 한번 신어봐, 바지 안에 입으면 다리랑 엉덩이랑 살짝 조여주는 게 따뜻하고 최고야.

야, 다 농담이라고 네가 말 좀 해줘. 나 원래부터 말을 이렇게 하는 놈이었다고. 농담인데 저렇게 말간 얼굴로 쳐다보니까 내가 너무 몹쓸 놈 같아져서 기분이 영 그렇다. 아, 어쨌거나, 맞다, 이 녀석도 A형이에요. 그렇지? A형은 정이 깊은 사람들이라구요, 그렇지?

요요, 우린 여자 사귈 때 굉장히 오래 사귀잖아. 그렇지? 너 고등학교 때부터 14년 사귄 여자 있었지. 나도 그래, 한 번 빠지면 굉장히 오래가. 그런데 문제는 여자 쪽에서 상처주기 쉬운 타입이라는 거야. 그렇지? 라라 상, 그건 알아줘야 돼요. 우리가 생긴 건 울퉁불퉁한 게 뭐 어찌해도 좋을 듯하게 보이지만요, 속은 센서티브라고요, 그렇지? 따뜻하게 해줘야 돼요. 그러면 잡종 개 같이 오래오래 충성이에요.

그런데 이거, 라라 상 닭간구이 같은 거 먹나? 생긴 게 영 안 예뻐서…. 뭐 딴 거 시키세요. 요요, 라라 상 먹을 수 있는 거 뭐 하나 시켜. 아, 그래. 어머니, 여기 계란말이 하나 깻잎 넣고 해주세요. 그건 먹죠? 예쁘니까, 그죠?

우리 여보 상은 내게 아주 쌀쌀맞아. 내가 뭘 잘못했나? 응, 잘못했을 수도 있어. 그런데 나, 이래봬도 후키자와 보석 사장이야. 그런데 내 점심 도시락을 내가 싼다고. 그래도 아침나절에 남자가 주방에서 부스럭거리면서 밥을 담고, 장아찌를 담고, 된장국이 없으면 그것도 끓이고… 뭐 이렇게 부스럭대고 있으면 빼꼼하게라도 내다보고 "뭐해?" 할 수도 있는 거 아니야, 응? 그런데도 아무 소리가 없어. TV를 보면 봤지, 남편 밥상 볼 생각은 없는 분이야.

밤에 술 먹고 들어가잖아. 이 커다란 덩치가 양복 입은 그대로 '쿵!' 하고 소파에 떨어지는 소리가 안 들릴 수가 없어. 그런데 아침에 눈 떠보면 이 양복 그대로 엎어져 소파에 자고 있다고. 뭐? 응. 네 말도 맞아. 편리하긴 하구나. 입은 그대로 출근하면 되니까…. 히히, 어쨌든 따뜻하지가 않아. 그래서 서

브^sub 와이프가 필요한 거야.

아, 미안, 미안…. 우리 어렸을 때 애길 해달라고 했었지…. 쪼끄만 놈이 대장 해먹었어요. 그 말 하고 나니까 할 말이 없다, 야…. 나는 덩치 하나는 끝내줬었지. 키도 산만 하고. 중학교 때 발 사이즈가 275밀리미터였어요. 농구공도 한 손에 움켜쥐고 뛰었었으니까. 너, 그때 그거 하난 부러워했었지, 그렇지? 넌 인마, 죽었다 깨나도 한 손으로 슛 못했어.

히히, 그래도 라라 상, 상냥한 놈이었어요. 저 키에 농구부 주장이었는데 벤치 지키는 놈한테나 물 떠오는 놈한테나 모두에게 똑같이 상냥했어요. 만날 좋다고 낄낄거리고 다니고. 정말, 나 한 번도 너 풀 죽은 꼴을 못 봤다. 지금도 그러냐? 애를 보고 우리 팀이 다들 힘내고 그랬어요. 이겨도 팔딱팔딱 뛰고, 져도 팔딱팔딱 뛰고…. 뭐 저런 게 다 있나 싶었죠.

어느 날, 경기하는 데 애가 무슨 소금물 탄 거 같은 걸 먹여주더라구요. 나는 후보선수니까 뛰지도 않고 대기석에 앉아만 있었는데. 코치가 땀 흘리는 주장선수 마시라고 준 걸 갖고 와서 맛있다고 마셔보래요. 밍밍한 게 뭐, 별맛 없더라구요. 알고 보니까 그게 포카리스웨트였어. 하하하, 그때 첨 나왔었지, 일본에. 뭐 이런 걸 맛있다고 먹고 저렇게 열 내서 뛰어다니나 했었어, 그땐…. 히히, 알았으면 더 마셔두는 건데 그랬어…. 그랬음 나도 주전선수로 뽑혔을라나?"

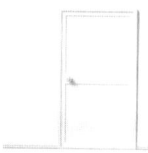

이렇게 아름다운 공항 이야기

　나리타공항의 4시 50분. 오렌지색 랄프로렌 진의 긴 다리가
생각하듯 기다리고 있다. 검은 슈트케이스 위에 걸터앉아 나를
기다리고 있는 것이 틀림없지만 기다리는 라라의 모습은 나를
불안하게 한다. 그녀가 그렇게 기다리고 있으면 버밍엄의 붉은
벽돌담이라도 성큼성큼 걸어오고 말 것이니까. 나만을 기다리
고 있는 거라고, 나는 늘 그 기다리는 모습에게서 다짐 받고 싶
어 했다.

　거의 대부분 나리타공항에서 기다리는 쪽은 나다. 그리고 나
는 그녀가 A출구의 슬라이딩 도어를 미처 빠져나오기도 전에
그녀를 발견해낸다. 단연코 언제나.

　고교 수학 여행단의 요란스런 틈새에 묻어나올 때도, 피켓을

든 팬클럽들이 겹겹이 기다리고 서 있는 한류연예인과 함께 떠밀리듯 나올 때도, 어느 순간 가슴이 휘청, 하는 느낌과 함께 손바닥에 가볍게 땀이 배어나오면 어김없이 다음 순간 바싹 마른 비행기 안에서 조금 건조해진 라라가 내 망막 속에 잡힌다. 그건 틀릴 수가 없이 또렷한 사인이어서 난 굳이 그녀를 난간에 바싹 붙어 기다리거나 하지도 않는다.

그런데 말이다. 오늘은 날 발견해줘야 마땅한 그녀를 또 내가 먼저 발견해버렸다. 그녀는 서울에서, 난 오클랜드에서 도쿄로 돌아오는 길이었다. 돌아오는 날짜와 시간을 맞추어 공항에서 서로를 찾아내기로 한 것이다. 뉴질랜드에서 내 비행기가 좀 연착하는 바람에 라라가 날 기다리게 할 기회를 얻어 유치하지만 그냥 조금 두근두근했었다.

그런데 말이다. 그녀는 내가 나올 입구 쪽을 보고 있지 않았다. 서운했다면 어쩔 텐가. 내 녹색 나이키 점퍼가 그녀의 코끝에 닿도록 그 니른한 얼굴이 '기다리는 것 따위는 없어.' 하는 표정으로 말갛게 가라앉아 있는 것을 보다니. 아아, 요요 군. 너는 기다리게끔 태어나지 않은 여자를 기다리는 역이야. 롤 체인지는 없어. '그쪽이 편해.'라고 말해. 지금. 그리고 "왜 이렇게 늦었어? 오래 기다렸는데."라고 말하지 않는 그녀의 긴 머리카락에 손가락을 파묻어. 그리고 그녀의 마음이 떠돌며 기다리던 모든 것으로부터 조용히 네 이름이 쓰인 작은 문을 찾을 때까지 모르는 척 기다려. 일본에서 유치원을 다녔으니까 줄 서서 과자를 받는 데는 익숙하지, 그렇지?

라라는 생각보다 빨리 나를 향한 문을 열고 들어와 주었다.

"아, 요요. 언제 왔어?"

생긋 웃는다. 아아, 조그맣고 하얀 치아들이 가지런히 내 앞에 드러나는 이 순간이 날 미치게 하지. 치과의사가 예쁘다고 느끼는 얼굴 말인데, 그건 단연코 그의 치아와 턱 선의 취향에 달렸다. 모든 치과의사가 그렇다. 우리 치과의 인턴 하나는 사랑스런 덧니 하나에 반해서 지난 달 아이가 딸린 백화점 판매원과 결혼을 해버렸다.

나로 말하면, 이렇게 보통사람보다 작고 희어서 연약해 보이는 치아를 보면 가슴이 저리다. 이런 치아는 어금니도 조그맣고, 그래서 암사슴처럼 고상한 턱 선을 만들어내지. 한 손에 쥐어질 듯 가녀린 턱을 들어 올려다보는 여자아이의 얼굴이란!

이건 나만 아는 사실이지만 여섯 달 전, 라라가 내 치과의 진료의자에 앉아 있을 때 찍었던 치아 엑스레이와 견본을 뜬 치아모형을 자료 보관실 캐비닛에서 빼돌려 내 서랍에 따로 보관하고 가끔 꺼내보고 있다. 라라의 나비 귀걸이마저 선명하게 찍힌 그 엑스레이를 보고 있으면, 그리고 작고 귀여운 치열의

핑크빛 모형을 꺼내 손에 쥐고 있으면, 환각처럼 바닐라와 애플이 섞인 그녀의 향수냄새까지 맡아질 지경으로 어이없이 열중하고 마는 것이다. 유치한가? 어쨌든 그 두근두근한 이빨과 턱이 실제로 내 손 아래서 빙긋 웃고 있으니까, 그녀가 무엇을 기다리고 있었는가 따위는 머릿속에 더 이상 머물지 않는다. 어서 제발 레몬캔디를 물고 하는 키스의 맛이 나는 일본어로 나의 귓속에 무언가를 흘려 넣어주기를!

"기다리다가 밀크티 사서 마셨어. 남았는데, 마실래?"

반쯤 남은 300밀리리터짜리 페트병을 내밀면서 레몬캔디 플루트가 지저귀듯, 아아, 나를 향해 발음한다. 내겐 그녀를 기다리게 할 소질이 처음부터 없다. 그리고 이젠 그녀를 기다리게 하는 것 따위, 관심도 없다.

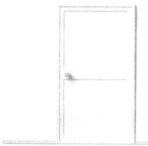

[•야마구치 나오]
저 여자, 과자를 살 뿐이라고 생각하겠지만

　내 이름은 나오다. 혼자 힘으로 예순여덟 살이 되었다는 것
빼고는 그다지 자랑할 만한 것도 없는 여자였지만 몇 달 전부터
는 아니다. 그 여자가 처음으로 문을 밀고 들어와 팥이 든 아이
스바와 링도넛을 골라 내 앞에 서고, 요요 센세가 그 1,260엔을
치르려고 그의 지갑을 꺼내기 전까지는 그랬다는 말이다.

　여자는 금사를 넣고 짠 바이올렛 스카프를 복사뼈까지 치렁
치렁 늘어뜨리고, 은색 짧은 원피스 드레스를 팔랑거리며 들
어왔으므로 나의 편의점을 밝히던 무던한 전구들이 일제히 반
응했다. 야근을 마치고 우동을 먹던 스물여섯 살의 류스케와
열아홉 살의 신이치, 치약이 덤으로 딸려 있는 칫솔을 고르던
54세의 요시모토 부인도 반응했다.

나, 법적인 성인이 되고부터는 언제나 무언가를 팔고 있었다. 열아홉 살 무렵에는 아사쿠사의 뒷골목 스낵바에서 칩과 닭날개와 소다를 팔았다. 그 닭날개 4개와 라임소다 세트가 첫 남편을 내게 날라다 주었다. 옆 가게, 슈퍼마켓의 배달원이었던 그는 점심 때 가게 주인에게서 도시락을 받아먹지만 왠지 곧 배가 고파진다며 매일 나의 스낵바에서 산화된 기름으로 튀긴 닭날개와 병에 든 소다를 선 채로 먹었다. 스낵바의 주방 겸 카운터는 늘 무언가가 튀겨지고 구워지고 있기 때문에 찜통처럼 더웠으므로, 나는 흘러내려 버리지 않도록 그가 오는 시간에 맞춰 립스틱을 발랐다. 그가 코세의 주황색 립스틱을 내밀며 청혼하기까지의 일곱 달 반이 내가 기억하는 로맨스의 전부다.

　그 여자는 보통 열흘에 한 번 꼴로 밤늦은 시간에 휘청휘청 가게 안으로 들어왔고, 늘 요요 센세를 스카프처럼 늘어뜨리고 들어왔다. 그때마다 둘은 취해서 조금씩 초점이 엇갈리게 웃곤 했으므로 당연하게도 내 눈엔 그 둘이 열흘 내내 매실주 안의 매실들처럼 안락한 술병 속에서 웃고 있는 것처럼 보였다. 농밀하고 다디단 액체에 절여져 상냥해진 매실들은 맞부딪혀도 결코 서로를 깨지게 하거나 상처 입히지 않는다.

　처음 그 여자가 오던 날, 난 거스름돈 계산을 헷갈렸고(300엔이나 더 거슬러주고 말았다) 저만치 호텔 블록 쪽으로 걸어가는 요요 센세를 불러 세워야만 했다. 같은 옷을 두 번 입고 내 가게에 들어온 적이 없다. 그 여자. 분처럼 가벼운 분홍색의 바바리코트 차림이거나 댄디한 스트라이프 재킷에 선글라스, 《초원의 집》에 나올 듯한 챙 넓은 모자에 판초를 입고 꺾일 듯 가느다란 다리로 휘청휘청 걸어 들어와서, 아무렇지도 않게 가여운 내 가게의 싸구려 과자들을 쭈욱 훑어본 뒤에 초코스틱이나 마쉬멜로우를 두 손 가득 골라와 내 앞에 쏟아 놓는다.

요요 센세는 그 모습이 대견한 듯 언제나의 팥 아이스바 두 개를 아이스박스에서 꺼내며 혼자 웃는다. 그랬으므로 나의 역할은 그저 한 마디 거드는 것뿐이다.

"어머나, 언제나 멋지기도 하시지, 우리 아가씨."

요요 센세는 살짝 수줍어하는 듯, 기뻐서 덧니를 내보이며 웃는다. 츳츳츳…. 그들은 자신들이 통찰과 지혜로 뭉친 시선 앞에서 말랑말랑한 속살을 내보이고 있는 매실들이란 사실을 죽어도 눈치 채지 못할 것이다. 듬성듬성한 흰머리의 편의점 노파로 알고 있는 편이 내게도 유리하다.

오늘 그 여자는 갓 딴 오렌지색 진을 착 붙게 입고, 탱글탱글한 오렌지색 가죽 백을 손에 들고 여전히 무언가에 취해서 들어왔다. 저주는 아니지만 저 오렌지 매실의 말로를 이 늙은 나오는 볼 수가 있다.

그녀는 결코 혼자 힘으로 예순여덟 살이 되지 못할 것이다.

[라라]
서른셋의 신이 창조한 게임, 그 게임의 룰

아침 7시 15분이나 오후 5시 40분에 섹스하도록 나는 만들어졌다. 그 무렵의 커튼을 모두 젖힌 방안에는 음란하지만 연애의 기본을 아는 매너 있는 빛이 들어온다. 그 환하고 은밀한 방안에서 나는 모조리 보길 원한다. 내가 일으킨 기쁨과 격정과 환희와 쓰라림과 애달픔을 하나도 빠뜨리지 않고. 어깨가 비틀리도록 신음할 때 드러나는 쇄골과 견갑골을 보길 원해. 턱을 젖히며 '흐읍!' 격한 숨을 들이마실 때 순종적으로 흐느끼는 움푹한 목 웅덩이를 보길 원해. 그보다 더 살갗을 찌르는 곡선은 없지.

갈아낸 다이아몬드 같은 땀방울이 얹힌 깊숙한 피부, 그 럭셔리한 감촉을 먼저 눈으로 맛보길 원해. 상아빛으로 돋아 반짝이는 골격, 크림을 섞은 모카 빛으로 짙어지는 골짜기의 그림자도.

그의 살갗은 내 손끝의 체온을 2센티미터 전부터 감지하고 떨며 솜털을 세운다. 심장은 내 지루하게 긴 손가락으로 가장 뜨거운 피를 날라다 준다. 서늘하게 떨고 있는 아랫배와 허리의 솜털 한 올 한 올을 핥듯이 섬세하게 손으로 쓸어 눕힌다.

골반을 감싸고 있는 근육의 굴곡을 보아. 루벤스가 그린 듯 그러데이션이 훌륭하다. 남자를 빚었던 여섯 번째 날, 서른을 갓 넘긴 신은 탐미적 욕정에 가득 찼던 것임에 틀림없다.

그곳을 알고 있는지, 고관절과 치골이 맞닿는, 속삭이는 그곳. 무례한 뼈가 없는 그곳은 상냥한 늪처럼 질고 부드럽지. 맥박도 따로 뛴다. 그곳. 중추신경과는 다른 리듬을 탄다. 봄 송어의 아가미처럼 투명하고 연약한 그곳은 남자의 촉각이 피부 호흡을 하는 곳이지.

그 한순간만 파르랗게 돋아나는 동맥의 감촉, 엑스터시 블루. 부풀어 오른 동맥에 서늘한 혀를 갖다 대면 뜨거운 우디 향을 뿜으면서 사그라든다. 그의 짧은 금발 끝으로 땀방울이 떨어져 내린다.

아아, 요요의 연갈색 늑골 부위가 내 손 아래서 미치도록 사랑스럽게 경련한다. 나는 고양이 앞발 같은 손가락과 손톱으로 놀이한다. 내 앞에서 날것인 그의 몸이 샅샅이 떨며 솜털을 곤두세우도록 한다. 이것은 표피층과 진피층이 흥분하는가의 문제다.

상대가 당신을 사랑해 마지않으나 아직 서툴고 두려워한다면 약간 새디스틱한 것이 아름다울 거야. 섹스할 때 애처로워지는 남자처럼 도발적인 것은 없지. 그 도도하고 섬세한 모세혈관과 신경세포들이 화르륵 비명을 지르는 광란의 콘서트를 보고 싶지 않아? 자아, 이걸 봐, 살짝 얼린 셔벗 같은 소름이 오소소 돋아 그 팔딱임이 유희본능을 자극해. 그의 세포들은 곤두서고, 흐느끼고, 헝클어지고, 간절하게 내 입술에 손을 내밀지.

당신의 남자도 그럴 거야. 남자 요요는 형용사 선택에 끔찍이도 서툴다. 하지만 그의 말초신경은 천재적인 절대 음감을 지니고 원하는 때 원하는 대답을 들려준다.

끝으로 팬티는 반쯤만 벗기는 편이 여덟 배는 더 섹시하다는 걸 알기 바래.

[히로시]
사일런트

    센세가 죽고 난 뒤 모든 것이 고요해졌다. 병원의 낡은 의자들도, 치약들도, 약값이 적힌 장부도 할 말을 잃은 조문객들처럼 묵묵히 입을 다물고 허공을 바라본다. 나는 그들에게 일일이 마음으로 고개 숙인다.

    '정말 뭐라고 드릴 말씀이 없습니다.'

[라라]
현실은 언제나 너무나 비현실적이다.

파닥, 파닥, 파닥…. 공기 속에 내던져진 숭어처럼 숨이 찰 뿐 숨을 쉴 수가 없다. 가만히 숨이 멎길 기다릴 수 있다면 얼마나 근사할까. 쉴 새 없이 파닥이고 헐떡이고 통제되지 않는 근육을 비트는 날 혐오하고 증오해. 그의 부재는 그의 존재보다 더 날 강하게 움켜쥐고 지배하려 든다. 이젠 단 한 순간도 쉴 수도, 숨을 수도 없이, 그를 온 세포로 느껴야 하다니.

더 이상 그를 사랑하지 않는다. 지독한 사디스트.

[히라다 사토유키]
나리타 다큐멘터리, 떠나가거나 기다리거나

첫 일주일 동안은 그녀가 여행사 직원인 줄 알았다. 매일매일 같은 시각에 입국 로비 A출구에 서성이며 누군가를 기다리는 듯했으니까.

나는 나리타공항에서 카트를 정리하는 일을 한다. 여기저기 무질서하게 헤매고 있는 카트들을 가지런히 포개어 쓰기 쉽게 출구 바로 옆에 줄 세워 놓는다. 골프장에서 타는 것보다 조금 큰 장난감 차를 타고 수백 마리의 길 잃은 양떼들을 몰아 일렬로 뒤에서 밀고 가는, 목동이라 하기엔 조금 나이가 들어 뵈는 사내가, 나, 히라다 사토유키다.

알고 있을지 모르겠지만, 공항에서 이 일을 오래 하다 보면 현실감각이 없어진다. 내 앞에서 사람들은 떠나거나 만날 뿐이다. 공항은 가파른 경계구역이다. 접어놓은 종이의 접힌 선처럼 삶을 공항 이전과 공항 이후로 나누어놓는 찰나의 공간.

공항의 사람들은 때로 많은 시간을 보내야 할 때도 이곳에서 다른 무언가를 하지는 않는다. 그저 오래 기다렸다가 떠나거나, 오래 기다렸다가 만날 뿐이다.

난 평생 한 번도 일본을 떠나본 적이 없지만, 이스탄불로 떠나는 사람들과 호놀룰루에서 돌아오는 사람들, 밴쿠버 올림픽을 기다리는 사람들을 알고 있다. 이상하게 들릴지 모르겠지만, 뉴질랜드에서 돌아오는 일본인과 인도에서 돌아오는 일본인의 얼굴은 다르다. 그래서 나는 항공사 스케줄 표에 의지하지 않고도 그들을 한눈에 알아볼 수 있다.

그리고 알고 있을지 모르겠지만, 떠나는 사람과 배웅하러 나온 사람의 차림새는 아주 달라서, 지난주에 막 이 일을 함께 하게 된 초보 노무라 케이타도 '떠나는 쪽은 검은 점퍼를 입은 남자, 배웅하는 쪽은 로퍼를 신은 여자', 혹은 '돌아온 쪽은 짧은 머리 여자, 마중 나온 쪽은 긴 머리 여자'라고 쉽게 식별해낼 정도다. 사람들은 본능적으로 보호색을 띨 줄 아는 것 같다.

그녀는 12년 경력의 나를 혼란스럽게 만든 아주 드문 '공항 타입'이었다. 어느 쪽이었느냐 하면, 돌아오는 사람의 옷을 입고 누군가를 마중 나와 있었던 것이다. 그건 공항에선 아주 위험한 일이다. 매일 정확히 4시 35분에 그녀는 크림색 캐시미어 코트에 모카골드의 스웨이드 부츠를 신고, 돌아오는 사람들 특유의 여권용 작은 핸드백을 든 채 누군가를 기다리러 왔다. 여행사 직원이라 하기엔 머리카락이 너무 '사적'이다. 저렇게 길고 부드러운 웨이브로는 공무를 수행할 수 없다. 그러니까, 누군가 한 사람에게만 말을 거는 헤어스타일인 것이다.

일주일이 넘어가면서 그녀는 더더욱 나를 혼란에 빠뜨렸다. 그녀는 떠나지도 않았고, 만나지도 않았다. 돌아오는 자의 모습으로 누군가를 마중 나와 누구와도 만나지 않고 혼자 돌아간다. 매일매일 공항에 있기엔 아슬아슬한 그녀를 발견하고 나면 내 마음은 퍽 불안해진다.

"오늘도 왔어! 벌써 두 달째야. 저 캐시미어 코트, 이젠 더울 텐데…."

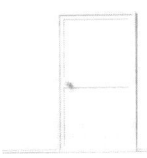

[키노하라 미사코]
당신도 약한 남자와 결혼했나요?

그렇군요. 그런 부류의 남자들은 우리 같은 여자들을 꼼짝 못하게 하지요.

저는 키무라 히로시, 그리고 그의 인형들과 결혼한 여자입니다. 아니, 정확히 말하자면 그와 그의 인형들이 살고 있는 집에 들어와 그냥 살고 있는 여자입니다. 그는 내가 만난 다섯 번째 약한 남자였고, 그중 가장 약했기 때문에 결혼할 수밖에 없는 남자였어요. 우리는 늘 가장 치명적으로 어이없는 남자를 선택하고 마니까요.

그가 내게 처음으로 준 선물은 작은 새 모양의 봉제인형이었어요. 심장 부분을 누르면 휘파람 비슷한 소리를 내는 인형이었지요. 받아서 무심코 손으로 꼬옥 쥐었는데 '휘잇!' 하고 제법 어른스러운 소리를 내기에 저는 조금 놀랐지요.

"어머, 아기 새인 줄 알았는데, 아니네?"

내가 이렇게 말하며 웃자, 만난 지 열흘 정도 지난 히로시가 얼굴이 빨개져서 이러더군요.

"그러니까 그냥 보기만 하라고 준 거야. 울리면 안 돼."

그 뒤로도 그는 내게 인형을 주고, 주고, 또 주었어요. 별을 물고 있는 코끼리 인형, 이탈리아산 뿌뻬, 마리오네트 인형, 욕조에 띄워 놓는 노란 고무오리 인형, 푸우와 아기 돼지 인형…. 그가 백스물일곱 번째 인형을 내밀며 청혼할 땐, 결혼식장에 들어가서도 내게 결혼반지 대신 인형을 주지 않을까 걱정이 될 지경이었지요.

결혼하기 전에 남편 될 사람의 방을 본 적 있으신가요? 그는 아사쿠사에 작은 아파트를 얻어서 살고 있었는데 방 두 개짜리 아파트에서 방 하나는 그가 쓰고 나머지 하나는 인형들이 쓰고 있더군요. 봉제인형을 특히 좋아하는 것 같았어요.

참, 저는 마사지 숍에서 일하고 있어요. 요즘은 에스테틱 살롱이라고 부르지요. 요요기나 롯폰기 근처에 사는 40~50대 여자들이 주로 찾는 곳이랍니다. 부유한 중년의 여자만큼 매혹적인 존재는 없어요. 여자가 정말 아름다우려면 40년 이상은 살아야 한다는 걸, 이곳 단골들이 내게 가르쳐주었지요.

미도리카와 사나에. 손님 중 그녀는 특히 눈에 띄게 아름다워요. 나이는 마흔을 살짝 넘긴 듯하지만 몸 어느 구석에도 군더더기 하나 없이 날렵하고 빛이 나죠. 그녀는 요즘 새로운 연애에 흠뻑 빠져 우리 가게에 더 자주 들르는 것 같아요. 3년 정도 그녀의 바디 마사지body massage를 담당해오고 있기 때문에 저와는 각별한 사이죠. 제가 결혼할 때에도 커다란 화환과 축의금을 보내왔으니까요.

베르가모트 오일을 발라 촉촉해진 그녀의 등과 어깨를 손끝으로 읽으며 나는 이런저런 이야기를 해요. 그녀는 육감적이면서 지적이죠. 내 손에 몸을 맡긴 채, 그녀는 엄마 같지도, 언니 같지도 않은 대답을 들려줘요. 그건 우리가 가장 바라는 대답이기도 하잖아요? 나는 그녀처럼 나이 들길 원해요.

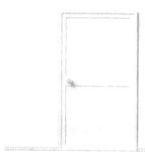

[미사코]
내가 있는데!

결혼하고 나서 얼마 후, 그가 일하는 치과의 원장 선생이 사고로 목숨을 잃자 그는 부쩍 말수가 줄고 피곤해하는 것 같았어요. 저는 낮 2시 무렵부터 일이 시작되기 때문에 오전에는 한가한 편이잖아요. 어느 날 남편을 조금 놀라게 해줄 작정으로 생선구이 도시락을 싸서 병원으로 찾아갔는데 그는 없더군요. 접수하는 아가씨 말이 일주일 전, 원장의 사고가 있고 난 뒤 그가 휴직계를 냈다고….

유치원 때 우리 집 고양이 뒤를 살금살금 따라다녔던 걸 빼고는, 누군가의 뒤를 밟아본 건 처음이었어요. 히로시는 한 호텔로 들어가더군요. 그런데 딱히 누군가를 만나려는 것도 아닌 듯했어요. 로비에서 서성거리다가 호텔에서 나온 한 무리의 사람들과 함께 공항 셔틀버스를 타고 공항으로 향하더군요. 저도 차를 몰고 버스를 뒤따라갔지요. 도대체 이해할 수가 없어요. 거기서도 그는 공항 로비 구석에서 한참 동안 어딘가를 바라보다가 한숨 쉬듯 돌아서서 집으로 오는 거예요. 호텔과 공항, 충분히 의심할 수 있는 장소들이죠. 만일 그가 그곳에서 누군가(여자)를 만나고 데이트를 했다면 내가 이렇게까지 쓸쓸하진 않았을 거예요. 그는 하루 종일 허공과 놀고 있었어요. 나와 결혼을 해놓고!

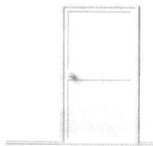

[미도리카와 사나에]
결혼했다고 남자들이 자위를 그만둘 것 같아?

  슈지를 낳고 얼마 되지 않아서였지. 잠결에 어렴풋이 눈을 떴는데, 내가 결혼한 그 남자가 침대 모퉁이에 등을 둥그렇게 웅크리고 앉아 있었어. 내가 몸을 일으키는 것도 눈치 채지 못한 채 그는 거친 숨을 몰아쉬며 열중하고 있었지. 뒷목덜미까지 흥분해서 빨갛게 소름이 돋아 있었어. 그는 정말 진지해 보였어. 나와의 섹스에선 한 번도 보인 적 없는 몰입, 관자놀이에서 정액이 솟구쳐 나올 것처럼 푸른 혈관이 팽팽하게 도드라진 모습에 나도 그만 젖어 버렸지. 그 순간 처음으로 그가 섹시하다고 느꼈어.

  그런데 미사코, 그때 내가 뭘 할 수 있었을 것 같아? 그가 나 없이 황홀경을 맞는 것을 맥없이 바라볼 수밖에 없었어. 처음엔 섹시했고, 그 다음엔 비참했지. 남자는 물기를 다 쏟아낸 스펀지처럼 건조한 몸으로 침대 속으로 돌아왔고, 나는 혼자 흠뻑 젖은 채로 밤을 새워야 했어.

미사코의 남편도 틀림없이 그런 식으로 허공과 자위하고 있는 거야. 글쎄…. 물론 나도 차라리 그가 거래처 여직원과 호텔에서 나오는 것을 목격하는 편이 덜 비참했으리란 걸 알아. 하지만 난 이제 인정하기 시작했어. 남자들은 여자와 달라. 어딘가에 비밀 구덩이를 파놓는 들고양이 시절의 습성을 고스란히 지닌 채 결혼을 하지. 여자는 결혼한 남자와 모든 것을 나누고 있다고 생각하지만, 그건 여자만 그럴 뿐이야. 남자는 반드시 무언가를 물어다가 구덩이에 묻고 은밀히 보며 즐기지. 설혹 그 안이 텅 비어 있다 하더라도, 어딘가에 있는 자신만의 구덩이를 바라보지 않고는 견딜 수 없는 거야.

거의 모든 여자들이 어수룩한 수고양이들의 비밀 아지트를 알고 있어. 하지만 또 대부분 모른 척 남자 혼자 즐기게 내버려둬.

왜지 알아? 그렇게 하는 게 매일 밤 수고양이를 집으로 돌아오게 하는 유일한 방법인 걸 아니까 그래.

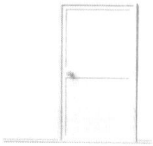

[미사코]
그의 허공은 내가 어쩔 수 있는 게 아니었으니까요.

글쎄요…. 처음에 그의 인형을 발견했을 때와는 또 다른 느낌이었어요. 개구리, 젖소, 악어, 돼지 모양의 헝겊인형들에 둘러싸여 위로받는 남자는, 말할 수 없이 사랑스럽잖아요. 나는 기쁘게 그 인형의 집 남자와 함께 살기로 결정했고, 퇴근 후엔 그의 인형들의 먼지를 털면서 지냈어요. 하지만 이번은 아니에요. 그의 허공은 내가 어쩔 수 있는 게 아니었으니까요. 약한 남자는 가슴을 뛰게 하지만, 무력한 남자는 폭력적이죠. 여자를 그림자로 만들어버리는 것보다 더한 폭력을 알고 있나요? 게다가 그는 고독해 보였고 나 따위는 털어낼 수 없는 무언가로 가득 덮여 있었어요.

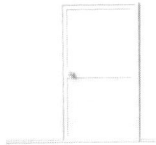

[사나에]
이제 난 그 남자를 원해.
그 남자의 행복 따윈 관심 없어!

하하하, 그러니까 미사코는 아직 남자보다, 그 남자의 행복을 더 원하고 있는 거야. 그의 불행을 미사코가 어떻게든 책임지고 싶지? 수세기 동안 여자들은 사랑의 모든 과업을 짊어져왔지. 난 아니야. 아니, 나도 스물여섯 살 땐 그랬지. 그를 위해서라며 슬프게 헤어지는 시늉까지 했었어.

하지만 이세 난 그 남자를 원해. 그 남자의 행복 따위 관심 없어!

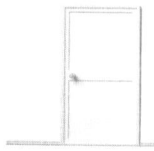

[사나에]

넌 그녀를 품에 안은 채, 나를 사랑하게 될 거야.

"여자들에게 꽃을 자주 선물하는 편인가요?"

그가 늘씬한 카라 한 다발을, 줄기를 자르지 않은 채 리넨 리본으로 멋스럽게 묶어 내게 내밀던 날, 고맙다고 말해야 하는 순간에 나는 이렇게 묻고 있었다.

"네!"

카라 잎 모양으로 귀족적으로 벌어진 흰 셔츠 깃 위로, 정갈한 목덜미와 흰 턱을 울려 그가 대답했다.

"여자 교수님이랑 어머니께는 자주 꽃을 사드려요. 제가 점수를 따야 하는 분들이니까요, 하하하…. 하지만 여자친구에겐 아주 가끔씩만 꽃 선물을 해요. 그래야 기뻐하거든요."

냉장고에서 꺼낸 미네랄워터 같다. 준이치의 목소리, 그리고 선뜻선뜻 보이는 청결한 치아…. 아아, 마시고 싶어, 이 서늘한 젊은 남자.

준이치는 월요일과 목요일에 우리 집으로 온다. 그는 아들 슈지의 바이올린 선생이다. 스물두 살. 도쿄 예술대학 음대에 다니고 있는 수재다. 그의 여자친구는 같은 대학교 미술대학에 다니고 있는 열아홉 살짜리라고 한다. 그래, 순진한 생머리가 가슴 저리게 나부끼고 젖빛 뺨에선 수줍은 파우더 냄새가 나겠지. 막 피려 하는 어린 여자들의 어여쁨!

하지만 단언컨대 너는 그녀를 사랑하는 게 아니야. 그 감정은 연민에 가까워. 여리고 어린 것에 대한 애틋한 보호본능. 네 또래의 남자들에게선 주체할 수 없는 테스토스테론이 흘러나오니까. 사랑은 달라, 그걸 느끼려면 진짜 여자를 만나야 하지.

넌 그녀를 품에 안은 채, 나를 사랑하게 될 거야.

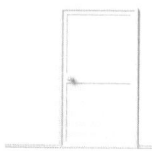

[히로시]
미안, 내 고양이가 공항에 가 있어서….

  밋짱에겐 미안하다. 매일 밤 집을 비우는 것이. 그녀에게 거짓말을 했다. 센세가 죽고 난 뒤 병원에 이것저것 처리할 일이 많아졌노라고. 애정도, 의심도, 낭비할 줄 모르는 나의 와이프는 그 말을 믿어주었다. 처음 인천공항에서 센세와 이별하던 라라의 모습은, 그날 이후로 내 망막에서 사라지지 않고 서성대고 있었다.

  인천공항에서 돌아오던 날, 나는 공항 선물가게에서 네무네무를 샀다. 네무네무는 나와 함께 사는 고양이다. 네무네무는 내게 관심이 없다. 라라를 닮은, 졸린 듯 나른한 눈으로 물끄러미 공항 출구 쪽을 바라보다가 "자, 다음에 뵙지요…" 하고 팟기 없이 말할 뿐이다.

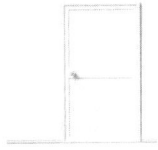

[사토 유키]
4시 반의 여자

　노무라 케이타와 함께 일하기로 결정한 지 오늘로 9일째다. 우리는 12시면 함께 구내식당에서 카레라이스를 먹거나 하면서 어느덧 말을 놓고 꽤 사이좋게 지내고 있다. 나는 그가 말하는 방식이 좋다. 두서없이 떠드는 나와는 달리 질 좋은 종이처럼 잘 마른 목소리, 질서 정연한 그의 이야기를 듣고 있으면 말끔히 정리된 카트들을 볼 때처럼 기분이 좋아진다.

　사흘 전, 나는 그에게 '드문 공항 스타일'을 가진 그 젊은 여자 이야기를 해주었다. 그도 이야기를 들은 후로는 매일 같은 자리에서 서성거리는 그녀를 눈여겨보는 것 같았다.

　오늘 오후, 오클랜드 행 비행기가 연착되는 바람에 일이 한산한 틈을 타 노무라와 함께 담배를 한 대 피우러 나가려는데 어김없이 그녀가 눈에 띄었다.

"오늘도 왔어! 맙소사, 벌써 두 달째야. 저 캐시미어 코트, 이젠 더울 텐데…."

"그렇네! 매일 똑같은 코트 차림인데? 회사원 같지는 않고…. 공항 픽업 아르바이트 중인가…."

"하지만 그녀가 누굴 만나는 걸 본 적이 없어. 입고 있는 옷을 봐! 분명 어디선가 돌아오는 사람이잖아. 저런 차림으로 마중을 나오니 누군들 만나질 턱이 없지."

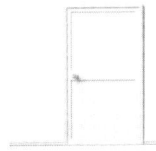

[노무라 게•l타]
4시 반의 사과 깎기 인형

　그의 말이 맞다. 나도 언제부턴가 저 '4시 반의 여자'를 보고 있다. 히라다의 말처럼 그녀를 둘러싼 공기는 '공항 사람들'로부터 조금 떨어져 있다. 무언가가 엇갈려 있어. 오늘은 카트를 정리하는 척하며 그녀를 좀 더 가까이에서 유심히 본다.

　3월의 오후엔 걸맞지 않는, 언제나처럼 캐시미어 롱코트를 입은 탓에 이마에 미세한 땀방울이 맺혀 있다. 그녀는 결코 의자에 앉아서 기다리는 법이 없다. 그리고 항상 사람들이 나오는 출구를 등지고 서서 누군가를 찾는다. 아! 히라다에게 말해주어야겠다. 그거 알아? 그 4시 반의 여자 말이야, 비행기에서 내리는 누군가를 기다리는 게 아니야. 그녀가 단 한 번이라도 사람들이 그 빌어먹을 카트를 밀고 나오는 입구 쪽을 바라본

적이 있어? 늘 주차장 입구 쪽을 보고 있다고. 그녀는 자신을 데리러온 누군가를 기다리는 거야.

"사람은 누구나 자신이 보고 싶은 것만 본다는 말이 있지. 원하지 않는 것은 있어도 보이지 않고, 원하는 것은 없어도 보고야 마니까. 이 편리하고 부정확하기 짝이 없는 인간의 눈이라니! 그런데 말이야, 난 좀 다르게 봐. 실제로 보이는 것과 보이는 척하는 것 사이엔 놀랍게도 차이가 거의 없어.

내가 스무 살 때 마임[mime]을 배운 적이 있었지. 연극과는 달라. 세팅된 무대장치 안에서 '사람' 역할을 하는 게 아니라고. 마이미스트는 혼자서 개울도 연기하고 벽도 연기하고 뜨거운 스프도 연기하고 돌멩이도 연기해. 그러니까 무대장치도, 조명도, 음향도 필요 없이 그의 움직임으로 세상이 창조되는 거지. 내가 존경하던 선배 마이미스트가 있었는데 말이야, 그 선배가 신주쿠 소극장에서 공연을 할 때였어. 길에 박힌 바위를 낑낑대며 파내고 툭툭 털고 차를 다시 출발시키는 트럭 운전사를 연기하는 장면이 있었는데, 그 부분에서 관객들이 한 사람도 빠짐없이 옷에 묻은 흙먼지를 털어내는 거야. 누군가는 콜록콜록 기침까지 해대고. 에어클리닝 팬이 돌아가는 말끔한 극장 안에서 그 선배 혼자 조금 움직인 것뿐인데 정말로 흙먼지가 일고 트럭이 털털거리면서 지나간 거야. 근사하지?

초보 마이미스트들이 연습용으로 하는 '사과 깎기'라는 게 있어. 사과를 들고 깎는 걸 연기하는 거지. 물론 사과와 칼 없이. 어느 날 내가 열심히 그 사과를 깎고 있는데 그 선배가 날 부르더군. '어이, 노무라, 사과 다 깎았으면 이리 좀 와봐.' '옛!' 하고 내가 후닥닥 일어서는데 '어이, 어이…. 사과껍질은 치우고 와야지!' 하는 거야. 그 선배의 말은 이랬어. 마임의 핵심은 '여기 사과가 있다고 상상하는 것'이 아니라, '여기 사과가 없다는 사실을 잊어버리는 것'이라고."

그러고 보니 나는, 망각은 기억보다 위대한 창조자라는 사실을 알고 있었다.

그 선배의 말이 맞다면, 저기 긴 머리 여자도 언젠가 자기 손안에 들고 있던 사과를 깎고 있는 거다. 연붉은 사과껍질이 그녀의 무릎 위로 떨어진다. 사과의 기억은 사과의 부재보다 강하다.

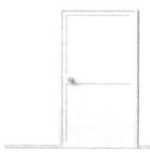

[라라]
복숭아 셔벗 남자가 내게

누군가가 내 이름을 부른다.

"라라 씨?"

뒤돌아본 곳에 한 남자가 서 있다.

"아, 맞군요. 선생님이 그러시던데요. 크림색 코트를 입고 있는 긴 머리 아가씨를 찾으라고, 하하하…."

그가 몸을 움직이고 입술을 달싹일 때마다 복숭아 셔벗 냄새가 난다. 요요의 치과에서 일하는 사람인가? 하지만 지금까지 한 번도 그를 본 적이 없다.

"그런데 그 코트, 이젠 조금 덥지 않나요?"

초면에 이런 실례의 말을, 그는 아주 상냥해서 아무렇지도 않게 건넨다.

"아, 그렇네요."

그의 말과 함께 갑자기 공기가 체온을 올린다. 아직 한겨울인데 봄이 찾아온 것처럼 나는 덥다고 느낀다. 말 잘 듣는 아이처럼 코트를 벗어들자 그는 대견하다는 듯 내 머리를 살짝 쓰다듬는다. 그러자 나의 온몸에 복숭아 셔벗 냄새가 배어든다. 남자는 기묘할 정도로 상냥하고 부드럽다. 가볍게 걷어 올린 셔츠 소매 깃 사이로 보이는 저 투명한 손목, 깨물면 달콤한 즙이 배어나올 것 같다.

"선생님이 마중을 못 나와서 미안하다고 하시는군요. 갑자기 급한 환자가 생겨서…. 먼저 호텔에 체크인을 하고 기다려달라고 하셨어요. 일이 끝나는 대로 호텔로 가시겠다고. 아, 그리고 이것…. 라라 씨에게 전해달라고 하시더군요."

남자가 무언가를 내게 내민다. 하얗고 윤이 나는 조그만 상자다. 받아들어 보니 사기로 만든 듯, 보기보다 묵직하다.

"그럼 조심해서 들어가세요, 선생님께는 라라 씨가 잘 받으셨다고 전해 드릴게요. 말씀도, 선물도."

사람이 내는 목소리가 이렇게까지 다정할 수 있구나. 한 마디 한 마디가 따뜻한 물처럼 마음을 토닥인다.

그가 건넨 상자에도 복숭아 냄새가 묻어 있다.

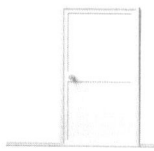

[케•이타]
내 눈으로 그 남자를 직접 보고 싶었는데

　오늘은 그녀가 보이지 않는다. 다행이다. 왠지 모르지만 안심이 된다. 잘됐어.

　"노무라, 노무라! 드디어 만났어, 누군가를 만났다고! 세상에, 자네 말대로 비행기에서 내린 사람이 아니라 주차장 쪽에서 어떤 젊은 남자가 오더라고. 참 염치없지만 내가 그 녀석을 붙잡고 물어보고 싶은 거야, 뭐하다가 이제 왔냐고!"

　물론 4시 반의 여자와 사실상의 아무 관계도 없는 히라다는 그 남자에게 이제야 나타난 이유를 묻지 못했다.

　어제 나는 와이프의 몸이 안 좋아 함께 병원에 갔어야 했기 때문에 월차를 냈다. 오늘 새벽 내가 출근하자마자 히라다가 불뚝불뚝한 홋카이도 사투리로 흥분하여 쏟아놓은 이야기는 이랬다.

"4시 반의 여자, 언제나처럼 누군가를 기다리는데 어제는 눈에 띄게 초조한 모습이었어. 늘 기대에 빛나던 환한 얼굴이 아닌 지치고 슬픈 얼굴.

그런데 어디선가 한 젊은 남자가 걸어왔어. 아이보리색 셔츠와 옅은 홍차빛깔의 면바지를 입고, 그도 무언가 하라다의 공항 인간 분류표에서 조금 벗어난 분위기를 풍기더군. 남자는 멀리서부터 여자 쪽으로 똑바로 걸어왔고 여자는 그 남자가 부를 때까지 그에게 신경이 닿지 않는 것 같았어."

[사토 유키]
닮은 사람들

   본인들은 모를 것이다. 4시 반의 여자와 그 곁에 나란히 서서 말을 하는 저 남자, 그 둘은 얼핏 쌍둥이처럼 닮아 있다. 만약 누군가 그들을 본다면 틀림없이 오누이라고 생각할 만큼. 약간 큰 듯한 키에 흰 얼굴, 쌍꺼풀 없이 서늘한 눈, 가느다란 몸의 선, 거미줄처럼 현실감 없는 머리카락의 질감….

   그러나 불행히도 그는 여자가 기다리던 그 사람은 아닌 듯하다. 오히려 둘은 처음 만난 사람들의 매너로 인사를 나눈다. 그는 무언가 이야기를 전하러 온 것이 분명했다. 남자는 여자에게 무언가를 설명하는 듯하더니 작고 흰 상자 같은 것을 꺼내서 준다. 여자의 얼굴이 갑자기 생기를 되찾는다. 그리고 놀랍게도 고집스럽게 몸을 감싸고 있던 캐시미어 코트를 벗는다.

이제 그녀도 봄 속에 섞여 들어 나를 안심시킨다. 둘은 가벼운 인사를 남기고 헤어진다. 여자는 나풀나풀 날 듯이 공항을 빠져나가고, 남자는 오래 서서 그녀의 뒷모습을 눈으로 배웅한다. 아마도 여자가 기다리는 사람의 친구쯤 될 것이다. 하지만 그럴 리가 없다. 나는 상자를 건네는 그의 왼쪽 옆얼굴에 자욱하게 어리던 연민을 똑똑히 보았다.

[케•이타]
다행이야.

　정말 그날 이후론 4시 반의 여자를 볼 수 없다. 히라다가 말
했던 그 젊은 남자, 여자가 기다리던 그 사람은 아니었을지라
도 그녀의 손에 단단한 사과를 쥐어준 것만은 분명하다.

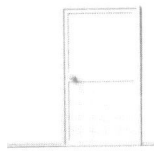

[라라]

나는 미신을 믿는다.

메마르고 고통스러운 날들일수록 마법이 되는 순간들이 박혀 있지. 바로 오늘처럼. 살짝 가슴이 떨린다. 상자를 열어봐야지. 사춘기 때 갖고 있던 보석함처럼 오르골 소리가 울려 나온다. 요요와 산책길에서 함께 즐겨 부르던 노래.

'욘데 이루 무네노 도코까 오오쿠에…' (마음 속 어딘가 깊은 곳에서 부르는 소리…)

상자 안엔 보석 대신 소복이 흰 가루가 담겨 있다. 아니, 희다는 말로는 충분치 않다. 미세한 반짝임들이 영롱하게 감싸고 있는, 햇살 받은 서리의 빛깔. 이건 뭘까? 날 놀래주려는 게 분명해.

손끝으로 가루를 조금 집어 만져본다. 전혀 엉킴이 없는 매끌매끌한 감촉. 만지고 있는 손가락 속으로 녹아 스며들 것만 같은 고운 입자. 손끝에 남아 있는 가루를 훅! 불어 날린다. 창 가에 막 스며든 노을빛 속에서 가루는 복숭앗빛으로 천진하게 웃으며 방안 가득 빛을 뿜으며 날아다닌다.

'딩동!'

순간 벨이 울린다.

'라라!'

그의 목소리도 함께 울린다.

내가 '누구세요?' 하고 물을 필요 없이 그는 항상 벨을 누르 며 내 이름을 함께 부른다.

'이것은 라라에게 돌아온 요요입니다.' 라는 뜻으로.

어떤 아이의 발도 이 순간 내 혈관을 달리는 피보다 더 빠르 게 달릴 수 없다. 그가 돌아와 내가 있는 방의 벨을 누르는 순 간, 그를 기억하는 나의 모든 기억과 세포들은 카니발에 휩싸 인다. 더욱 높이 나팔을 불고 폭죽을 터뜨려라. 춤추듯 문을 여 는 내 심장엔 이미 궁정의 만찬이 차려져 있다.

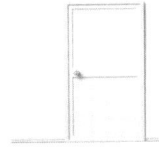

센세의 사고 소식을 맨 처음 전해 듣고 허우적거려야 했던 것은 나였다.

"나리타공항 하이웨이 도로에서 차가 가드레일을 들이받고 전복되어 있습니다. 운전자는 응급실에 있으나 의식이 없습니다. 희망은 거의 없어 보입니다. 사고 원인은 갑작스런 뇌혈관 파열로 보입니다만…."

마음이 손바닥으로 맞은 듯 얼얼하다.

휘황한 그녀가, 사치스럽고 아낄 줄 모르는 그녀가, 비틀비틀 내게 걸어와 가슴에 얼굴을 묻고 흐느끼는 상상을 한다. 상상 속에서조차 나는 당황하고 어쩔 줄 몰라 한다.

하지만 늘 그랬듯이 지금 내가 할 수 있는 것이라고는 센세와 함께 있는 그녀를 바라보는 것뿐이다. 아니, 지금은 센세와 함께 있을 수 있도록 해주는 것뿐이다.

두 달 전, 내가 그녀에게 센세의 사고 소식을 전했을 때 라라는 아이처럼 피식 웃으며 나를 돌려보냈었다. 그 이야기를 그녀에게 두 번 할 용기는 내게 없다. 대신 집으로 돌아와 나의 인형왕국에서 권력을 휘둘렀다. 무책임하게 나른한 고양이 네무네무, 네가 나빠.

"받아들여야 하잖아. 젠장, 슬퍼하거나 위로받거나 내 얼굴을 할퀴거나 해야 하는 거잖아!"

캔맥주 5개를 숨도 쉬지 않고 퍼부으며 신음하듯 말하는 동안, 네무네무는 미동도 하지 않고 공항 출구 쪽으로 향한 눈동자를 더욱 촉촉이 빛낸다.

"그냥 바라보게 해줘…."

망할 놈의 고양이 인형! 결국 고통스럽게 바라보는 쪽은 내가 되리란 걸 몰라? 넌 늘 네 생각만 하지, 단 한 번이라도 내 생각을 해봐!

내 예감은 정확히 들어맞아 그 순간부터 네무네무가 바라보는 쪽을 나도 바라보게 되었다. 라라는 매일 공항에 갔다. 그녀는 입국 로비 근처에서 서성이며 출구 쪽을 바라보고, 나는 눈에 띄지 않는 곳에서 그녀를 바라본다. 그렇게 두 달을 꼬박, 네무네무는 푸릇푸릇한 마스카라가 얼룩진 뺨으로 내게 말했다.

"그냥 바라보게 해줘…."

새벽부터 봄 소나기가 퍼붓던 그날, 나는 활활 타는 모포에 감긴 듯 발가락 틈새까지 38도의 열에 감싸여 꼼짝도 할 수가 없었다. 친절한 밋짱은 일도 쉬고 내 이마와 목을 찬 수건으로 닦아주었다.

"인형 갖다 줄까?"

천사 같은 밋짱. 그녀가 옆방에서 내 인형들을 한 아름 안고 나와 머리맡에 빙 둘러 앉혀준다. 어리석게 누군가를 사랑하지도 않고, 누군가의 죽음을 받아들일 필요도 없는 인형들은 섣불리 위로하려 들지 않아서 위로가 된다.

"어이, 그래서 네 여자, 결국 삼켜버렸어? 아님 삼켜져버린 거야? 내 이빨 빌려줄까?"

이건 악어 와니.

다음 날, 호텔 로비로 걸어 나오는 그녀의 차림새가 달라져 있었다. 날아갈 듯한 연둣빛 원피스 드레스에 얇은 숄을 걸치고 있다. 저건 공항에 가는 모습이 아니야. 역시 라라는 공항 셔틀 대신 택시에 오른다. 나는 알 수 있다. 기다리던 센세가 돌아온 것이다. 라라는 이야기하고 웃는다. 다시 그녀에게서 빛이 난다. 차를 몰고 그녀가 탄 택시를 따라간다. 라라는 다운타운의 한 스시 바에서 내린다.

그래서 나는 이제 매일 밤, 에도코 스시에서 그녀를 기다리게 되었다. 그녀는 재잘재잘 센세와 즐겁게 떠들며 가게 안으로 들어온다. 그리고 언제나의 카운터 구석자리에 앉아 주방장과 인사한다. 라라의 눈에만 보이는 센세도 항상 즐거워 보인다. 그들이 나가고 나면 나는 주방장에게 음식값을 치르고, 라라가 안전하게 택시에 올라타는 것을 본 뒤에 집으로 돌아간다. 라라에게 인형을 선물할 수만 있다면! 하지만 소용없는 짓이다.

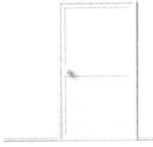

[후지와라 유이치]
넷이서 눈을 뜨고 숨바꼭질을 하다.

나는 이 스시 바의 주방장 후지와라 유이치다. 오늘도 라라가 아무것도 부족함 없는 얼굴로 가게 문을 열고 들어와 카운터 자리에 앉는다. 나는 그녀의 마음을 잘 안다. 내가 일곱 살 때 나를 가장 귀여워하던 큰 누나가 장염으로 죽고 나서 거의 1년 동안 "누나, 오줌 마려워.", "누나, 감 깎아줘.", "누나, 내 노란 바지 어디 있어?" 하며 지냈던 기억이 있다. 정말 그 누군가는 죽는다고 해서 없어져지지가 않는 것이다. 마음으로 의지하던 사람일수록 더욱 그렇다.

라라도 아직 사라져지지 않는 그의 팔짱을 끼고 내 가게에 와서 술을 마시는 거다. 나는 아무 말 없이 평소에 그들이 즐겨 주문하던 오오토로와 나마에비(생새우), 우니, 마구로(참치) 낫토, 계란 초밥 등을 차례차례 선반 위에 올린다. 늘 그들이 먹던 대로 한 개를 주문하면 작게 두 개를 만들어 나란히 어깨를 붙여 놓아준다. 그녀는 자로 잰 듯 왼쪽에 놓인 한 개만을 먹는다. 그녀가 눈을 돌리는 틈을 타 슬그머니 나머지 한 개를 치워버리는 내가, 은밀한 첩자처럼 이제는 기억만 남은 그 금발의 의사 선생과 하이파이브를 한다. 그는 늘 첫 잔은 아사히 맥주, 두 번째 잔은 우롱하이, 마지막 잔은 레몬하이를 부탁하곤 했다. 나는 그 차례를 지켜 천천히 서빙한다.

라라는 언제나 우메슈 온더락스 두 잔이다. 언제나처럼 두 잔을 비우고 매실 열매까지 손가락으로 집어 아작아작 씹어 먹은 뒤, "한 잔만 더 하면 안 돼?" 하고 그녀에게만 보이는 남자에게 조르다가 못 이기는 척 귀엽게 투덜거리며 가게를 나선다. 그녀가 코트를 여미며 나가고 나면 뒤편 테이블에 앉아 있던 젊은 남자가 황급히 계산을 한다.

그는 아주 예의 바르고 싹싹한 청년이다. 고스란히 남아 있는 초밥들이 아까워 "포장해드릴까요?"라고 몇 번을 물었지만 그는 한사코 거절한다.

"남다니요…. 당치도 않죠…."

그래, 그 마음도 알 것 같아 난 이제 묻지 않는다. 먹성 좋던 금발의 그 의사 선생이 남겼을 리가 없는 것이다. 우리 넷은 그렇게 눈을 뜨고 숨바꼭질 놀이를 한다.

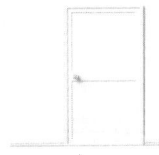

[라라]

이것이냐, 사랑이?

저녁노을이 물드는 시간에 그는 돌아온다. 그리고 새벽 4시 반 무렵, 창밖이 분홍빛으로 밝아오기 전에 그는 내 이마에 입술을 대고 나간다. 저녁노을과 가루의 마법이라는 것을 알고 있다. 이제 그는 다시 문을 열고 들어와 내게 두 번 입 맞추지 않는다. 어느 저녁, 내가 그 이야기를 했을 때 그는 희미하게 웃어서 날 슬프게 했다.

이제 아주 조금, 2그램도 채 되지 않을 만큼의 가루가 내 상자 안에 고여 있다. 가루는 눈을 뜨고 내 마음에 말을 건다. 마지막 이라고 애써 말하지 않는 가루의 표정은 애틋하고 담담하다. 그 가루 앞에 선 내 표정은 외과용 메스처럼 버릇없이 파랗다.

알고 있다고 말하기 힘든 것을 나는 알고 있다. 다시 찾아 온 요요는 언젠가 내게 했던, 내가 기억하고 있는 이야기만을 한다.

오늘 그가 내게 할 말을 알고 있다. 싫어.

나는 바락바락 우길 참이다.

방안에 온통 홍등을 밝히려는 듯 노을이 요란하다. 창문을 모조리 연다. 넘실넘실 북받치는 저물녘, 그가 밟고 올 붉은 주단을 방 가득히 깔아놓아야지.

마지막 가루를 불어 그를 부르기 전에 그가 가장 좋아하는 와 인색 블라우스와 하얗게 바랜 청바지를 입는다. 발목에 구슬이 반짝이는 하이힐을 신고 캘빈 클라인과 겐조 향수를 섞어 가슴 골짜기에 깊숙이 뿌린다. 그리고 거울 앞에 바짝 얼굴을 대고 서 서 마스카라를 길게, 짙게 바른다. 그가 술에 취해 근사한 '마스 카라 데칼코마니' 놀이를 할 수 있도록 푸른 마스카라로 한 번, 두 번…. 눈꺼풀을 깜박일 때마다 서늘하게 눈 그림자가 진다.

오늘 밤, 그를 유혹해서 함께 떠날 것이다.

요즘 네무네무가 갑자기 내게 친절해졌다. 매일 밤 에도코
스시까지 가서 나와 함께 그녀를 기다려준다. 가끔은 내 어깨
에 귀를 비비기까지 한다.

라라는 오지 않는다. 아니, 미안…. 사실 나는 라라가 오지
않을 것을 알고 있다.

두 달 전 이느 날, 라라는 이곳에서 센세와 술을 마시면서 처
음으로 다퉜다. 그녀는 애처로운 생채기 가득한 목소리로 "싫
어!"라고 거듭 거듭 소리치며 울었다. 그날따라 유난히 짙고
깊게 속눈썹을 감싸고 있던 마스카라가, 라라가 도리질할 때마
다 파룻파룻 방울져 내린다. 눈물은 습자지처럼 얇은 그녀의
뺨 위에서 푸른 잉크처럼 번진다. 테이블의 낮은 조명 아래서

그 뺨은 백랍같이 파르랗다. 가엾은 주방장이 내 쪽을 바라보며 난처한 얼굴로 구원을 요청했지만 그뿐이었다. 누구도 달래줄 수 없는 울음이라는 것을 그도 나도 알고 있었기에 그녀의 와인색 블라우스 깃이 어깨선을 타고 가늘게 떨리는 것을 바라보고 있을 수밖에 없었다.

센세는 오래도록 무언가 간곡하게 부탁하고 달래는 것 같았다.

하지만 푸른 속눈썹의 라라는 힘껏 도리질을 치며 끝내 그의 말을 들으려 하지 않았다. "싫어, 싫어!"

푸릇푸릇 흩어지는 눈물방울, 백랍 같은 뺨….

라라의 호텔비를 치르러 간 그 다음날, 호텔 프런트 직원이 내게 이제 더는 호텔비를 지불할 필요가 없음을 알려주었다.

"아, 그렇군요…."

나도 그때 아이처럼 피식 웃었던가? 기억이 나지 않는다.

공항에서 기다리던 라라의 마음이 보인다. 이건 우리가 선택할 수 있는 문제가 아니다. 늘 보던 곳에서 기다리는 것 말고는 할 수 있는 일이 없는 것이다.

사랑의 끝까지 가보지 못하고 남겨진 사람이 할 수 있는 일은 많지 않다.

그 점이 견딜 수 없다.

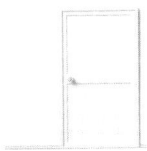

[유이치]
해피 엔딩

언제부턴가 라라는 우리 가게에 오지 않는다. 이유는 알 수
없지만 나는 조금 안심이 된다. 나는 그녀가 이제 그만 그 의사
선생의 팔을 놓고 스스로를 돌보는 쪽을 택했으면 하고 늘 바
라고 있었으니까. 라라를 위해 몰래 음식값을 치르던 그 착실
한 청년만이 매일 같은 시간에 가게를 찾는다. 그러고는 덩치
에 어울리지 않게 헝겊으로 만든 작은 고양이 인형을 꺼내 탁
자 위에 올려놓고, 그녀가 마시던 우메슈 온더락스를 주문한
다. 그게 벌써 한 달째다.

글쎄, 내가 상관할 바는 아니지만, 아저씨뻘 되는 입장에서
이제 슬슬 그가 걱정이 되기 시작한다. 보다 못해 오늘은 그와
고양이 앞에 안주접시를 내려놓으며 머뭇머뭇 말을 꺼내본다.

"저어…, 우리 가게에 매일 와주는 건 고맙네만…"

그는 알고 있다는 듯 희미하게 웃으며 내 말을 자른다.

"오늘은 라라 씨가 올지도 모르니까요…"

이런, 이런….

스스륵, 그때 가게 미닫이문이 열리며 누군가 들어온다.

"이랏샤이마세!"(어서 옵쇼!)

혼자 들어온 여자 손님이다. 나는 비어 있는 카운터 자리 의자를 빼어준다. 하지만 그녀는 만날 약속이 있는 듯 두리번두리번 누군가를 찾는다. 엷은 홍차빛깔 봄 재킷에 아이보리색 스커트를 받쳐 입은 화사한 차림새다. 한동안 헤매던 그녀의 시선이 청년에게 닿자 반짝, 빛을 낸다. 여자는 춤추듯 경쾌한 발걸음으로 그에게 똑바로 걸어가 말을 건넨다.

"히로시 상?"

사각사각 소리가 날 것 같은 상냥한 목소리. 묵묵히 기다림의 늪 속에 가라앉아 있던 청년이 화들짝 수면 위로 고개를 든다.

"아, 맞군요. 라라 씨가 그러던데요, 고양이 인형과 함께 있는 젊은 남자를 찾으라고…"

지금은 어딘가에서 다른 삶의 길을 가는 라라의 친구일까. 하지만 나란히 앉아 있는 모습을 보니 여자는 청년과 깜짝 놀랄 만큼 닮아 있다. 크고 선해 보이는 눈, 동그란 얼굴에 도톰한 이마, 이야기할 때 윗입술이 살짝 들리는 모양 하며 가슴을 움츠리는 버릇과 주저하는 듯 소심한 손놀림까지. 다른 누군가가 본다면 분명 오누이라고 생각할 것이다.

여자는 그와 잠깐 동안 무언가 이야기를 나누다가 문득 생각난 듯 상자 하나를 꺼내서 청년에게 준다. 카운터 너머에 서 있는 내게까지 풍겨올 만큼, 그녀가 움직이면서 뿜어내는 복숭아 셔벗 향기는 선명하다.

청년은 손을 내밀기 전에 고양이 인형을 한참 동안 바라본다. 인형의 허락이 있었는지 그가 마침내 상자를 받아든다. 손에 쏙 들어갈 만큼 작고 하얀 상자다.

〈끝〉

길 위에서 별처럼 많은 사람들과 그들의 이야기를 만났습니다.

우리는 누구나 강을 품고 다닙니다. 그리고 이방인의 특권은 자유롭다는 것이지요. 길 위에서 만난 이들은 선뜻 낯선 이에게 그 강을 풀어놓고, 낯선 이도 선뜻 그 강에 몸을 담급니다.

새벽녘 기차역 대합실에서, 딱딱한 바게트 빵 한 조각과 커피 한 잔 위로, 잠을 이룰 수 없는 밤 게스트 하우스의 복도 벤치에서…, 그들의 눈빛이, 추억이, 슬픔이, 사무치는 강물처럼 저를 적셨습니다.

제가 인생이라고 알고 있던 것보다 훨씬 강렬한 추억, 슬픔이라 알고 있던 것보다 훨씬 고독한 밤들, 아름다움이라 알고 있던 것보다 훨씬 뜨거운 노래들이 그 강물 속에는 흐르고 있었습니다.

티베트에서 만나 3개월 동안 함께 여행하고 방을 나누어 썼던 핀란드인 친구가, 헤어지던 날 자신의 머리카락 끝을 조금 잘라 속이 비어 있는 목걸이에 넣어 제 목에 걸어준 적이 있습니다.

"너랑 보낸 세 달 동안의 추억이 이 속에 들어 있어. 그 시간들은 이제 어딜 가든 함께할 거야."

그녀의 말이 '영혼을 팔기에 좋은 날'의 모티프가 되었습니다.

여기 풀어놓은 이야기는 전혀 일상적이거나 감동적이지 않습니다. 다만 지독히 아름답고, 바보 같고, 부서지기 쉬운 삶의 순간들과 그것을 지키기 위한 거짓말, 그리고 고요한 치유에 관한 이야기입니다.

삶은 변덕스럽고 불친절하고 종종 낯선 풍경 속에 우리를 내동댕이치지요. 하지만 영혼의 깊숙한 곳, 진짜 자신과 연결된 한 가닥 끈을 놓지 않으면 우리는 길을 잃지 않습니다.

저는 마법을 믿고 기적을 꿈꾸는 부류입니다.

- 13년 차로 접어드는 집시, 곽세라

곽세라

13년째 여행하며 마음과 영혼에 관한 글을 쓰고 있는 작가다. 삶을 부드럽게 꿰뚫는 시선과 독특한 사유의 힘을 지닌 메시지들로 지친 현대인들의 가슴에 고요한 치유를 선사하며 이 시대를 대표하는 '힐링 라이터'로 사랑받고 있다. 그녀만이 들려줄 수 있는 풍부하고 다채로운 영혼의 울림은 오로지 삶을 탐닉하고 사유할 수 있는 자유를 위해 길 위에 머문 시간들과 예술과 철학, 인문학을 넘나드는 그녀의 다양한 인생 이력에서 나온다.

이 책은 그녀의 첫 번째 소설집으로 2편의 중편소설, '영혼을 팔기에 좋은 날'과 '천사의 가루'가 수록되어 있다.

지은 책으로는 세계를 여행하며 만난 힐러들의 이야기를 묶은 《인생에 대한 예의》, 사전직 에세이 《길을 잃지 않는 바람처럼》, 《멋대로 살아라》 등이 있고, 옮긴 책으로는 《신은 여자에게 더 친절하다》 등이 있다. 이화여자대학교 영문학과를 졸업하고 나라기획, 금강기획에서 카피라이터로 일했으며, 연세대학교 언론홍보대학원에서 석사 과정을, 인도 델리대학교 힌두철학과에서 석사 과정을 밟았다.

인생에 대한 예의
귀찮아서, 혹은 두려워서 미뤄왔던 나의 행복들에게

곽세라 지음 | 값 13,000원

" 잘 돌보아주세요.
당신은 누구보다 여리고, 누구보다 나약하니까요. "

세계를 돌고 돌아 만난 영혼의 힐러들, 그들이 전하는 '입안 가득 행복한' 아홉 가지 안부인사
"당신의 인생에게 사과하세요. 게을러서 누리지 못했던 황홀한 순간들과 귀찮아서, 혹은 두려워서 미뤄왔던 행복들에게, 지금까지의 포악과 학대와 끈질긴 괴롭힘을, 그리고 지키지 못했던 약속들에게 사과하세요."
투쟁하듯 달려온 삶, 너무 혹독하게만 몰아붙인 인생에게 바치는 아홉 가지 안부인사. 세라가 만난 지구 곳곳 영혼의 힐러들이 알려주는, 깃털처럼 가볍게 행복을 만끽하는 법.

길을 잃지 않는 바람처럼
12년차 집시 세라의 인생사용법

곽세라 지음 | 값 13,000원

인생을 바꾸는 순례를 떠나려는가?
30센티미터만 움직이면 된다. 머리에서 가슴까지.

삶이 무거운 이들을 위한 12년차 집시 세라의 상쾌한 인생찬가!
집시이자 영원한 여행자, 늦깎이 아티스트인 그녀는 말한다. 그림을 그리고, 글을 쓰고, 사람을 만나고 이 아름다운 생의 모든 순간을 감사하며 음미하는 것, 삶은 원래 이런 것이라고. 순간순간을 최대한 아끼고 음미하고 감사하는 것, 그것이 단순하지만 우리가 잊기 쉬운 삶의 진짜 비밀이라고.
그녀가 길 위에서 만난 아름다운 사람과 아름다운 이야기들이 마법의 가루처럼 반짝이며 펼쳐진다. 터무니없는 3년차 늦깎이 아티스트가 되어 쿵짝쿵짝 흥거운 서커스처럼 지프차 지붕에 사리에 그린 그림들을 싣고 돌아다니며, 일곱 도시와 시골마을에서 연 아트 콘서트 '아트 투 하트 art to heart' 인도 대장정 이야기를 담았다.